Você para sempre

TRILOGIA FOREVER

Black para sempre — LIVRO 1

Você para sempre — LIVRO 2

Nós para sempre — LIVRO 3

SANDI LYNN

Você para sempre

Tradução
Kenya Costa

Rio de Janeiro, 2015
1ª Edição

Copyright © 2013 *by* Sandi Lynn
Publicado mediante contrato com Browne & Miller Literary Associates, LLC.

TÍTULO ORIGINAL
Forever You

CAPA
Marcela Nogueira

FOTO DE CAPA
Steven Lam | Getty Images

DIAGRAMAÇÃO
FA studio

Impresso no Brasil
Printed in Brazil
2015

CIP-BRASIL. CATALOGAÇÃO NA PUBLICAÇÃO
BIBLIOTECÁRIA: FERNANDA PINHEIRO DE S. LANDIN CRB-7: 6304

L996v

Lynn, Sandi
  Você para sempre / Sandi Lynn; tradução Kenya Costa. — 1. ed. — Rio de Janeiro:
Valentina, 2015.
  272p. ; 23 cm (Trilogia Forever; 2)

  Tradução de: Forever you
  Sequência de: Black para sempre
  Continua com: Nós para sempre
  ISBN 978-85-65859-62-2

  1. Romance americano. I. Costa, Kenya. II. Título. III. Série.

15-22621

CDD: 813
CDU: 821.111(73)-3

Todos os livros da Editora Valentina estão em conformidade com
o novo Acordo Ortográfico da Língua Portuguesa.

Todos os direitos desta edição reservados à

EDITORA VALENTINA
Rua Santa Clara 50/1107 – Copacabana
Rio de Janeiro – 22041-012
Tel/Fax: (21) 3208-8777
www.editoravalentina.com.br

Dedico este livro a minha mãe.

Agradecimentos

Obrigada a meu marido por todas as incontáveis e intermináveis horas que passei escrevendo este livro. Quero agradecer a você por lavar a roupa, limpar a casa e não ter se queixado quando parei de fazer o jantar. Foi muito difícil conciliar este livro com meu emprego em tempo integral, mas você ficou do meu lado e me ajudou. Agora que trabalho em meio expediente, prometo cozinhar mais! Obrigada por seu amor e apoio. Eu te amo!

A minhas três lindas filhas adolescentes que nunca acharam que a mãe se tornaria autora de um best-seller no *USA Today*. Não existe nada impossível nesta vida! Sigam seus sonhos e façam com que aconteçam! Vou estar com vocês a cada passo do caminho. Amo vocês, meninas!

A minha editora Lucy, agradeço profundamente por toda a sua ajuda e empenho para publicar este livro. Eu nunca teria conseguido sem você! Mil abraços e beijos! Estou ansiosa para trabalhar com você em *Nós para sempre* e todos os meus futuros livros. Você é o máximo, garota!

Às amigas autoras que me apoiaram, ajudaram e deram valiosos conselhos durante minha jornada literária: Beth Rinyu, Dawn Martens, Aleatha Romig, Soaching Molly Moose e Adriane Leigh. Mais uma vez, obrigada por toda a sua ajuda! É um prazer conhecer cada uma de vocês!

Prólogo

Conheci Amanda através de um amigo. Eu tinha dezoito anos, e ela acabara de fazer dezessete. Era uma menina bonita, com cabelos castanhos compridos, um corpo bem-feito, tipo violão, e um par de seios espetacular. Deu para ver que ela gostou de mim desde o início. Foi numa festa que nos conhecemos, e sentamos perto da fogueira. Começamos a namorar aquela mesma noite, e fiquei sabendo que ela tinha uma irmã gêmea chamada Ashlyn. Conversamos por horas a fio sobre nossas famílias, objetivos e sonhos. Levei-a para casa, e trocamos números de telefone. Mal sabia eu que esse novo relacionamento mudaria minha vida para sempre.

Saíamos pelo menos três vezes por semana, geralmente às sextas e nos fins de semana. Às vezes, quando eu não estava ocupado trabalhando com meu pai na Black Enterprises, dava um pulo na casa de Amanda durante a semana e passava algumas horas com ela. No começo, tudo correu às mil maravilhas entre nós. Eu gostava muito dela. O sexo era ótimo e frequente. Tudo ia bem, até eu começar a falar em ir para a faculdade. Ela ficou nervosa e me fez prometer que ligaria todos os dias e não olharia para outras meninas. Toda vez que tentava sair com meus amigos, ela ficava transtornada e começava a chorar. Dizia que eu não queria passar meu tempo com ela e que dava mais atenção aos outros. Tentei explicar que queria ver meus amigos de vez em quando, e que não seria saudável passarmos todos os momentos juntos. Amanda discordava, sempre me acusando de estar sendo infiel quando eu não atendia suas ligações imediatamente.

Eu me sentia como se estivesse sendo sufocado. Não tinha mais tempo para mim mesmo, e seu comportamento era instável. Ela me dizia todos os dias o quanto me amava e que nunca poderia viver sem mim. Dizia que ficaríamos juntos para sempre, e que nada jamais nos separaria. Eu não amava Amanda. Gostava dela, mas não estava apaixonado por ela. Nem sabia direito o que era o amor. No dia em que tentei terminar o namoro, ela me disse que talvez estivesse grávida. Mil pensamentos horríveis me passaram pela cabeça, pois não podia me imaginar preso a essa menina pelo resto da vida. Felizmente, a gravidez era uma mentira. Tive uma longa conversa com a irmã dela, Ashlyn, que me contou que Amanda estava bem e que eu só precisava ser paciente com ela.

Um dia, finalmente cheguei ao limite quando fui jantar com um grupo de amigos. Amanda me encontrou e fez uma cena no meio do restaurante. Levei-a para fora e tentei acalmá-la, mas não adiantou. A essa altura eu já não sentia mais nada por ela, e mal suportava sua presença. Terminei tudo. Disse que para mim já bastava, que estava tudo acabado entre nós e que não me ligasse mais. E deixei-a plantada na rua, chorando. Não tive escolha; ela era desequilibrada e precisava de ajuda.

Recebi uma ligação de Amanda dois dias depois, querendo que eu fosse à sua casa para conversar. Para mim, não havia mais nada para conversar. Eu tinha terminado com ela, e não queria mais discutir o assunto. Ela chorou, implorando para que eu fosse. Disse que tinha uma última coisa para me dizer, e que depois aceitaria o fim do namoro. Pediu que eu esperasse mais ou menos uma hora, porque ela ainda não estava em casa. Uma hora depois, estacionei o carro em sua casa. Bati à porta, mas ninguém atendeu. Sabia que ela estava em casa, porque seu carro estava na entrada. Vendo que a porta estava destrancada, eu a empurrei, entrei e olhei ao redor. Chamei seu nome, mas ela não respondeu. Subi a escada devagar e parei diante da porta de seu quarto. Pus a mão na maçaneta e a girei lentamente, empurrando a porta. Soltei uma exclamação ao ver

VOCÊ PARA SEMPRE

Amanda caída no chão em meio a uma poça de sangue, com uma gilete ao lado. Corri para ela, abraçando-a. "Por que fez isso, Amanda? Por quê?", solucei, segurando seu corpo sem vida em meus braços, coberto de sangue e tremendo, enquanto as lágrimas escorriam de meus olhos. Meu coração estava disparado, meu corpo entorpecido. De repente, vi uma sombra na porta. Olhei e vi Ashlyn se ajoelhar ao meu lado, olhando para a irmã gêmea.

— Amanda, como você pôde fazer isso comigo?! — gritou. — Nós tínhamos tantos planos. Íamos fazer um mochilão pela Europa. — Ashlyn chorava, debruçada diante do corpo de Amanda, sacudindo-o pelos ombros. Eu a afastei e gritei para que parasse.

Ashlyn se levantou devagar e foi até a cômoda, onde encontrou uma carta. Pegou o papel e me lançou um olhar tenso. Soltei lentamente Amanda, levantei e me aproximei de Ashlyn, tirando o papel de sua mão.

Você é o amor da minha vida. Nunca me senti assim em relação a ninguém. Você me deu esperança — a esperança de que eu precisava para viver. Quando estamos separados, sinto-me vazia por dentro e sozinha. Achei que você seria o homem que me salvaria de mim mesma. Amo você mais do que a minha própria vida, mas, se não posso ter você, se não podemos ficar juntos, então não quero mais viver. Desculpe por ter que ser assim, mas a culpa é toda sua. Não pude continuar sem você na minha vida. Por favor, diga a Ashlyn que a amo e que lamento muito.

Amanda

Fiquei paralisado, com o bilhete na mão, enquanto Ashlyn soluçava. Fui confortá-la, mas ela levantou um dedo e disse em tom ríspido:

— A culpa pela morte de minha irmã é toda sua. Se você a tivesse amado, ela ainda estaria aqui!

Aquele dia mudou minha vida para sempre.

Capítulo 1 ∞

Meus olhos se abriram. Meu coração palpitava de medo. Os lençóis da cama estavam encharcados, e eu coberto de suor do pesadelo que volta e meia atormentava minhas noites. Olhei para o relógio na mesa de cabeceira, que marcava as três da manhã. Levantei da cama e fui ao banheiro. Tive que fazer um esforço para normalizar a respiração, debruçado sobre a pia, e então me olhei no espelho. Abri a torneira e joguei um pouco de água fria no rosto, respirando fundo e fechando os olhos.

Nunca tinha contado a ninguém por que Amanda se matara. Mantivera esse segredo enterrado dentro de mim durante os últimos doze anos. A única pessoa que sabia era sua irmã, Ashlyn. Ela prometera que não contaria, porque não queria que as pessoas pensassem que a irmã faria uma coisa dessas a si mesma por causa de um homem. Esfreguei o rosto e voltei para o quarto, sentando na beira da cama. Peguei o celular na mesa de cabeceira e vi que havia uma mensagem de Ashlyn.

Connor, obrigada por hoje à noite. Como sempre, você me satisfez completamente. Estou ansiosa para te ver de novo em mais uma sessão de sexo tórrido!

Suspirei, pondo o celular na mesa de cabeceira. Levantei, troquei de roupa e saí para dar uma corrida. Correr sempre me ajudava a clarear as ideias, principalmente quando eu tinha pesadelos. Acabei correndo mais de seis quilômetros no Central Park. Assim que as ideias clarearam e consegui pensar direito, decidi que ligaria para o Dr. Peters. Já fazia algum tempo que não o via, e achava que estava na hora de recomeçar as sessões de terapia. Tirei o celular do bolso, procurei entre meus contatos e decidi mandar uma mensagem para Sarah.

Preciso aliviar o estresse. Está a fim?

Oi para você também, Connor. Será que se dá conta de que são cinco e quinze da manhã? Já estou no clima.

Ótimo, me encontra na cobertura dentro de meia hora.

Posso estar lá em dez minutos.

Não, eu disse meia hora. Preciso tomar banho primeiro.

Hummm, que delícia, Connor, posso te fazer companhia?

Não, obrigado, prefiro fazer isso sozinho. Meia hora, e não se atrase.

Eu tinha conhecido Sarah através de um associado da empresa. Sendo uma recém-divorciada, ela estava mais do que disposta a ter sexo casual, sem qualquer compromisso.

Voltei correndo para a cobertura e entrei no chuveiro para lavar o suor do corpo antes de transar com ela. Saí do banho com uma toalha enrolada na cintura. Fui para o quarto, onde ela já estava deitada na cama, pronta e esperando por mim.

—Tira essa toalha e vem para cá antes que eu mude de ideia — disse, sorrindo.

Joguei a toalha no chão e caminhei até a cama.

— Prometo que você não vai a parte alguma até eu ter fodido com você de todas as maneiras possíveis e imagináveis, Sarah.

— Essa é uma promessa que eu sei que você é capaz de cumprir — respondeu ela, com um sorriso.

Sexo intenso é tudo que conheço. É tudo que essas mulheres querem, e quem sou eu para me queixar? Rapidez e intensidade é a melhor maneira de aliviar o estresse para mim, principalmente depois de um dia longo e exaustivo no escritório, ou quando surge uma oportunidade.

— Obrigado, pode ir embora — disse a ela.

— Connor, são seis e meia. Que tal tomarmos café juntos antes?

Caminhei até ela, que ainda estava deitada, seu corpo coberto apenas por um lençol. Olhei nos seus olhos castanhos.

—Você já conhece as regras, Sarah, portanto se veste e vai para casa. Tenho que tomar um banho rápido e ir para o escritório.

Ela se levantou.

— Eu sei, Connor, mas é só um café, poxa. Ah, e outra coisa: vou passar duas semanas fora, portanto não se dê ao trabalho de me ligar para aliviar o estresse de novo.

Algumas pessoas dizem que sou jovem demais para ser o CEO da Black Enterprises, e que as pressões e exigências do cargo vão acabar me destruindo. No meu entender, eu já fui destruído emocionalmente.

A Black Enterprises é minha empresa e meu único objetivo na vida. É tudo que tenho, e tudo que quero ter. Saio com um monte de mulheres. Que CEO milionário não faz isso? Os únicos relacionamentos em que acredito são os de natureza sexual, sem qualquer compromisso. A última coisa de que preciso na vida é uma mulher tentando me amarrar e me sufocar. De resto, fiz uma lista de regras para as mulheres com quem saio.

Nada de dormir aqui. Assim que nosso encontro sexual acabar, você deve se vestir e ir embora imediatamente. Não abrirei exceções.

Não temos qualquer compromisso. Nunca haverá nada mais do que sexo entre nós.

Não me ligue nem mande mensagens. Se eu quiser vê-la de novo, entrarei em contato.

Enquanto estiver na minha presença, você deve agir e se comportar como uma mulher adulta. Não tolerarei comportamentos infantis.

Nada de *ménages à trois*. Gosto de estar com uma mulher de cada vez. Não abrirei exceções.

Não uso camisinha. Faço exames uma vez por mês, e sou vasectomizado. Espero que as mulheres com quem saio também se cuidem. Posso exigir provas.

A noite do encontro só consistirá em jantar e sexo — nada mais, nada menos. Não haverá mãos dadas, caminhadas, passeios de carruagem pelo Central Park nem filmes. Não abrirei exceções.

Dou a lista às mulheres antes do jantar, para que elas tenham plena consciência de minhas expectativas. Se uma mulher não aceita qualquer uma dessas regras, tem toda liberdade de ir embora. Mulheres não são mais do que criaturas sexuais para mim. Nunca me apaixonei, nem vou me apaixonar. A pessoa que decidiu que esse seria meu destino se suicidou porque não fui capaz de amá-la, e não posso permitir que isso volte a acontecer. Tenho um grupo de mulheres que vejo regularmente. Ashlyn é uma delas. Comecei a vê-la há mais ou menos um ano, quando ela apareceu no meu escritório, sem um tostão e sem ter para onde ir. Eu estava sentado à mesa e fiquei olhando para a porta, relembrando aquele dia.

— Sr. Black, há uma moça aqui que deseja vê-lo — disse Valerie pelo interfone. — Diz que é importante e que o senhor a conhece.

Suspirei. Não tinha tempo para visitas inesperadas achando que podiam simplesmente dar as caras no meu escritório, exigindo me ver.

— Estou muito ocupado, Valerie. Diga a quem quer que seja que precisa marcar hora. Não tenho tempo no momento.

De repente, a porta se abriu. Levantei os olhos do computador e quase parei de respirar.

— Desculpe, Sr. Black, eu tentei impedi-la — disse Valerie.

— Tudo bem, Valerie. Por favor, feche a porta.

— Olá, Connor. É bom ver você de novo. Faz muito tempo — disse a mulher alta.

— Ashlyn, que diabos está fazendo aqui? — perguntei num tom irritado.

Ela se aproximou, acomodando-se numa poltrona confortável diante da minha mesa.

— Isso é jeito de falar com uma amiga que não vê há dez anos?

— Não enrola, Ashlyn, responde à pergunta.

Ela pigarreou, remexendo-se na poltrona.

— Estou numa situação meio complicada, Connor, e estava pensando se você poderia me ajudar.

Voltei a me sentar, fuzilando-a com os olhos. Ela não tinha mudado muito naqueles dez anos. Os cabelos pretos e lisos estavam iguais, e os olhos castanho-escuros ainda exibiam a mesma tristeza de anos antes. Juntei as mãos à minha frente.

— O que você quer, Ashlyn?

— Estou totalmente quebrada. Fui despejada do meu apartamento, e não sei o que mais fazer. Acho que posso ser considerada uma sem-teto — disse, respirando fundo.

— E seus pais? Por que não vai ficar com eles?

— Eles me disseram que sou uma desgraça para a família e que preciso tomar vergonha na cara. Eles já me ajudaram inúmeras vezes, e se recusam a fazer isso de novo.

Levantei da poltrona, fui até sua frente e me recostei na mesa, tentando entender por que viera me ver.

— Por que eu, Ashlyn? Não nos vemos nem falamos há dez anos.

Nesse momento, antes que ela pudesse responder, Valerie interfonou para avisar que minha reunião estava prestes a começar.

— Desculpe, Ashlyn. Tenho uma reunião, e lamento, mas não vou poder ajudá-la. Portanto, se me der licença, tenho que ir.

Ela se levantou, furiosa, pegou a bolsa e se dirigiu à porta, mas então se virou bruscamente.

— Você me deve, Connor Black. Minha vida está um caos por sua causa. Minha irmã cometeu suicídio por sua culpa, e isso arruinou minha vida. Sinto muita falta de Amanda, e ela ainda estaria aqui se não fosse por você! — gritou.

Fiquei paralisado, sem conseguir falar, pois tudo que Ashlyn tinha dito era verdade. Ela se virou e caminhou até a porta.

— Espere — chamei. — Eu te levo para jantar hoje à noite, e aí podemos discutir isso mais a fundo. Talvez eu possa ajudar você. Vou mandar meu motorista te buscar às sete da noite. Onde você está hospedada?

— Em lugar nenhum. Eu te disse que estou quebrada, portanto é óbvio que não tenho dinheiro para ficar em um hotel.

Fui até a porta e a abri, indicando a Ashlyn que saísse.

—Valerie, por favor, reserve um quarto no Marriott do Centro para a Srta. Jonhson, por conta da empresa.

Valerie assentiu, pegando o telefone.

— Obrigada, Connor, sabia que podia contar com você. — Ashlyn sorriu.

— Meu motorista vai te apanhar às sete da noite em ponto.

Dei as costas, balançando a cabeça. Por que diabos ela resolvera aparecer ali depois de todos aqueles anos e jogar a morte de Amanda na minha cara?

Um ano depois, eu estava sentado à mesa do escritório, me perguntando por que ela ainda estava na minha vida e eu não fizera nada a respeito.

Levei um susto ao ouvir uma batida na porta, e Valerie entrou, pondo uma xícara de café na mesa.

— Bom dia, Sr. Black.

— Bom dia, Valerie. Me faz um favor: desmarca todos os compromissos de hoje à tarde. Preciso fazer uma coisa.

— Pois não, Sr. Black, vou cuidar disso agora mesmo.

— Obrigado, Valerie — agradeci, e ela saiu do escritório.

Peguei o celular, liguei para o Dr. Peters e marquei uma consulta para aquela tarde. Como os pesadelos tinham recomeçado, imaginei que estivesse na hora de fazer isso. Terminei de ler alguns relatórios, fiz algumas ligações e avisei Denny que sairia do escritório mais cedo, para que viesse me buscar.

Entrei na limusine e pedi a Denny que me levasse à cobertura, para que eu pudesse pegar o Range Rover e ir dirigindo eu mesmo até o consultório do Dr. Peters. Não queria que ele soubesse aonde eu ia.

Considerava Denny um de meus melhores amigos. Ele estava com a Black Enterprises havia dez anos; tinha sido motorista de meu pai, e agora trabalhava para mim.

Era um homem na faixa dos cinquenta anos, e testemunhara muito de minha vida nos últimos dez anos. Estivera ao meu lado em todos os momentos, e até salvara minha pele em algumas ocasiões sem jamais contar a meu pai. Era como um segundo pai para mim, e também meu confidente. Eu sempre podia contar com ele para me ajudar, se precisasse. Em troca, cuidava para que nada faltasse a ele e sua família.

Capítulo 2

— *Há quanto tempo, Connor* — disse o Dr. Peters, sentado na poltrona azul à minha frente. — Achei que tinha desistido das suas consultas.

— Não desisti, Dr. Peters, apenas andei ocupado demais para marcar uma — expliquei, suspirando.

Era cliente do Dr. Peters havia alguns anos, e ele era a única pessoa que sabia de Amanda, além de Ashlyn. Era um homem de idade, com cabelos grisalhos, de estatura mediana. Uma pessoa muito acessível. Imagino que fosse a razão por que eu continuava a vê-lo havia tanto tempo. Tinha tentado outros terapeutas, inclusive mulheres, mas fora muito complicado, porque elas queriam dormir comigo em vez de tentar me ajudar.

— Mas me conte, Connor, fez algum progresso desde nossa última sessão?

Eu me recostei, apoiando o cotovelo no braço da poltrona.

— Não, não fiz, mas, como já disse, não estou interessado em ter um relacionamento. Gosto da minha vida do jeito que é.

Ele franziu os olhos para mim.

— Então, por que veio aqui hoje?

— Estou tendo pesadelos de novo — respondi, respirando fundo.

O Dr. Peters olhou fixamente para mim, inclinando a cabeça.

— Quando foi que eles voltaram?

— Há mais ou menos um mês — respondi.

— O que acha que os provocou dessa vez? — perguntou ele, como se eu fosse capaz de saber a resposta.

— Não sei, Dr. Peters, é por isso que estou aqui.

— Ainda está vendo Ashlyn?

Olhei para o lado quando respondi:

— Estou.

— Está começando a gostar dela? — perguntou ele, sério.

— Não, não estou começando a gostar dela — respondi, ríspido. Levantei da poltrona, pus as mãos nos bolsos e andei até a janela. — Ela é uma boa transa, só isso. Não há mais nada nela além disso!

— Por que ficou tão agitado quando perguntei? Minha impressão é de que você está irritado porque talvez queira ter algo mais com alguém. Talvez não com Ashlyn ou a outra mulher que vê regularmente, mas acho que está começando a se sentir sozinho.

Eu me virei para ele, meus olhos se enchendo de raiva.

— Não quero ter nada mais com mulher alguma. Quantas vezes mais vou ter que lhe dizer isso?

— Calma, Connor, sente-se. Você precisa ouvir a si mesmo. Não é saudável não querer nada mais da vida além de trabalhar. Você deixou suas emoções morrerem por causa de Amanda, e precisa aceitar o fato de que não teve culpa pela morte dela. Como você mesmo disse, a moça já tinha problemas emocionais quando você a conheceu.

Voltei para a poltrona e sentei diante do Dr. Peters.

— Ela tinha alguns problemas emocionais, mas deixou muito claro no bilhete que tinha se matado porque terminei o namoro. Como é que alguém pode superar uma coisa dessas? Como posso entrar em outro relacionamento sabendo que fui a causa da morte de uma pessoa?

O Dr. Peters olhava para mim, prestando atenção a cada palavra que eu dizia.

— Doutor, eu não sinto nada quando estou com uma mulher. Não sinto qualquer tipo de vínculo. Não há emoções circulando por mim, e não dou a mínima se elas querem mais de mim. Sou cem por cento sincero com as mulheres com quem durmo. Eu as uso apenas pelo prazer e, quando alguma delas acha que isso não basta, eu a jogo fora e arrumo outras.

— São palavras muito duras, Connor — observou ele, inclinando a cabeça.

— Não tenho emoções, lembra, Dr. Peters?

Ele suspirou, levantando-se da poltrona.

— Acho que você ainda não se permitiu encontrar a mulher certa.

— Não há nenhuma mulher certa para mim no mundo e, mesmo que houvesse, não faria a menor diferença. Ela descobriria quem realmente sou e não quereria ter nada comigo. Meu passado sempre vai ficar entre mim e as mulheres.

— Prescrevi um sonífero para você — disse o Dr. Peters, me entregando uma receita. — Tome um comprimido antes de se deitar, e provavelmente vai conseguir descansar um pouco. Não vai acabar com os pesadelos; isso só você mesmo pode fazer.

Levantei da poltrona, suspirando.

— Obrigado por me receber hoje. Eu telefono.

— Quero vê-lo na semana que vem, Connor, portanto marque uma consulta.

Quando saí do consultório, chegou uma mensagem de Ashlyn.

Vamos nos encontrar no Club S para nos divertirmos um pouco.

O Club S não fazia muito o meu gênero, mas não me importava de ir lá dar uma olhada nas mulheres bonitas que o frequentavam. Perdi a conta do número de vezes em que levara mulheres para casa daquela boate; não era à toa que se chamava Club S. Depois da sessão que acabara de ter com o Dr. Peters, precisava sair à noite para me embebedar e tirar todos os problemas da cabeça. Respondi a Ashlyn:

Te encontro lá por volta das oito e meia.

Maravilha, vou estar à sua espera, usando alguma coisa supersexy para você.

Cheguei à cobertura, vesti minhas roupas de malhar, peguei a sacola e pedi a Denny que me levasse à academia. Uma boa malhação era do que precisava no momento, para me descontrair da sessão com o Dr. Peters. Nunca me permitiria me apaixonar, e nunca haveria uma Sra. Black andando pelas ruas de Nova York, embora muitas mulheres tivessem feito fila para tentar ser a primeira.

Corri dez quilômetros na esteira, levantei alguns pesos e transei com Stephanie na sauna. Diria que foi uma sessão muito produtiva. Stephanie tinha plena consciência das minhas regras, e era menos complicada do que as outras. Gostava de sexo rápido, intenso, com puxões nos cabelos, e é claro que eu tinha que fazer sua vontade para que ela quisesse mais. A mulher era quente até dizer chega. Depois, não havia conversa, ou perguntas — só um sorriso e bye-bye.

Saí da academia sorrindo de orelha a orelha e, quando entrei na traseira da limusine, Denny se virou para mim.

— A julgar pelo sorriso, a malhação deve ter sido excepcional.

— E foi mesmo, Denny, foi mesmo. — Sorri, recostando a cabeça no banco.

Quando chegamos à cobertura, joguei a sacola no armário e subi para tomar um banho rápido e tirar o cheiro de suor e sexo do corpo.

Abri o armário, tirei meu terno Armani preto e uma camisa branca. Dei uma olhada e decidi que seria a produção perfeita para usar na boate. Penteei o cabelo castanho-claro, vesti o terno e fui para a cozinha, onde Denny e Claire, minha empregada, conversavam.

— Denny, preciso que você me deixe no Club S, e depois pode ir para casa.

— Não vai precisar que eu o traga de volta, Connor? — perguntou ele.

— Não, vou me encontrar com Ashlyn lá, e ela me dá uma carona. Pode ir para casa curtir a sua família.

Denny sorriu, concordando.

— Quer que eu prepare alguma coisa para você comer antes de sair, Connor? — perguntou Claire.

— Não, Claire, não precisa.

Olhei para meu relógio, que marcava as seis e meia. Queria chegar à boate bem antes de Ashlyn, para o caso de encontrar algum conhecido com quem precisasse falar. Além disso, precisava tomar alguns uísques antes de ela aparecer.

Cheguei à boate por volta das sete da noite e fiquei surpreso de ver como já estava lotada, apesar de ainda ser tão cedo. Fui para os fundos, onde ficava o bar, e sentei à mesa de sempre. Rebecca, minha garçonete favorita, se aproximou, sorrindo.

— Boa noite, Sr. Black. O que vai querer?

Olhei para ela, passando a língua pelos lábios. Tinha seus vinte e poucos anos, e era uma verdadeira gata no cio.

— Me traz um uísque duplo. Aliás, pode trazer dois — pedi.

Ela sorriu com os olhos e se virou. Voltou pouco depois, pondo as bebidas na mesa.

— Posso fazer mais alguma coisa pelo senhor, Sr. Black? — Piscou para mim.

Sorri, inclinando a cabeça.

— Pode, sim.

Levantei da poltrona e segui com ela pelo corredor até uma saleta que era usada como despensa. Entramos, e tranquei a porta. Ela desafivelou meu cinto, desabotoou minha calça e a abaixou com toda a sensualidade. Não precisou me acariciar; eu já estava rígido e esperando que seus lábios me envolvessem. Sua boca era incrível, a língua fazendo círculos ao redor do meu pau. Soltei um gemido baixo, movendo os quadris para frente e para trás, as mãos na sua cabeça. Não me entenda mal, essa não era a primeira vez que eu me encontrava com ela. Às vezes, Rebecca me prestava serviços desse tipo quando eu ia à boate, porque era a que fazia melhor, e sabia disso. Em troca, eu lhe dava uma gorjeta polpuda para agradecer por seus préstimos.

Saí da saleta antes dela e voltei para a mesa com a gata no cio atrás de mim. Dei uma olhada no relógio; eram oito em ponto. Já tivera bastante tempo para tomar meu uísque antes de Ashlyn chegar. Parei bruscamente ao levantar o rosto e vê-la sentada à mesa.

— Ashlyn, não era para você chegar antes das oito e meia.

— O prazer em vê-lo é todo meu, Connor — disse ela, dando um beijo no meu rosto. Inclinou a cabeça, me fuzilando com os olhos.

25 §§ VOCÊ PARA SEMPRE

— Que foi? Por que está me olhando desse jeito? — perguntei.

— Você acabou de transar com aquela garçonete que estava te seguindo?

Peguei o copo e dei um gole. Olhei para ela e segurei seu queixo.

— Isso não é da sua conta, Ashlyn. Já discutimos esse assunto mais de mil vezes. O que eu faço, e com quem eu faço, não é problema seu.

Ela abaixou a cabeça, e então voltou a me olhar.

— Connor, preciso falar sobre uma coisa com você, mas primeiro quero dançar. Quando eu voltar, nós conversamos.

Suspirei, e ela se levantou para ir à pista de dança. Chamei Rebecca e pedi mais algumas doses. Fiquei sentado, vendo mulheres lindas me encararem e sorrirem quando passavam. Uma ou outra chamou minha atenção, mas logo me distraí quando Ashlyn apareceu atrás de mim, passando os braços pelo meu pescoço.

— Está pronto para ter aquela conversa? — perguntou.

Tirei seus braços lentamente. Já começava a sentir os efeitos do álcool, e não estava a fim de ter aquela conversa, qualquer que fosse o assunto. Fiz outro sinal para Rebecca, pedindo que trouxesse mais bebidas.

— Connor, precisamos conversar — disse Ashlyn.

Olhei para ela, suspirando.

— E que assunto é esse que você quer conversar, Ashlyn?

Ela começou a passar o dedo pelo meu braço.

— Nós estamos nos vendo sem compromisso há mais ou menos um ano, e acho que talvez esteja na hora de levarmos a relação adiante.

Dei outro gole no uísque e olhei fixamente para ela.

— Do que está falando? O que quer dizer com "adiante"? Não há "adiante" nenhum, Ashlyn. Quantas vezes vou precisar repetir isso?

Vi a raiva crescer em seus olhos a cada palavra que eu dizia. Ela retesou o queixo e brandiu o dedo para mim, começando a gritar:

— Estamos juntos há um ano, mas você ainda transa com outras mulheres! Isso tem que acabar, Connor! Sei que você tem sentimentos por mim nesse seu coração morto. Eu sinto!

Dei o último gole no meu uísque e bati com o copo na mesa. Apontei o dedo para ela — agora era minha vez. Com a voz cheia de raiva, gritei mais alto do que a música que se espalhava por toda a boate.

— Não tenho nenhum sentimento por você, Ashlyn! Nunca tive e nunca vou ter! Você precisa parar com isso agora mesmo, ou vai estar tudo acabado, vou romper com você para sempre. Você não significa nada para mim além de sexo, e é tudo que jamais vai significar!

Com a raiva estampada no rosto, ela levantou a mão e me deu um tapa. A ardência de sua mão ficou gravada na pele do meu rosto.

— Isso é por me desrespeitar, seu filho da puta! — gritou, antes de dar as costas e sair a passos furiosos.

Continuei sentado, olhando adiante. Não me importei por ela ter ido embora, ou por ter ficado magoada. Ela fizera aquele acordo comigo tendo plena consciência do que significava para mim, e pensar o contrário era ridículo da sua parte.

Terminei de tomar meu uísque. Estava me sentindo bem quando notei uma mulher me encarando do outro lado do bar. Sua beleza era deslumbrante. Eu já ia me levantar para me dirigir a ela, quando ela se levantou de repente e foi para a pista de dança. Dei de ombros e, cambaleando, fui ao bar para pegar outra bebida.

Capítulo 3

Na manhã seguinte, fui acordado pela barulheira que alguém fazia na cozinha. Tudo estava embaçado, e minha cabeça parecia ter levado uma surra de martelo. Olhei ao redor, tentando lembrar como voltara para casa na noite anterior. A última coisa de que me lembrava era Ashlyn me dando um tapa. Olhei para o outro lado da cama e notei que o edredom estava embolado. Obviamente, eu passara a noite com alguém. Levantei, fui até a cômoda, peguei uma calça de pijama preta e a vesti antes de me dirigir ao andar de baixo para ver quem estava fazendo aquela sinfonia na minha cozinha a essa hora da manhã.

Parei diante da porta e cruzei os braços, encarando a mulher que estava fazendo sei lá o que na cozinha. Fiquei ali por um momento, olhando para ela, que estava de costas. Seus cabelos louros eram longos e ondulados. Mal podia acreditar que ela tivera a cara de pau de passar a noite ali, infringindo a minha regra número um. Nenhuma mulher jamais infringira essa regra, ou qualquer outra, para ser mais exato. Pigarreei, para que ela soubesse que eu estava lá, observando-a. Não queria dar um baita susto nela.

Ela se virou lentamente e olhou para mim. Engoli em seco, e meu coração acelerou um pouco. Eram seus olhos. Ela tinha os olhos azul-claros mais lindos que eu já vira. Havia uma claridade neles que me lembrou a beleza de águas-marinhas cintilando em meio à luz que entrava pelas janelas da cozinha. Por mais que brilhassem, também estavam cheios de medo quando ela me encarou.

— Não te disse quais eram as regras ontem? — perguntei, inclinando a cabeça.

— Hum? — Ela franziu a testa.

— Não aceito que ninguém durma aqui. Você devia ter ido embora depois que transei com você, portanto quer fazer o favor de me dizer por que ainda está aqui, na minha cozinha, se comportando como se estivesse em casa?

Meu tom foi ríspido, mas quem essa mulher pensava que era? Ela colocou um copo na bancada e o deslizou na minha direção. Peguei o copo antes que despencasse da beirada e se espatifasse no chão. Ela ficou olhando para mim, sem responder.

— Eu fiz uma pergunta, e quero uma resposta.

Seus lindos olhos azul-claros ficaram sombrios, e ela levantou a voz.

— Olha aqui, meu amigo, não sei o que você pensa que aconteceu ontem à noite, mas você não transou comigo!

Fiquei olhando fixamente para ela, que continuou a discursar:

—Você bebeu até perder a consciência no Club S, e te puseram para fora. Eu estava passando quando isso aconteceu e, como sou uma boa pessoa, chamei um táxi para que você voltasse para casa em segurança. Então você vomitou em cima das roupas, e aí eu tive que te levar para o quarto e tirá-las, porque, para ser totalmente franca, você estava cheirando muito mal. Eu já estava de saída quando decidi dar mais uma olhada em você. Voltei ao seu quarto, e você estava deitado de costas, por isso te virei de lado outra vez, para o caso de você vomitar; não queria que morresse sufocado no seu próprio vômito. Acabei pegando no sono, de tão exausta que estava depois de cuidar de você e, quando acordei, decidi preparar uma jarra de café e um coquetel para a ressaca. Já ia embora daqui a pouco, e não esperava que você acordasse pelo menos por mais algumas horas.

Mudei de posição, cruzando os braços, e dei alguns passos em sua direção.

— Está me dizendo que não aconteceu nada entre nós? — perguntei.

— Não, nada. Só queria ter certeza de que você ficaria bem. Você estava podre de bêbado — disse ela, olhando para o chão.

Sua voz se tornara suave e triste. Quem era essa mulher, e por que me ajudara desse jeito? Eu estava intrigado com ela — não apenas por sua beleza, mas por sua bondade. Dava para ver que havia uma delicadeza, uma inocência nela que eu jamais vira em uma mulher.

Peguei o copo, olhando para ela.

— O que é isso?

— Pode beber, e vai se sentir melhor em uns quinze minutos. Vou servir um café para você e me mandar — disse, sorrindo.

Foi só um esboço de sorriso, mas chamou minha atenção por vários motivos. Ela dissera que ia só me servir um café antes de ir embora. Eu não podia entender mesmo por que essa mulher se daria a esse trabalho, depois do jeito como eu falara com ela. Ela abriu o armário para pegar uma caneca, que escorregou de suas mãos e caiu no chão. Ela xingou um palavrão e se abaixou para pegar os cacos. Fui até ela, porque não queria que se cortasse.

— Cuidado, você vai se cortar — disse.

Ela ignorou minhas palavras, continuando a pegar os cacos.

— Para — ordenei, em tom autoritário.

Nem então ela me ouviu, por isso não tive escolha senão segurar seus pulsos e forçá-la a parar. Virei suas mãos para tirar os cacos. Prendi a respiração ao ver as cicatrizes nos pulsos. Nossos olhos se encontraram, e ela se levantou depressa. Continuei a recolher os cacos, enquanto ela pegava a bolsa.

— Desculpe pela caneca. Eu compro outra para você, e espero que se sinta melhor — disse, dirigindo-se à porta.

Joguei os cacos no lixo e fui atrás dela. Não podia deixar que fosse embora. Não queria que fosse embora. Ainda tinha perguntas.

— Espera — pedi. — Pelo menos, me deixa te pagar pelo trabalho que teve ontem.

Ela se virou, fixando seus lindos olhos azuis em mim.

— Não quero seu dinheiro, e não foi trabalho algum.

Merda, eu tinha que pensar depressa. Não podia deixar que ela fosse embora.

— Bem, então pelo menos toma uma xícara de café comigo — pedi.

Fiquei aliviado quando ela concordou e sentou diante da bancada. Servi uma xícara e a pus na sua frente. Peguei o copo do que ela chamara de "coquetel de ressaca" e me forcei a engolir. Era um nojo, e deu para ver que ela estava tentando não rir de mim enquanto eu bebia. Eu me debrucei na bancada, olhando para essa linda mulher sentada à minha frente.

— Por que resolveu me ajudar? E se eu fosse um estuprador ou assassino? — perguntei, sério.

Ela jogou a cabeça para trás, rindo.

— Você não poderia me estuprar ou assassinar nem que quisesse. Estava tão fora do ar, que mal consegui te trazer para casa.

Passei a mão pelos cabelos, porque ela não estava me levando a sério, e podia ter corrido um grande risco se fosse outro homem em vez de mim.

— Você não devia fazer esse tipo de coisa. Não é seguro para uma mulher fazer coisas assim nesta cidade — afirmei, agitado.

Ela apoiou o cotovelo na bancada, mão no rosto, e ficou olhando fixamente para mim, com um sorrisinho. Tive a impressão de que achava que eu estivesse brincando, por isso franzi os olhos para ela.

— Está prestando atenção no que estou dizendo? — perguntei.

Em vez de responder à pergunta, ela deu uma risada e se levantou do banquinho.

— Obrigada pelo café, mas preciso ir para casa. Tenha um ótimo dia, Sr. Black e, da próxima vez, não beba tanto — disse, sorrindo.

Ah, aquele sorriso. Segui-a até o elevador e perguntei qual era seu nome.

— É Ellery Lane! — gritou ela.

Fiquei vendo as portas do elevador se fecharem, a linda mulher que atendia pelo nome de Ellery Lane desaparecendo de minha vista. Engoli em seco, passando as mãos pelos cabelos. Subi a escada correndo até o quarto. Vesti uma calça jeans e tirei uma camisa da gaveta. Peguei os sapatos e desci até onde meu Range Rover estava estacionado. Entrei, calcei os sapatos e saí da garagem. Foi quando vi que ela entrava em um táxi na esquina. Segui o táxi discretamente até seu prédio. Parei o carro do outro lado da rua e fiquei vendo-a descer do táxi e acenar para o motorista. Digitei seu endereço depressa no meu celular. Ela entrou no prédio e fechou a porta. Estava me sentindo um verdadeiro *stalker*. Que diabo estava fazendo? Foi o que me perguntei enquanto saía do meio-fio.

Não queria mais pensar em Ellery Lane. Ela era uma boa moça que se dera ao trabalho de me levar para casa em segurança. Eu ainda não podia compreender por que ela achara que seria uma boa ideia ajudar um total estranho como eu. Será que não tinha consciência dos perigos do mundo?

Tinha trabalho para pôr em dia no escritório, por isso fui para lá em vez de voltar à cobertura. Sendo sábado, o prédio devia estar quieto, e eu poderia trabalhar sem qualquer distração. Entrei na Black Enterprises e apertei o botão do elevador. O celular deu um bipe e, quando o tirei do bolso, vi que era uma mensagem de Ashlyn.

Connor, desculpe por ontem à noite, e acho importante que conversemos.

Suspirei, voltando a guardar o celular no bolso, e tomei o elevador até o escritório. Não podia pensar em Ashlyn no momento. Não queria lidar com ela, mas sabia que mais cedo ou mais tarde teria que fazer isso. Fui até minha mesa e liguei o computador. Pus as mãos nos bolsos, me virei e fiquei olhando para a cidade de Nova York pela ampla janela do escritório. Minha cabeça estava a mil por hora. Tinha vários documentos para assinar e ligações para fazer sobre a venda de uma empresa em que estava interessado, mas não era sobre isso que minha mente divagava. Meus pensamentos tumultuados eram sobre Ellery Lane, seus lindos olhos e seu sorriso sexy.

Sentei na escrivaninha e comecei a assinar documentos. O celular deu outro bipe, anunciando mais uma mensagem de Ashlyn.

Não se atreva a me ignorar, Connor Black. Quero pedir desculpas, e talvez possamos resolver esse desentendimento de outra maneira.

Se eu não respondesse, ela passaria o dia inteiro me bombardeando com mensagens. Suspirei, digitando seu número.

— Olá, Connor. Obrigada por ligar.

— Ashlyn, estou muito ocupado, não tenho tempo de falar nem escrever. Diga o que tem a dizer, para podermos encerrar o assunto.

— Eu queria me desculpar por ontem à noite, e dizer que entendo que você ainda não está pronto para se comprometer com uma só mulher. Resolvi aceitar nosso acordo por hora, mas tenho uma exigência a fazer.

Suspirei, me recostando na cadeira.

— E que exigência é essa, Ashlyn?

— Quero que você dobre o valor da minha mesada, e eu esqueço a conversinha que tivemos ontem à noite.

— Não vou dobrar a sua mesada. Se não fosse por mim, você ainda estaria na rua da amargura. Não se esqueça de que só estou te ajudando por causa de Amanda.

Ela respirou fundo antes de responder:

— Desculpe, Connor, mas não estou nada satisfeita, e tenho andado muito deprimida. Minha autoestima nunca esteve tão baixa, e você só piorou o problema ontem à noite com as coisas cruéis que disse. Não sei se há qualquer razão para eu continuar vivendo. O que sobrou para mim, Connor?

Levantei da poltrona e fiquei dando voltas pelo escritório.

— Não fale assim, Ashlyn. Há muitas coisas boas na sua vida. Eu te dei um emprego na minha empresa. Dou uma mesada a você, além do salário que você recebe da Black Enterprises. E você me vê três vezes por semana. Você sabe como sou, Ashlyn, e conhece minhas regras.

— Sim, Connor, mas eu me sinto como se não houvesse mais um lugar no mundo para mim.

Não podia acreditar que ela tivesse dito isso. Estava me lembrando de Amanda, e eu não podia ter certeza se não faria a mesma coisa. Por isso, embora hesitante, concordei com suas exigências.

— Tudo bem, Ashlyn, eu dobro a sua mesada, mas quero que me prometa que vai usar esse dinheiro para fazer alguma coisa com a sua vida. De repente um curso, ou algo assim.

— Eu sabia que você entenderia, Connor. Obrigada por tudo, e vou pensar no que me disse.

— Preciso ir, Ashlyn. Estou ocupado, e tenho muito a fazer.

Desliguei o celular e esfreguei o rosto, perguntando a mim mesmo onde diabos tinha me metido, enquanto continuava olhando para a sala, aéreo. Peguei os documentos à minha frente e comecei a lê-los. Não muito depois, joguei a caneta na mesa e me recostei na poltrona, pensando em Ellery. Não conseguia tirar essa mulher da cabeça, e isso estava me deixando louco. Sentia necessidade de lhe agradecer formalmente por me ajudar na noite anterior. Ela não quisera aceitar meu dinheiro, o que fora estranho, porque todas as mulheres aceitavam. Não parecera querer ficar comigo por mais tempo do que o necessário, e tinha uma natureza extremamente independente. Então tive a ideia de levá-la para jantar num bom restaurante. Toda mulher gosta de jantar bem num restaurante sofisticado. Carson Williams era meu amigo e dono do Le Sur. Liguei para ele e pedi que reservasse uma mesa para dois, para as sete da noite. Se eu a convidasse pelo celular, daria a ela a opção de recusar, por isso decidi enviar o convite por um mensageiro. Digitei depressa uma mensagem no computador.

Srta. Lane, quero lhe agradecer formalmente por seus préstimos ontem à noite. Estarei à sua espera no Le Sur Restaurant. Meu motorista irá pegá-la às sete da noite em ponto. Connor Black.

Tirei o papel da impressora, dobrei-o com cuidado e o pus num envelope. Escrevi o nome dela do lado de fora e saí do prédio. Liguei para Justin e pedi que se encontrasse comigo no Starbucks. Justin era um estagiário da empresa, e de vez em quando eu lhe pedia para fazer alguns serviços pessoais quando minha secretária não estava disponível.

— Boa tarde, Sr. Black — disse ele, sentando-se à mesa.

— Olá, Justin, Preciso que me faça um favor — expliquei, sentado à sua frente.

Deslizei o envelope sobre a mesa para ele.

— Quero que entregue esta carta para a Srta. Ellery Lane. O endereço dela é este aqui.

Justin pegou o envelope, sorrindo.

— Pois não, Sr. Black, vou fazer isso imediatamente.

Tirei a carteira do bolso e lhe entreguei uma nota de cinquenta.

— Obrigado, Justin. Isso é muito importante.

Ele sorriu e se levantou da mesa.

— Claro, Sr. Black. Vou entregá-la agora mesmo.

Continuei sentado, imaginando se fora uma boa ideia. E se ela não aparecesse? Suspirei e voltei para a cobertura.

Capítulo 4

Cheguei à cobertura e entrei na cozinha para beber água. Denny me seguiu.

— Queria me ver, Connor?

— Denny, preciso que você pegue a Srta. Lane neste endereço às sete da noite em ponto — disse, entregando a ele o papel onde anotara o endereço.

Denny olhou para mim e os cantos de sua boca se curvaram.

— Srta. Lane, hein?

— Não comece a viajar, Denny. Ela me ajudou a voltar para casa da boate ontem à noite, e só vou levá-la para jantar fora como uma forma de agradecimento, só isso.

— Mas a Srta. Ashlyn não ia lhe dar uma carona? — perguntou ele.

— Digamos que tivemos um pequeno desentendimento, e ela foi embora. A Srta. Lane teve a bondade de me trazer, bêbado feito um gambá, em segurança. Para ser honesto com você, Denny, não me lembro de nada da noite passada. Eu a encontrei na cozinha hoje de manhã, preparando café e um coquetel para a ressaca com um gosto horrível.

Ele olhou para mim com uma expressão estranha.

— Então ela é mais uma das suas mulheres da boate?

— Não, Denny, não é. Nada aconteceu entre nós quando ela me trouxe para casa.

Ele sorriu e saiu da cozinha. Abri a garrafa d'água e dei um gole, recostado na bancada. Subi a escada para ir tomar banho. Fiquei debaixo do jato de água quente, deixando que cobrisse meu corpo. Estava pensando em Ellery, em como não conseguia tirar seu sorriso da cabeça. Meu coração começava a bater mais rápido sempre que pensava nela. Saí do chuveiro e me vesti. Abri o armário para pegar o vidro de colônia. Aquela noite, tinha resolvido usar a Armani em vez da Dolce & Gabbana que costumava usar. Dei uma olhada no relógio, pensando que Denny devia estar apanhando Ellery dentro de quinze minutos. Quando cheguei ao Le Sur, Allison, a hostess ruiva, me levou até uma mesa privativa num canto do restaurante.

— Posso providenciar ou fazer mais alguma coisa para o senhor, Sr. Black? — Ela sorriu.

— Não, Allison, não é necessário, mas obrigado — respondi. Ela fechou a cara e se afastou. Fazia anos que vinha tentando me levar para a cama. O que ela não entendia é que não fazia o meu tipo. Peguei o celular e mandei uma mensagem rápida para Denny.

Ela está com você?

Está, Sr. Black, respondeu ele prontamente.

Fiquei esperando à mesa, bebericando minha água, porque de repente tinha começado a fazer um calor horrível. Peguei o celular de novo para dar uma conferida na Bolsa de Valores e, quando levantei a cabeça, vi Allison acompanhando Ellery até a mesa. Fiquei olhando para ela a distância, meu estômago dando mil nós. Levantei e fui até seu lado.

— Boa noite, Srta. Lane. Que bom que decidiu aceitar meu convite.

— Boa noite, Sr. Black. Obrigada por me convidar, mas não precisava. Por favor, me chame de Elle.

Não entendi por que ela queria que eu a chamasse assim. Gostava de Ellery, achava que era um nome bonito, e não devia ser abreviado. Olhei fixamente para ela.

— Seu nome não é Ellery? — perguntei.

— É, mas meus amigos me chamam de Elle — respondeu ela, dando um gole d'água.

Ela nos considerava amigos? Como isso era possível, se tínhamos nos conhecido aquela manhã? Peguei o menu e o abri.

— Mas nós não somos amigos, Ellery.

Acho que ela ficou ofendida com meu comentário, porque franziu os olhos e disse:

— Tudo bem, Sr. Black. Nesse caso, continue me chamando de Srta. Lane.

O jeito como disse isso foi tão sarcástico e atrevido, que não pude conter um sorriso. Fiquei vendo-a estudar o menu, e não quis que se sentisse constrangida, por isso disse que escolhesse o que quisesse. Será que cheguei a mencionar que ela era magra demais e parecia não comer havia semanas? Ela me deu um olhar severo, e respondeu que isso não era da minha conta. A personalidade forte dessa linda mulher estava começando a me excitar. Eu não tivera intenção de ofendê-la ao dizer que era muito magra. Nem sabia por que dissera aquilo. Às vezes minha boca é mais rápida que meu cérebro.

O garçom se aproximou com uma garrafa de Pinot Grigio e encheu nossos copos. Quando anotou o pedido de Ellery, não pude deixar de observar o modo como ela se apresentou e sorriu para ele ao fazer seu pedido. Ela notou que eu a observava, e torci para que não a estivesse deixando constrangida. De repente, ela perguntou sem mais nem menos:

— E então, qual é a sua história, Sr. Black?

A pergunta me pegou desprevenido, pois nenhuma mulher a fizera antes. Olhei para ela, levei o copo de vinho aos lábios e dei um gole.

— Minha história? — perguntei.

Um sorrisinho se esboçou nos seus lábios, e ela inclinou a cabeça, confirmando:

— Sim, sua história.

— O que há para contar? Sou um CEO de trinta anos de idade, tenho mais dinheiro do que jamais vou precisar, não entro em relacionamentos e faço tudo que quero.

Ela me olhava fixamente, como se tentasse me decifrar, por isso devolvi a pergunta:

— Agora que já removemos esse obstáculo, qual é a *sua* história, Srta. Lane?

— Não tenho uma história, Sr. Black. Tenho vinte e três anos, vim para Nova York com meu namorado há pouco mais de um ano, trabalho em meio expediente para uma pequena gravadora, pinto quadros e faço trabalho voluntário na cozinha de um restaurante para sem-teto.

Apertei os lábios, porque tudo que ouvi foi a palavra "namorado". Fiquei um pouco nervoso, mas não entendi a razão. Então, fiz a pergunta óbvia.

— O que seu namorado acha de a senhorita jantar comigo?

Na mesma hora ela abaixou os olhos. Quando respondeu à pergunta, senti a dor em sua voz.

— Não acha nada, não estamos mais juntos. Ele foi embora há três semanas.

Fiquei curioso para saber mais sobre seu relacionamento com o ex-namorado. Será que fora ela quem terminara com ele? Não podia imaginá-lo deixando-a; ela era linda demais para ser abandonada. Perguntei quanto tempo tinham ficado juntos, e ela disse que por quatro anos, e que os dois tinham vindo de Michigan. Então, para minha surpresa, ela decidiu me contar mais.

— Pois é, e então um belo dia ele chegou em casa e disse que precisava de espaço, fez as malas e se mandou.

Senti alguma coisa no momento em que disse isso. Vi a tristeza em seus olhos, e senti pena dela. Comentei que lamentava o que seu namorado fizera e fiquei chocado com as palavras que ela disse em seguida:

— Não lamente; nada dura para sempre.

Quando a ouvi dizer isso, fiquei eufórico. Ela acreditava no mesmo que eu. Tinha acabado de dizer que nada durava para sempre. Será que eu tinha encontrado uma mulher com as mesmas opiniões que eu? Fiquei olhando para ela enquanto observava a decoração do restaurante. Dava para ver que estava apreciando a beleza e a classe do ambiente. Perguntei se tinha gostado dele. Ela sorriu e disse que sim, que tinha adorado. Eu sabia que adoraria.

Estava intrigado com ela e o fato de fazer trabalho voluntário num restaurante para sem-teto. Queria saber mais, por isso perguntei por que trabalhava lá. Ela esboçou um sorriso, inclinando a cabeça.

— Gosto de ajudar pessoas necessitadas. O senhor já devia saber disso, Sr. Black.

Claro que ela gostava de ajudar pessoas necessitadas. Eu mesmo necessitara de ajuda na noite anterior, e ela não pensara duas vezes antes de me levar para casa em segurança. Se bem que eu ainda estivesse furioso com ela por ter feito algo tão perigoso, que podia terminar mal. Pedi desculpas por fazer uma pergunta tão ridícula. Ela sorriu para mim, cortando seu frango, e começou a me contar coisas pessoais sobre sua família. Fiquei observando-a atentamente e bebendo cada palavra que dizia.

— Tive uma infância difícil. Digamos que não contei com ninguém para me ajudar.

— E seus pais? Não a ajudavam? — perguntei, e ela abaixou os olhos.

— Minha mãe morreu de câncer quando eu tinha seis anos, e meu pai era um alcoólatra que faleceu pouco antes de eu fazer dezoito.

Minha nossa, por que horrores essa pobre mulher tinha passado?

— Foi por isso que me ajudou ontem à noite? Porque achou que eu fosse um alcoólatra? — perguntei.

— Não. Meu pai se sufocou com o próprio vômito em uma de suas noites de embriaguez. Eu o encontrei morto na sua cama na manhã seguinte. Não queria que tivesse o mesmo destino, Sr. Black. As pessoas não se dão conta de como é fácil uma coisa dessas acontecer. Passei minha vida inteira cuidando de um pai que bebia até perder a consciência quase todas as noites, porque não conseguia superar a morte de minha mãe. Por isso, cuidar das pessoas se tornou uma segunda natureza para mim.

Minha vontade foi de desviar os olhos, mas não podia. Queria que ela soubesse que eu estava ouvindo cada palavra dilacerante que pronunciava. Esbocei um sorriso para ela e levantei meu copo, fazendo um gesto para que me imitasse.

— Bem, obrigado por sua ajuda, e, embora tenha ficado furioso hoje de manhã quando a encontrei na minha cozinha, agradeço muito por tudo.

Ela sorriu quando nossos copos se tocaram. Ah, aquele sorriso.

Continuamos conversando, e meu celular tocou. Tirei-o do bolso e encontrei um texto de Kendall, mais uma de minhas fodas amigas.

Connor, é só para dizer que vou deixar a porta destrancada, por isso basta entrar e ir direto para o quarto. Vou estar à sua espera.

Merda, eu tinha me esquecido totalmente do encontro com Kendall aquela noite. Tínhamos marcado na semana anterior. Suspirei, olhando para Ellery. Ela me perguntou se estava tudo bem.

— Está, sim, é assunto de trabalho — respondi, guardando o celular no bolso.

Quando terminamos de jantar e de tomar nosso vinho, levantamos e saímos do restaurante. No instante em que atravessamos a porta, Ellery me perguntou se eu queria um sorvete. Olhei para ela com ar espantado, achando aquele convite a coisa mais estranha do mundo.

— Não, não quero um sorvete. Vou levá-la para casa e seguir direto para outro compromisso — respondi.

Mas ela continuou insistindo que fôssemos tomar um sorvete e, para ser franco, eu comecei a me irritar, porque não estava a fim.

— Srta. Lane, eu não quero um sorvete, portanto entre no carro agora para que Denny possa levá-la para casa. — Meu tom foi inflexível, mas ela não estava me dando a menor bola, e eu não estava habituado a isso.

De repente, ela deu as costas e começou a caminhar pela rua. Levantou a mão, acenando.

— Mais uma vez, obrigada pelo jantar, Sr. Black. A gente se vê por aí qualquer hora dessas.

E eu plantado na calçada, vendo-a se afastar. Qual era o problema dessa mulher? Por que não me ouvia?

— Srta. Lane, volte aqui! — gritei.

Ela continuou andando, por isso apertei o passo até alcançá-la.

— Srta. Lane, não vou lhe dizer de novo para entrar no carro — avisei, irredutível.

Acho que ela se enfureceu, porque parou bruscamente no meio da calçada, deu meia-volta e apontou o dedo para mim.

— Não recebo ordens de ninguém, Sr. Black, principalmente de pessoas que conheço há menos de vinte e quatro horas. Não sou sua responsabilidade. O senhor já agradeceu por minha ajuda com um belo jantar, e agora está na hora de nos separarmos. Vou comprar um sorvete, e depois voltar de táxi para casa.

Caramba, essa mulher não levava desaforo para casa. Ela continuou caminhando. Tirei o celular do bolso e liguei para Denny.

— Acho que vamos a uma sorveteria. Te ligo na saída.

Ela disse que eu não precisava ir, já que não gostava de sorvete. Tentei explicar que não era que não gostasse, apenas não queria um no momento. O que não fez a menor diferença, porque Ellery Lane estava decidida a tomar um sorvete, comigo ou sem mim. Achei que tinha encontrado minha alma gêmea.

Continuamos caminhando pela rua, e tentei lhe explicar que não era seguro para uma jovem linda como ela caminhar pelas ruas de Nova York sozinha à noite. Notei seu sorriso quando a chamei de "linda". Senti uma coisa estranha no coração que não saberia explicar, pois nunca sentira nada parecido.

Sentamos a uma mesinha na sorveteria, e ela me perguntou quanto tempo fazia que eu não tomava um sorvete. Achei isso estranho, sem entender que importância tinha para ela.

— Sei lá... desde que era pequeno, acho.

— Está brincando? Não toma um sorvete desde que era pequeno?

— Não, algum problema?

— Não, só fiquei surpresa — disse ela.

— Aposto que você acharia muitas coisas a meu respeito surpreendentes — comentei, abrindo um sorriso.

Não queria que ela soubesse o tipo de vida que eu levava. Era uma boa moça, e não precisava saber sobre todas as mulheres com quem eu saía. Não precisava ser exposta a isso.

— E aí, aonde é que vai depois? — perguntou ela, sem mais nem menos.

— Srta. Lane, não acho que queira realmente saber a resposta a isso — respondi, arqueando uma sobrancelha.

Quando estávamos terminando de tomar nossos sorvetes, liguei para Denny e pedi que viesse nos buscar. Fui abrir a porta do carro para ela, mas Denny se adiantou, e Ellery pareceu gostar disso. Sentei no banco ao seu lado e ela olhou para mim, com um vago sorriso. Parecia estar nervosa, ou desconfortável, pois não disse uma palavra durante todo o percurso até seu apartamento. Denny parou no meio-fio e saiu para abrir a porta. Dei uma espiada no prédio, e então perguntei se ela tinha sua própria entrada externa. Mas acho que ela se ofendeu, pois respondeu, em tom sarcástico:

— Não moro em nenhum condomínio de luxo com porteiro e elevador privativo. É só o que está vendo, Sr. Black: meu humilde prédio com uma única portaria para todos os moradores.

— Eu não quis fazer nenhuma insinuação desse tipo. Só acho que não é seguro, porque qualquer um pode entrar — respondi, irritado. Não precisava ter sido tão sarcástica.

Ela me agradeceu por colocar essa ideia na sua cabeça e me surpreendeu ao dar um beijo no meu rosto. Estremeci porque me pegou totalmente desprevenido; não estava mesmo esperando que fizesse isso. Ela desceu da limusine, piscou para mim e me desejou uma ótima noite. O carro se afastou e Denny me olhou pelo espelho retrovisor.

— Ela é uma ótima moça, Connor, e acho que você encontrou sua alma gêmea.

Revirei os olhos, suspirando.

— Ela é mesmo uma ótima moça, Denny, e vou fazer o possível para que continue sendo.

Peguei o celular e mandei uma mensagem para Kendall.

Desculpe, mas surgiu um imprevisto e não vou poder te ver hoje. Vamos ter que remarcar para outro dia.

Não queria ver Kendall aquela noite. Só queria voltar para a cobertura, beber e tentar tirar Ellery da cabeça.

Capítulo 5

Passei os dias seguintes mergulhando de cabeça no trabalho. Não importava o que fizesse, não conseguia tirar Ellery da cabeça. Isso estava me matando, porque eu precisava me concentrar na aquisição da empresa que a Black Enterprises faria em breve. Sentado na poltrona do escritório, eu me virei para a janela. Observei as ruas de Nova York, esperando vê-la andando por uma delas. Ellery tinha me marcado de algum modo, e eu não conseguia esquecê-la. Peguei o telefone e marquei uma consulta com o Dr. Peters para aquela tarde. Precisava falar com ele sobre o caos em que estava minha cabeça.

Saí do prédio e chamei um táxi para ir ao consultório do Dr. Peters. Não estava nada ansioso para ter essa sessão porque já sabia o que ele ia me dizer. Fui até seu consultório e sentei na poltrona de couro diante dele.

— Que surpresa agradável, Connor. Não esperava vê-lo tão cedo — disse ele.

Respirei fundo, olhando para o Dr. Peters.

— Aconteceu uma coisa, e não consigo tirá-la da cabeça.

Ele olhou para mim, inclinando a cabeça.

— E o que foi, Connor?

— Conheci uma mulher, doutor.

Ele deu uma risadinha.

—Você conhece mulheres todos os dias Connor, isso não é nenhuma novidade.

Olhei para ele, irritado.

— O senhor não está entendendo, essa mulher é diferente. Ela é linda, humana, generosa, doce, forte, teimosa e não tem papas na língua.

O Dr. Peters se inclinou para frente, apoiando os cotovelos nas coxas.

— Está me dizendo que tem sentimentos por essa moça? — perguntou.

Eu me remexi na poltrona, suspirando.

— Não, não tenho sentimentos por ela.

— Então por que está aqui, Connor?

— Dr. Peters, eu pago mil dólares por hora ao senhor para me dizer o que se passa na minha cabeça, queira eu ouvir ou não.

Ele se recostou na poltrona e tirou os óculos.

— Quer minha opinião honesta? Acho que você gosta dessa moça e que está começando a ter sentimentos por ela. Me deixe fazer uma pergunta. Quando foi a última vez que a viu?

— Alguns dias atrás. Por que pergunta?

— Quero que me diga o que tem feito e pensado desde a última vez que a viu.

Levantei da poltrona e fui até a janela. Pus as mãos nos bolsos e pigarreei.

—Tenho mergulhado de cabeça no trabalho porque estou tentando comprar uma empresa que está à venda.

— E tem pensado nela também? — perguntou ele em voz baixa.

— Não consigo tirá-la da cabeça. Ela é tudo em que penso dia e noite. Não consigo me concentrar em mais nada. Desmarquei todos os meus encontros porque só quero ver Ellery.

— Ellery é um belo nome — comentou ele.

— Ellery é um lindo nome, e ela é uma linda mulher — respondi, olhando pela janela.

O Dr. Peters se levantou da poltrona, se aproximou e pôs a mão no meu ombro.

— Parece que a mulher certa entrou na sua vida, Connor. Cuidado para não estragar tudo. Torne-se amigo dela. Essa é a primeira vez que você se abre desde que começou a me ver. Se começar a se apaixonar por Ellery, a primeira coisa que deve fazer é contar a ela sobre seu passado e as mulheres com quem sai. Não pode haver segredos, Connor.

Suspirei, olhando para ele.

— Eu sei, mas não vamos pôr o carro diante dos bois.

Ele deu um tapinha nas minhas costas e pediu que eu marcasse uma consulta para dali a duas semanas. Saí de seu consultório e do prédio. Fui ao Starbucks que ficava alguns metros adiante e liguei para Denny, pedindo que viesse me buscar. Quando entrei na limusine, o celular tocou.

— Conseguiu, Richard?

— Sim, Sr. Black, estou com o número da Srta. Lane.

Pedi a Denny um pedaço de papel, tirei uma caneta do bolso e anotei o número do celular que Richard conseguira para mim.

— Obrigado, Richard, bom trabalho. — Desliguei e olhei para os algarismos no papel. Denny olhou para mim, balançando a cabeça.

— Que foi? — perguntei a ele.

— Não acha que teria sido mais fácil pedir o número à própria Srta. Lane?

— E quando é que eu faço alguma coisa da maneira mais fácil, Denny? — Sorri.

Quando saía da limusine, vi o nome de Ashlyn aparecer no celular.

— Connor Black falando — atendi.

— Por que você sempre atende assim, Connor? — perguntou ela, num tom irritado.

— O que você quer, Ashlyn? Estou muito ocupado no momento.

— Vamos jantar juntos hoje à noite — disse ela.

— Hoje não. Vou trabalhar em casa.

— Você tem trabalhado demais ultimamente, e não nos vemos há uma semana — queixou-se.

Entrei no elevador, torcendo para que o sinal caísse e a conversa se encerrasse. Sorri quando a linha ficou em silêncio, e dei uma olhada no celular para confirmar que a ligação fora interrompida. Quando saí do elevador, fui até o bar e servi uma dose de uísque. Claire saiu da cozinha com um sorriso.

— Boa noite, Connor. Deixei seu jantar no forno, para o caso de passar a noite em casa.

— Obrigado, Claire. Vou passar a noite aqui, sim. Boa noite, e até segunda.

— Obrigada, e bom fim de semana — disse ela, sorrindo.

Assenti, bebendo meu uísque. Segurando o celular, fiquei olhando para o número de Ellery, pensando se devia ou não ligar para ela. Queria ouvir sua voz, mas era cedo demais, e eu tinha certeza de que ela não estava pensando em mim. Afinal, eu fora meio grosso com ela aquela noite. Qual era o problema comigo? Por que não conseguia tirar essa mulher da cabeça? Levei o notebook para a cozinha e o coloquei na mesa. Peguei um prato e tirei do forno o jantar que Claire tinha preparado para mim. Coloquei-o na mesa e abri o notebook. Então, fiz o impensável: pesquisei "Ellery Lane" no Google. Havia um link para um artigo sobre seus quadros, que estavam expostos na Sunset Art Gallery. Quando cliquei no link, apareceu uma foto dela, e não pude deixar de sorrir. Ela era linda com seus cabelos louros longos e ondulados e olhos azul-claros. Ah, aquele sorriso. Comecei a ficar excitado enquanto estudava o formato perfeito de seus lábios. Finalmente me distraí de sua foto ao ler o artigo sobre seus quadros. Decidi que logo na manhã seguinte iria àquela galeria de arte dar uma olhada no seu trabalho. Tinha a sensação de que me permitiria saber mais sobre ela. Horas mais tarde, fiquei deitado na cama, relembrando nosso jantar e refletindo sobre o que o Dr. Peters dissera quanto a ter Ellery como amiga.

Na manhã seguinte, depois de tomar banho e me vestir, fui à cozinha tomar café. Denny já estava sentado à mesa quando entrei.

— Bom dia, Denny. Obrigado por vir trabalhar assim tão cedo num sábado.

— Bom dia, Connor. Bem, é para isso que você me paga — respondeu ele com um sorriso.

Sentei à sua frente, tomando meu café.

— Preciso passar no escritório primeiro para pegar uns documentos antes de ir para o aeroporto, e no caminho quero dar um pulo na Sunset Art Gallery.

Denny inclinou a cabeça de lado.

— Uma galeria? Está de olho em alguma obra de arte? — perguntou ele.

— Pode-se dizer que sim — respondi, levantando da mesa e pondo a xícara na lava-louças.

— A Srta. Lane é uma artista, não é? — perguntou Denny.

— Ela comentou que pinta quadros — respondi.

— Por acaso os quadros dela não estão expostos na Sunset Art Gallery, estão?

Suspirei.

— Sim, Denny, os quadros dela estão expostos lá, e quero dar uma olhada neles.

— Você está bem, Connor? — perguntou ele.

— Estou ótimo, por que pergunta?

— Desde que você conheceu a Srta. Lane, parece diferente. Quase não sai mais, e anda mais nervoso do que de costume. Acho que ela mexeu com você de algum modo.

— Não seja ridículo, Denny. A Srta. Lane não mexeu comigo. Só estou muito ocupado com o trabalho.

O jeito como ele olhava para mim deixava claro que sabia que eu estava mentindo.

— Preciso dar um pulo lá em cima para pegar meu iPad. Te vejo na limusine — disse.

Com o iPad na mão, sentei no banco traseiro e dei uma olhada na Bolsa de Valores. Estávamos presos num típico engarrafamento de sábado, quando Denny me fez uma pergunta que chamou minha atenção.

— Aquela ali não é a Srta. Lane? — Apontou para o Central Park.

Levantei os olhos depressa e vi que ela entrava no parque. Estava usando um jeans justinho e uma camiseta bege de manga curta. Seu cabelo estava preso num rabo de cavalo que balançava a cada passo seu. Notei que carregava um grande bloco de desenho. Abri a porta no meio do trânsito e disse a Denny que arranjasse um lugar para estacionar. Queria saber o que ela ia fazer, mas, principalmente, queria vê-la. Fui seguindo atrás dela a uma boa distância, para que não pudesse me ver se se virasse. Vi quando entrou num dos jardins do Conservatório. Tinha que pensar num jeito de ver e falar com ela sem parecer um *stalker*. Droga, eu era um *stalker*, mas só com Ellery Lane. Ela tinha me deixado assim. Parei diante dos jardins do Conservatório para bolar um plano. Que desculpa daria por estar no Central Park? Tirei o celular do bolso e olhei para seu número. Entrei no jardim e vi quando ela sentou num banco com o bloco aberto e um lápis na mão. Cliquei no seu número e vi quando ela ignorou minha chamada. Esbocei um sorriso e liguei de novo, e pretendia continuar ligando até que ela atendesse.

— Alô? — disse sua voz doce e inocente.

— Olá, Srta. Lane. Está curtindo o Central Park? — perguntei.

Ela virou a cabeça de um lado para o outro, até finalmente olhar para trás e me ver caminhando em sua direção.

— Estou, Sr. Black, e, pelo visto, o senhor também — disse, sorrindo. Ah, aquele sorriso.

Guardei o celular no bolso e sentei ao seu lado no banco. Ela olhou para mim, franziu a testa e não disse uma palavra. Ficou só me encarando, até eu perguntar:

— Que foi?

— Como conseguiu meu número? Não me lembro de tê-lo dado.

— Tenho meios de descobrir qualquer coisa sobre qualquer pessoa, Srta. Lane — informei, com um sorrisinho.

— Quer dizer que é um *stalker*?

Joguei a cabeça para trás, rindo.

— Não, Srta. Lane, não sou um *stalker*. Só queria ter o seu número para o caso de precisar que me ajude a voltar para casa qualquer noite dessas. — Fiquei impressionado com a rapidez com que inventei essa desculpa.

— Como soube que eu estava aqui? — perguntou ela, curiosa.

— Denny a viu passando pela rua, e eu pedi a ele que parasse.

— Por quê?

— Sei lá. Só para dar um alô. — Suas perguntas começavam a me irritar, mas também a me excitar.

— Nesse caso, podia ter apenas ligado, já que tem meu número. — Ela sorriu, fazendo um gesto.

— Srta. Lane, chega de perguntas, por favor. — Suspirei.

— Posso fazer só mais uma?

Franzi a testa para ela, e seus lábios se curvaram.

— O que é? — perguntei em voz baixa.

— Será que podia parar de me chamar de Srta. Lane, e me chamar apenas de Ellery?

— Seria um prazer, Ellery. — Sorri, inclinando um pouco a cabeça.

Adorava dizer seu nome, porque era único. Ela era única, e me fazia sentir diferente quando estava na sua presença. Droga, eu não me sentia o mesmo desde que a vira na cozinha. Olhei para seu bloco de desenho e fiquei vendo-a desenhar duas pessoas. Seu traço era fantástico, e só pude imaginar como não seriam seus quadros.

— O que está desenhando? — perguntei.

— Aqueles noivos ali — disse ela, apontando-os.

— Por quê? — perguntei, curioso.

— Por que não? Formam um casal bonito, e acho que dariam um bom quadro. Vou chamá-lo de *Um Casamento no Central Park*.

— E o que a leva a pensar que alguém compraria uma coisa dessas? — Na mesma hora tive certeza de que o comentário soara antipático.

— As pessoas adoram casamentos, e tenho certeza de que qualquer casal que tenha se unido aqui o compraria como lembrança do começo de sua vida a dois.

— Tudo isso não passa de uma grande palhaçada — resmunguei.

— O quê? — perguntou ela, inclinando a cabeça.

— Casamentos, começar uma vida a dois, relacionamentos, tudo isso. Como você mesma disse, nada dura para sempre.

— Bem, muitas pessoas acreditam em casamentos de contos de fadas, em "viveram felizes para sempre". Não vamos tirar isso delas — disse com doçura, enquanto desenhava.

— Você acredita? — perguntei, sem saber se queria ouvir a resposta.

— Não sei. No passado, achei que acreditava, mas já não tenho mais tanta certeza assim.

Fiquei olhando para seu bloco, vendo-a desenhar. As cicatrizes em seus pulsos se tornavam mais visíveis a cada movimento do lápis. Pus a mão sobre a dela, interrompendo o desenho. Ela olhou para mim e virei seu pulso para cima, alisando de leve a cicatriz com o polegar. Meu gesto a deixou paralisada. Sua pele era macia e quente. Não sei o que me levou a fazer o que fizera, mas precisava tocá-la.

— Me fale dessas cicatrizes — pedi, meus olhos fixos nos seus.

Percebi que ela ficou constrangida, por isso recoloquei sua mão com delicadeza sobre o bloco. Com os olhos baixos, ela respondeu:

— Foi um erro da minha parte. Eu era jovem e insensata, só isso.

— Todo mundo é jovem e insensato de vez em quando, mas nem por isso tenta se matar — respondi, irritado, lembranças de Amanda me assaltando a mente.

— Connor, você não me conhece, nem sabe nada a meu respeito. Não somos amigos, lembra? Portanto, o que aconteceu comigo no passado não é da sua conta — disse ela, ríspida.

Olhei para frente, sem coragem de enfrentar seus olhos. Nunca devia ter dito o que dissera. Tive certeza de que ela devia ter ficado furiosa comigo, e não podia culpá-la.

— Desculpe — pedi, sem olhar para ela.

Ela olhou para mim, e, com o canto do olho, vi um leve sorriso no seu rosto. Ela se levantou do banco e perguntou se eu queria um cachorro-quente. Não, eu não queria um cachorro-quente. O que queria era levá-la a um bom restaurante para almoçar, porque queria conversar sobre um assunto com ela.

— Não, não quero um cachorro-quente. Se está com fome, vou te levar a um restaurante decente para almoçar.

Ela riu, dando as costas, e começou a se afastar.

— Fique à vontade, Sr. Black, mas eu vou comprar um cachorro-quente na barraca.

Levantei depressa e corri atrás dela. A mulher era cabeça-dura, e eu não sabia como lidar com ela.

—Você não ouve ninguém, não é? — perguntei.

— Não, só faço o que quero.

— Dá para notar — resmunguei baixinho.

Chegamos à barraca de cachorro-quente, e ela tornou a perguntar se eu queria um. Achei que ia acabar cedendo e comendo um cachorro-quente. Franzi a testa para ela, que deu uma risada. Comprei os sanduíches e fui para uma mesinha de piquenique. Ellery parou na barraca de temperos e encheu o cachorro-quente de tudo que havia à disposição, exagerando no ketchup. Pareceu feliz ao se aproximar da mesa com um sorriso, seu rabo de cavalo balançando.

— Que asco — comentei, dando uma mordida no meu cachorro-quente sem aditivos.

— Asco? Fala sério, cara, isso é um sonho — disse ela, dando uma grande mordida no seu.

— Mas você sabe que faz mal à saúde, não sabe?

Ela levantou um dedo.

— Só se vive uma vez, portanto é melhor aproveitar ao máximo.

Tentei conter um sorriso, mas ela era tão fofa quando fazia isso, que não me segurei. Ela viu e sorriu também.

— Toma, dá uma mordida — disse, enfiando o cachorro-quente diante do meu rosto.

— Não, tira esse troço da minha frente. — Fechei a cara.

— Só depois que você der uma mordida, Connor, vai poder julgar se é um asco.

Foi aproximando o cachorro-quente da minha boca, e, revirando os olhos, finalmente dei uma mordida. Ela pegou um guardanapo e limpou o canto da minha boca. Tentei empurrar sua mão, olhando-a fixamente. Ela sorriu, explicando que eu estava com ketchup no queixo e que não queria que eu manchasse a camisa. Agradeci, e ela sorriu.

Estava fazendo uma linda tarde, e o Central Park era o melhor lugar para curti-la. Não havia nenhum outro onde preferisse estar a aqui, com Ellery. Ela era uma novidade encantadora na minha vida, e eu curtia cada momento passado em sua companhia. Vi-a dar a última mordida no cachorro-quente e passar o guardanapo na boca. Começava a me sentir nervoso por causa do convite que queria lhe fazer. Não sabia como iria reagir, e estava com medo de que nunca mais quisesse me ver.

— Se não se importa, quero te perguntar uma coisa — disse.

— Manda.

— Eu pensei na nossa saída, e me perguntei se você estaria interessada em ser... — Então me calei, sem saber como dizer isso.

— Em ser... — Ela fez um gesto para que eu continuasse.

Pigarreei, respirando fundo.

— Você estaria interessada em ser minha acompanhante?

Ela franziu os olhos para mim.

51 §§ VOCÊ PARA SEMPRE

— Como assim? Não entendi.

— Estaria interessada em me acompanhar a certos eventos, sem compromisso, e eu lhe pagaria, é claro?

Ela cuspiu a água que estava bebendo

— Como é que é? Como uma escort ou garota de programa? — gritou.

— NÃO, NÃO! Não foi o que eu quis dizer, Ellery — tentei me explicar. — Como amiga.

— Quer saber se podemos sair como amigos, como eu e Peyton? — perguntou.

Passei as mãos pelos cabelos, e ela tocou meu braço de leve.

— Connor, se quer que sejamos amigos, só precisava pedir. Na verdade, eu já nos considerava amigos, portanto, não aceito qualquer pagamento. — Sorriu para mim.

Suas palavras me deixaram feliz. É claro que ela já nos considerava amigos. Era uma das melhores moças que eu já tinha conhecido, e queria conhecê-la melhor, como amiga, é claro.

— Preciso comparecer a um evento beneficente amanhã, representando minha empresa. Gostaria de me acompanhar?

Ela mordeu o lábio de leve, sorrindo meigamente para mim.

— Eu adoraria ir.

— Eu te pego às seis em ponto — respondi, retribuindo o sorriso.

Quando nos levantamos da mesa, ouvi o celular tocar. Tirei-o do bolso, e era uma mensagem de Denny.

Devo entender que não vai mais para Chicago hoje?

Não, não vou. Perdi a noção da hora, e é tarde demais. Ligue para o Jerry e diga que mandei pedir desculpas, porque surgiu um imprevisto e não vou poder viajar hoje, respondi.

Estávamos indo embora do Central Park, quando, de repente, Ellery parou bruscamente, e eu a seu lado. Alguém chamara seu nome e ela olhou para ver quem era. Percebi por sua expressão que não ficara satisfeita. A pessoa que a chamara era seu ex-namorado, Kyle. Ela nos apresentou e não parou de sorrir enquanto falava com ele. Eu estava assombrado com essa mulher, por ainda conseguir conversar com o cara depois de tê-la magoado tanto. A mulher ao lado dele lambeu os lábios, me olhando de alto a baixo. Ellery levou Kyle para o lado e disse a ele que "educasse sua cachorra". Ri comigo mesmo diante da sua coragem. Fiquei sorrindo para ela.

— Que foi?

— Nada, você é tão...

— Sou tão o que, Connor? — perguntou ela, olhando para mim.

— Tão cheia de vida... por assim dizer — respondi, rindo.

Ela sorriu, batendo no ombro com o meu. Pus as mãos nos bolsos e sorri o tempo todo enquanto voltávamos para a limusine.

Denny tinha estacionado a limusine, onde esperava por mim.

—Vai entrar? — perguntei a ela, abrindo a porta.

— Não, prefiro ir a pé — respondeu ela, se afastando pela rua.

— Elle, entra no carro — ordenei.

— Tchau, Connor, te vejo amanhã.

Fiquei lá parado, com a porta aberta, vendo-a se afastar pela rua afora. Qual era a dessa mulher? Entrei na limusine, e Denny deu a volta, olhando para mim com um largo sorriso.

— Ela é fogo na roupa, Connor. Não tem nem talvez, você encontrou sua alma gêmea.

Suspirei, olhando pela janela.

—Vá atrás dela, e não pare até eu mandar.

Denny seguiu Ellery por uns três quarteirões. Ela parou na esquina, e abaixei a vidraça.

— Está pronta para entrar agora? — Sorri.

—Você nunca desiste, não é? — perguntou ela.

— Não até conseguir o que quero — respondi.

Ela revirou os olhos e abriu a porta. Ao entrar, deu um tapinha no meu braço, pedindo que eu chegasse para o lado. Denny nos observava pelo espelho retrovisor, rindo. Quando me afastei, não pude deixar de rir baixinho. Estava feliz por tê-la na minha limusine, mesmo que o trajeto até sua casa fosse curto. Chegamos ao seu prédio e, quando ela estava descendo, segurei sua mão.

— Obrigado por concordar em me acompanhar amanhã — disse com voz suave.

Ela olhou para mim, franzindo o nariz, e sorriu.

—Amiga é para essas coisas.

Capítulo 6

𝒟*enny e eu saímos da limusine* e entramos na galeria de arte. Eu já estivera lá uma única vez, com minha irmã Cassidy, quando ela estava procurando um quadro para o quarto de Camden. Um senhor se aproximou e perguntou se podia nos ajudar.

— Estou procurando os quadros que você tem de Ellery Lane — respondi.

— Ah, sim, os quadros da Srta. Lane estão expostos nessa parede — disse ele. — Ela é uma artista muito talentosa.

Fui até a parede que exibia seu trabalho e observei cada quadro atentamente. Eram simplesmente maravilhosos. O quadro que mais chamou minha atenção foi o que mostrava uma menina sentada em um campo florido, com três anjos olhando para ela do céu. Não pude deixar de pensar nas cicatrizes que vira em seus pulsos.

— Ela é uma grande artista, Connor — comentou Denny, olhando para os quadros.

— É, sim. Preciso comprar todos eles — respondi.

Denny e eu saímos da galeria. Tirei o celular depressa do bolso e liguei para minha secretária, Valerie.

— Olá, Sr. Black — disse ela.

— Valerie, sei que é sábado, mas preciso que me faça um favor. Vá à Sunset Art Gallery e compre três quadros de uma artista chamada Ellery Lane. Vou ligar para o Scott e pedir que ele vá pegar você de carro dentro de mais ou menos uma hora. Vou dar a ele um envelope com o dinheiro para os quadros. Quero que você diga ao vendedor que vai pagar o triplo do valor de cada um. Assim que fizer a compra, Scott vai entregar os quadros na minha cobertura.

— Muito bem, Sr. Black, já estou a caminho.

— Obrigado, Valerie. Vou mandar também um envelope separado com seu nome, pela sua ajuda.

Desliguei o celular e me encontrei com Denny na limusine. Estávamos saindo do estacionamento quando tive uma ideia.

— Denny, me leve à Saks da Quinta Avenida. Temos que dar uma olhada em alguns vestidos.

— Você está brincando, não, Connor? — disse ele, rindo.

— Não, Denny, não estou.

Ele balançou a cabeça e não disse mais nada. A julgar pelo tamanho do apartamento de Ellery e o fato de morar sozinha, imaginei que não tivesse muito dinheiro. Queria comprar algo para ela usar no evento beneficente do dia seguinte. Exigia-se traje a rigor, e não queria que ela se sentisse deslocada. Além disso, uma linda mulher como Ellery Lane merecia usar um belo vestido de grife.

— Me deixe na frente da loja e estacione nos fundos. Eu te aviso quando acabar — disse a Denny.

— Divirta-se escolhendo os vestidos, Connor. — Ele sorriu para mim.

Revirei os olhos e desci da limusine. Entrei na Saks e esbarrei numa mulher que conhecia, chamada Jillian.

— Connor Black, há quanto tempo não nos vemos e apreciamos os benefícios da nossa amizade — disse ela, sorrindo.

— Olá, Jillian. É um prazer ver você, como sempre. — Sorri, dando um beijo no seu rosto.

— Onde tem se escondido? Fiquei esperando que você me ligasse — disse ela, pondo a mão no meu peito.

—Tenho andado superocupado, Jillian, trabalhando muito para tentar garantir uma compra. Infelizmente, não tenho tempo para mais nada.

Quem eu estava tentando enganar? É claro que eu tinha tempo; eu sempre arranjava tempo para sexo. Apenas não queria saber de outras mulheres desde que conhecera Ellery. Embora ela fosse apenas uma amiga para mim, era a única mulher com quem eu queria passar meu tempo.

— Bem, me dá uma ligada quando encontrar tempo. Comprei uns brinquedos novos que gostaria de experimentar com você — disse ela, piscando.

Eu me despedi com educação e peguei a escada rolante, me dirigindo à seção de moda feminina. Nunca tinha feito uma coisa dessas, quer dizer, sem ser para minha irmã. De tempos em tempos eu lhe mandava vestidos para ela usar em eventos beneficentes. Ela ficava irritada, dizendo que gostava de fazer compras e podia escolher sozinha seus vestidos. No entanto, nunca deixava de adorar os que eu escolhia.

— Connor Black, como vai? — Camille sorriu, me dando um breve abraço.

— Estou bem, Camille — respondi.

—Vi sua mãe aqui ontem. Estava comprando vestidos para o evento de amanhã. O que o traz aqui hoje?

— Estou procurando vestidos que gostaria que você levasse para uma amiga minha. Ela vai ao evento comigo amanhã. Tem mais ou menos um metro e setenta e oito e é bem magrinha.

Camille olhou para mim, pondo um dedo sobre o lábio.

— Descreva o cabelo e os olhos dela para mim — pediu.

— O cabelo é louro e longo, e os olhos, azul-claros — respondi.

Ela me levou até uma parede com uma arara de vestidos que haviam acabado de chegar. Sentei no sofá diante da parede, e Camille foi tirando os modelos para me mostrar. Escolhi dez que achei que ficariam maravilhosos em Ellery. O último que Camille me mostrou foi um Badgley Mischka preto, de renda, com alcinhas. Imaginei Ellery com ele, e, de todos os vestidos, foi o meu favorito. Levantei e entreguei seu endereço a Camille.

— Escolhe alguns sapatos para combinar com o vestido, e talvez algumas joias também — pedi, já me afastando.

— Não se preocupe, Connor, vou cuidar de tudo — prometeu ela, sorrindo.

Quando saí da Saks, o celular começou a tocar. Olhei para a tela, que mostrava o nome de Ashlyn.

— Olá, Ashlyn — atendi.

— Que é que está acontecendo, Connor?! — gritou ela.

— Olha como fala, Ashlyn. Qual é o problema?

— Por que não estou na lista do evento beneficente de amanhã à noite?

Suspirei, cansado, porque já esperava essa ligação.

— Desculpe, Ashlyn, mas não fui eu quem fez a lista.

— Você sabia que eu não estava nela, não sabia? — Sua voz estava furiosa.

— É claro que sabia, mas não havia nada que eu pudesse fazer. O número de lugares disponíveis é limitado. Seja como for, não tenho tempo para isso. Preciso ir.

— Espera aí! — gritou ela. — Ouvi um papo de que você vai levar alguém ao evento.

— O que não é da sua conta, Ashlyn. Quantas vezes vamos precisar conversar sobre isso?

— Então é verdade? — perguntou ela.

— Se quer mesmo saber, sim, vou levar uma amiga — respondi, entrando na limusine. — Tenho que ir, Ashlyn; estou trabalhando.

Apertei o botão de desligar antes que ela pudesse dizer mais uma palavra. A última coisa de que precisava era Ashlyn comparecendo àquele evento e dizendo alguma coisa na frente de Ellery. Estava começando a me sentir estressado, e precisava ir à academia. Assim que voltamos à cobertura, peguei minha sacola e saí. Corri na esteira, levantei alguns pesos e dei algumas voltas na piscina. Estava a caminho do vestiário quando Stephanie me parou no corredor.

— Estava esperando que você aparecesse hoje — falou, sorrindo.

— Por quê? — Retribuí o sorriso.

Estava com um olhar sedutor que me dizia que queria sexo, e já. Fazia uma eternidade que eu não transava, e já estava subindo pelas paredes. Ela me levou a uma salinha onde as toalhas eram guardadas. Eu a imprensei contra a parede e passei a mão pela sua camiseta, sentindo os seios grandes e mamilos rígidos, enquanto ela beijava meu pescoço. Passei a mão devagar pelo seu torso e pela frente do short até sentir a beira da calcinha. Stephanie pôs a mão na frente do meu calção e parou bruscamente, me empurrando e olhando para mim.

— Qual é, Connor? Você não está nem duro — disse, ríspida.

Eu não podia acreditar que isso estivesse acontecendo comigo, pois nunca acontecera antes. Suspirei e dei um passo atrás, passando as mãos pelos cabelos, e balancei a cabeça.

— Não sei qual é o problema. Tenho enfrentado muito estresse no trabalho.

Ela abriu a porta e olhou para mim.

— Sexo é a melhor maneira que existe de aliviar o estresse, por isso talvez seja alguma outra coisa. Me liga quando descobrir — disse, e saiu.

Fui até o vestiário e me vesti. Maldita Ellery Lane. Não conseguia parar de pensar nela. Não apenas estava ferrando minha cabeça, como começando a empatar minha vida sexual. Saí da academia e entrei no Range Rover. Encostei a cabeça no volante por um minuto, tentando decidir o que fazer.

Dirigi até a cobertura e joguei a sacola na cama. Entrei no chuveiro e deixei que a água quente escorresse pelo meu corpo. Não conseguia parar de pensar em Ellery e qual seria sua reação quando Camille aparecesse no seu apartamento com os vestidos. Saí do chuveiro e esfreguei o vapor do espelho. Olhei para meu próprio reflexo e não reconheci mais o que vi. Meu coração estava enlouquecendo, minha cabeça um tremendo caos, tudo por cortesia de Ellery Lane.

Dormi muito bem a noite inteira. Tive certeza de que a quantidade de uísque que bebera ajudou. No dia seguinte, tomei banho, me vesti e desci para a cozinha, onde Claire estava fazendo um pão de banana com nozes.

— Bom dia, Connor. Passou uma boa noite?

— Bom dia, Claire. Hoje é domingo, seu dia de folga. O que está fazendo aqui? — perguntei, dando um beijo no seu rosto.

— Esqueceu que vou folgar amanhã para levar meu marido ao médico?

— Tem razão, desculpe, tinha esquecido. Obrigado por fazer o pão de banana, está com um cheiro delicioso — disse, tomando meu café e sentando à mesa.

—Vai ficar pronto em uns cinco minutos.Você parece estar de ótimo humor hoje. Algum motivo especial? — perguntou ela, sorrindo.

Fiquei com a impressão, pelo seu sorriso, que estava sabendo de Ellery. Tive certeza de que Denny lhe contara; aqueles dois pareciam duas velhas fofoqueiras.

— O evento beneficente é hoje à noite, e eu vou acompanhado por uma linda mulher — respondi, abrindo o notebook.

— Muito bem, Connor. Espero que se divirta. — Claire sorriu, colocando na mesa o prato com o pão de banana.

Sorri, agradecendo. Chequei meus e-mails e comecei a responder a alguns, quando chegou uma mensagem de Ellery ao meu celular.

Oi, Connor. Sou eu, Ellery. Obrigada pelo lindo vestido, mas é demais, e não acho certo aceitar.

Sorri, porque sabia que ela adoraria. Queria fazer com que se sentisse como uma princesa aquela noite, mesmo que fosse apenas uma amiga.

Não precisa me agradecer, e não é demais. Te vejo às seis em ponto.

Estava ansioso para saber qual vestido ela tinha escolhido. Eram todos deslumbrantes, mas o preto de renda e alcinhas era meu favorito. Podia imaginar aquele vestido envolvendo sua silhueta delicada e elevando seus seios num decote sexy. Imaginei seus cabelos em cachos sobre os ombros e seu sorriso quando eu fosse buscá-la. Ah, aquele sorriso. Na mesma hora fiquei superexcitado e precisei subir para resolver o problema. O que se tornara um hábito diário, já que fazia tempo que eu não transava. Como iria conseguir me controlar com ela mais tarde?

Vesti o smoking, penteei o cabelo e passei a colônia do Armani. Por que diabo estava tão nervoso? Pus as abotoaduras e desci. O celular tocou. Tirei-o do bolso do paletó, e vi que era minha mãe que ligava.

— Olá, mãe — atendi.

— Connor, querido, não vamos ao evento. Por favor, peça desculpas a todos.

— Por quê? O que aconteceu? — perguntei.

— Nada com que se preocupar, querido. Estamos todos gripados.

— Sinto muito, mãe. Há alguma coisa de que precise?

— Não, Connor, apenas peça desculpas em nosso nome e divirta-se.

— Me ligue se precisar de mim ou de qualquer coisa — fiz com que prometesse.

Fui para a garagem, onde Denny esperava por mim. Entrei na limusine e respirei fundo. Denny olhou para mim pelo espelho retrovisor.

—Você está bem, Connor? — perguntou.

— Estou ótimo, Denny. Vamos buscar a Srta. Lane.

Paramos no meio-fio diante do seu prédio. Desci e fui até seu apartamento, e então bati e esperei que ela abrisse. No momento em que a porta se abriu, respirei fundo ao ver Ellery usando o meu vestido favorito. Uma sensação inebriante tomou conta de mim quando ela sorriu. Ah, aquele sorriso.

— Estava com medo de que eu fosse assaltada entre a porta e o carro? — perguntou ela, com um sorrisinho.

— Muito engraçado, Ellery — respondi, sorrindo.

Ela bateu com o ombro no meu, brincalhona, e retribuí o gesto. Abri a porta para ela, que sentou graciosamente no banco. Entrei e sentei a seu lado. Peguei uma flûte e lhe entreguei, enchendo-a de champanhe em seguida. Mais uma vez, meu coração começou a bater mais rápido do que o normal, e as palmas de minhas mãos ficaram suadas. Levantei a flûte para ela.

—Você está linda, Elle. Que vestido maravilhoso.

— Obrigada, Connor. Estava torcendo para que você gostasse. — Ela piscou, levantando a flûte para mim.

Ela estava deslumbrante. O vestido envolvia seu corpo exatamente como eu imaginara, contornando seu torso franzino. Seus cabelos macios e ondulados estavam presos num coque que exibia seu pescoço longo, e pequenas gotas de brilhantes pendiam à perfeição das orelhas. Aspirei discretamente seu perfume, que enchia o ambiente fechado em que nos encontrávamos. Desnecessário dizer que estava me excitando. Já sabia que seria uma longa noite.

Denny estacionou diante da entrada do hotel e saiu para abrir a porta de Ellery. Desci e fui até seu lado, segurei sua mão e a ajudei a sair da limusine. Sua mão era quente e macia, e meu corpo pegou fogo quando a toquei.

— Acha que pode se comportar durante o evento? — perguntei.

— Não posso prometer nada. — Ela sorriu, me dando o braço.

Entramos no hotel e fomos direto para o corredor que levava ao salão de bailes. Era um dos salões mais elegantes de Nova York. Eu precisava urgentemente de uma bebida.

— O que posso trazer do bar para você? — perguntei.

—Vou tomar um copo de vinho branco, por favor.

Disse a ela para esperar na mesa e fui ao bar pegar nossas bebidas. Trouxe seu copo de vinho e fiquei bebendo meu uísque e admirando a mais linda mulher do salão à minha frente. Vi um bom amigo e colega, Robert, que estava com a esposa, do outro lado do salão. Segurei de leve o braço de Ellery, conduzindo-a até onde ele e a esposa estavam.

— Boa noite, Connor — disse Robert, apertando minha mão.

— Olá, Robert, Courtney. Gostaria de lhes apresentar uma amiga, Ellery Lane.

—Você tem belas amigas, Connor — disse ele, beijando a mão de Ellery.

Esbocei um sorriso e vi Courtney olhar para Ellery de alto a baixo. Courtney e eu havíamos tido um breve caso, e ela ficara ressentida. Tinha se apaixonado para valer e queria mais, mas eu não tinha nada para dar. Robert passou o braço pelo meu ombro e me levou até um canto onde as mulheres não pudessem nos ouvir.

— Connor, Ashlyn vai vir. Achei que você devia saber — disse ele.

— O quê? Pensei que o tinha mandado tomar providências para que ela não aparecesse por aqui — respondi, ríspido.

— E eu tomei, mas aí ela deu em cima de George Frankel, e ele agarrou a oportunidade com unhas e dentes. Você sabe que ele não resiste a mulheres bonitas.

— Droga. — Balancei a cabeça.

Voltamos até onde Ellery e Courtney estavam. Pus a mão nas costas de Ellery e a acompanhei de volta à mesa. Precisava tentar encontrar Ashlyn antes que ela visse Ellery. Puxei a cadeira para ela e pedi licença para ir ao banheiro.

Fui para o corredor e vi Ashlyn entrando no salão com George. Ela me viu chegando e sorriu. Eu estava furioso, e ela sabia.

— George, que prazer ver você, meu amigo. — Sorri, passando o braço pelo seu ombro. — Por que não vai ao bar pegar uma bebida para você e Ashlyn? Ela te encontra na mesa, mas, primeiro, tenho que conversar sobre um assunto com ela.

Ele concordou e atravessou o corredor até o salão. Assim que desapareceu, eu me virei para Ashlyn, a raiva ardendo em meus olhos.

— Que diabos está fazendo aqui?! — perguntei entre os dentes, olhando ao redor para ter certeza de que ninguém nos via. Empurrei-a contra a parede.

— Calma, Connor! George me perguntou se eu gostaria de acompanhá-lo, e eu, por gentileza, aceitei. Há alguma razão para você não me querer aqui?

Desviei os olhos, e então olhei para ela. Segurei seu braço e a levei até um canto.

— Estou aqui com alguém, e te juro, Ashlyn, que se disser uma palavra a ela...

— Não se preocupe, Connor, não vou contar nosso segredinho para o seu novo brinquedo. — Ela abriu um sorriso diabólico.

Cravei os olhos nos seus, e ela soube que eu estava puto.

— Estamos entendidos, Ashlyn?

— Não se preocupe, você foi bastante claro — sussurrou ela.

Dei as costas e voltei para o salão. Quando me aproximava da entrada, notei que Ellery dançava com outro homem, e a raiva começou a me devorar por dentro. Fui até a pista de dança e dei um tapinha no ombro de Andrew.

— Com licença, Andrew, mas ela está comigo.

Ele olhou para mim, constrangido.

— Sr. Black, mil desculpas. Não sabia que ela era sua.

Afastou-se e eu tomei seu lugar, envolvendo a cintura dela e segurando sua mão. A pele era tão macia, que era uma delícia segurá-la.

— Eu te deixo sozinha por um minuto, e você já sai dançando com um estranho? É isso que chama de se comportar?

Ela franziu os olhos para mim.

—Você me deixou sozinha e desapareceu com aquela mulher que te deu um tapa no Club S.

Olhei para ela, confuso.

—Você viu isso?

Ela balançou a cabeça.

— Acho que muita gente viu isso.

— Vamos ver se eu entendi. Você me viu antes de me encontrar bêbado diante da boate?

— Vi, estava sentada no bar. Por que pergunta? — Ela inclinou a cabeça.

— Interessante — comentei, os cantos de minha boca se curvando.

— O que é interessante? — ela perguntou. — Ah, já entendi. Você acha que eu estava de olho em você desde o começo.

Dei um sorrisinho malicioso para ela.

— Suas palavras, Srta. Lane, não minhas.

Ela revirou os olhos e se inclinou para mim, seus lábios a centímetros do meu ouvido. Não pude deixar de aspirar sua fragrância sedutora enquanto ela sussurrava no meu ouvido:

— O senhor está delirando, Sr. Black.

Fechei os olhos, porque o aroma era inebriante. Ela cheirava a perfume de lilases. Essa dança precisava terminar depressa, ou ela ficaria com a ideia errada, se é que você me entende. Então, ela me perguntou por que eu escolhera esta associação para representar. Era uma pergunta muito pessoal para mim, e não estava disposto a lhe confidenciar algo tão íntimo. Afinal, éramos apenas amigos.

— Posso saber por que resolveu apoiar esta associação? — perguntou.

— E por que não? — foi minha vaga resposta.

— Mas por que esta especificamente? — insistiu ela.

Virou o rosto, olhando para os outros convidados.

— É uma associação beneficente com que minha empresa está envolvida. Por que é tão importante assim para você saber uma razão específica?

— Esquece que eu perguntei — disse ela, evitando meus olhos.

—Você é doida — disse.

— Quando eu ficar doida, Sr. Black, o senhor vai saber — respondeu ela.

Os pensamentos que me passaram pela cabeça foram sexuais quando ela disse isso. Não pude evitar. Sou um homem, e é nisso que pensamos. Ainda bem que a música acabou, porque não havia jeito de continuar escondendo minha excitação, com nossos corpos pressionados daquele jeito. Soltei-a, pondo a mão direita no bolso e a esquerda nas suas costas, e voltamos para a mesa. Apresentei-a a alguns de meus associados, que já estavam sentados. Dei uma olhada na mesa ao lado e vi Ashlyn fuzilando Ellery com os olhos. Lancei um olhar de advertência para ela, que logo se virou. Sentamos e jantamos. Tomei a liberdade de pedir filé mignon para Ellery, já que precisava engordar um pouco. Não sei se ela gostou, mas conseguiu me impressionar comendo o bife inteiro. Quando acabamos de comer, enquanto ouvíamos alguns discursos, Ellery pediu licença para ir ao banheiro.

Eu me levantei e fui ao bar, para trazer outro copo de vinho para Ellery e mais um uísque para mim. Voltei à mesa e fiquei surpreso de ver que ela ainda não tinha voltado. Coloquei as bebidas na mesa e fui até o local onde ficavam os banheiros. Então me recostei na parede em frente ao das mulheres e cruzei os braços. Fiquei tentado a abrir a porta para ter certeza de que ela estava lá. A ideia de ela estar com problemas ou apenas ir embora por se sentir entediada me passou pela cabeça. De repente, a porta se abriu e Ellery pareceu assustada ao me ver ali parado.

— Hum... oi! Por que está parado aí desse jeito?

— Porque você estava demorando muito, então decidi vir ver se estava bem. Ia te dar mais cinco segundos, e então ia abrir a porta e começar a te procurar.

— Uau, o *stalker* entrou em ação? — disse ela, se afastando.

— Pela última vez, não sou um *stalker*, só fiquei preocupado com a sua segurança — disse, suspirando.

Ela esboçou um sorriso. Ah, aquele sorriso. Não fazia ideia do que estava acontecendo comigo. Queria tocá-la, sentir sua pele nua contra a minha. Merda, isso não era bom. Talvez tivesse cometido um erro ao trazê-la. Será que a estava incentivando? Éramos apenas amigos, e esperava que ela entendesse isso. Tinha vontade de bater com a cabeça na parede, para ver se tomava juízo. Respirei fundo. Ellery se sentou e deu um gole de vinho. Eu precisava falar com um amigo meu, por isso disse a ela que já voltaria. Afastei-me alguns passos e conversei com Paul sobre a empresa que estava tentando comprar. Meus olhos ficavam voltando para ela, que continuava sentada, tão linda. Vi seus lábios envolverem a borda do copo de vinho a cada gole que dava, deixando a marca do seu batom no cristal. Paul notou que eu encarava Ellery.

— Connor, você parece distraído — disse ele, virando-se e olhando para Ellery.

— Desculpe, Paul. Estou ouvindo. Por favor, continue.

— Eu também ficaria agradavelmente distraído se tivesse aquela linda mulher diante dos meus olhos — disse ele, sorrindo.

— Sabe de uma coisa, Paul? Vamos continuar isso amanhã. Tenho um encontro às dez em ponto, mas por favor ligue para Valerie e diga para ela marcar uma reunião — pedi.

Ele deu um tapinha nas minhas costas e se afastou. Vi Ashlyn do outro lado do salão, de olho em Ellery. Estava na hora de levá-la embora. Fui até a mesa e pousei a mão no seu ombro.

— Pronta para ir embora?

— Estou, se você estiver.

O que não contei a ela foi que não iria acompanhá-la até em casa. Precisava ficar e ter uma conversa com Ashlyn. Também precisava repensar minha situação com Ellery. Minha cabeça andava ferrada desde que a conhecera, e precisava dar um basta nisso. Ela merecia coisa melhor do que eu, pois não era o homem que achava que eu era. Eu acabaria por magoá-la, ou ela a mim, e isso era algo que eu não estava no mercado para ter. Fomos até a limusine, onde Denny esperava por nós, e abri a porta para Ellery.

—Vou mandar Denny te levar para casa. Preciso terminar de resolver um assunto. — Segurei sua mão e a beijei. — Obrigado por me acompanhar ao evento. Espero que tenha se divertido.

Ela fixou seus olhos azul-claros em mim, e pude ver a decepção neles.

— Foi uma noite maravilhosa, Connor. Obrigada por me convidar.

Estava magoada por eu não acompanhá-la e, pela primeira vez, senti um aperto no coração ao vê-la entrar na limusine sozinha. Detestei me sentir assim, e decidi acabar com isso. Não tinha escolha. Precisava ser feito. Voltei para o hotel para conversar com Ashlyn, mas não a encontrei em parte alguma. Sentei no bar do saguão e pedi um uísque para afogar as mágoas. Pouco depois, quando já estava prestes a pedir a segunda dose, Denny me ligou.

— O que é, Denny?

— Achei que você devia saber que a Srta. Lane me obrigou a levá-la à praia.

— Como é?! Mas eu lhe dei ordens de levá-la para casa — gritei.

— Connor, você sabe como a Srta. Lane é, ela não me deixou escolha. Estou quase chegando ao hotel para te buscar.

— Será que ela não sabe como é perigoso para uma jovem ir à praia à noite, sozinha? Seu desprezo pela segurança é ridículo! — Desliguei o celular e saí, no momento em que Denny já parava a limusine no meio-fio.

— Me leva direto à cobertura para eu poder pegar o Range Rover — pedi, entrando na limusine.

— Desculpe, Connor, mas ela não me deixou escolha. É uma moça muito teimosa e disse que, se você criasse algum problema, ela se entenderia direto com você — contou ele, esboçando um sorriso.

— Ah, é? Ela disse isso?

Denny assentiu.

— Como já disse, Connor, a Srta. Lane é sua alma gêmea.

Entramos na garagem, passei para o Range Rover e toquei para a praia. Era um trajeto de apenas dez minutos. Estava furioso com ela por fazer isso. Como se atrevia a desafiar minhas ordens e obrigar Denny a me desobedecer?

Capítulo 7

Estacionei o Range Rover e desci. Estava fazendo uma noite quente para aquela época do ano. Olhei para o mar enquanto procurava por Ellery. Estava lindo à noite com o luar brilhando sobre ele, iluminando cada onda que avançava rumo à praia. Podia ver por que ela quisera ir para lá. Localizei-a na beira da água, banhada pelo luar que iluminava sua silhueta. Ouvi seu riso leve quando seus pés tocaram a água. Ela era tão cheia de vida — um espírito livre. Fiquei parado, as mãos nos bolsos, e pigarreei.

— O que pensa que está fazendo? — perguntei, a voz irritada.

Ela ficou paralisada, e então se virou para mim.

— O que está fazendo aqui, Connor? Não tinha que terminar de resolver um assunto?

— Estou aqui porque você não voltou para casa, obrigando meu motorista a desobedecer minhas ordens — respondi em tom ríspido.

— Bem, a noite está linda, e eu quis dar um pulo na praia; é o meu lugar favorito para visitar.

— Há um horário para se fazer isso, Ellery, e não estamos nele.

— Lamento que você pense assim, mas ainda não acabei, portanto não vou a parte alguma.

—Vamos embora agora, Ellery — exigi.

— Não seja rabugento. Se quer que eu vá, então vai ter que me pegar. — Ela riu, começando a correr pela praia.

— Pelo amor de Deus, Elle, você está me irritando! — gritei, começando a correr atrás dela.

Estava quase alcançando-a. Dava para ver que ela começava a ficar sem fôlego, começando a diminuir o passo. Cheguei por trás dela, peguei-a e a pus sobre o ombro. Ainda bem que estava escuro, ou ela teria visto meu meio sorriso. Ela esperneou e gritou, enquanto eu a carregava pela areia.

— Me põe no chão, Connor Black!

— Nem pensar! Você vai fugir de novo, e eu já estou cansado desses joguinhos.

— Não vou, prometo. Até porque estou sem fôlego, caso não tenha percebido — disse ela.

Dava para ver que estava ofegante, por isso eu a pus com cuidado no chão. Na mesma hora ela sentou na areia macia, naquele vestido de grife caríssimo. Não podia acreditar no que estava vendo, enquanto ela estendia a mão para mim, pedindo que eu me sentasse ao seu lado.

— Não vou sentar de smoking na areia.

Ela olhou para as águas do mar noturno e disse em voz baixa:

—Vive um pouco, Connor, a vida é curta demais.

Suas palavras foram sérias. Ela não estava mais brincando. Contrariando a sensatez, sentei ao seu lado. Ela não olhou para mim, mas os cantos de sua boca se curvaram ligeiramente. Ficamos em silêncio por um momento. Eu olhava para o mar, tentando ver o que ela via. Ela viera ali por uma razão, e agora estava pensando em alguma coisa. Eu estava prestes a perguntar se estava bem, quando ela começou a falar.

— No dia em que fiz dezesseis anos, recebi o diagnóstico de que tinha câncer. Feliz aniversário de dezesseis anos! Adivinha só? Você tem câncer.

Fiquei perplexo com o que ela acabara de dizer. Por que tinha me contado algo tão pessoal? Engoli em seco, sem saber o que dizer. Sua voz era baixa, seus olhos fixos nas águas distantes do mar. Queria abraçá-la com força, mas não podia fazer isso. Tinha medo de sua reação. Segurei sua mão, sussurrando:

—Você não tem que fazer isso.

Ela respirou fundo e continuou:

— Não podia suportar a ideia de meu pai enfrentar novamente a tortura e a dor causadas pela perda de minha mãe, por isso decidi poupá-lo desse destino.

— Ah, Ellery... — sussurrei, me inclinando em sua direção. Ainda segurava sua mão, e ela não tentou se afastar. A sensação dentro de mim era avassaladora, e eu acariciava sua pele quente com o polegar.

— Ele estava de saída para tomar uma de suas bebedeiras, e eu sabia que só voltaria de madrugada, se voltasse, portanto, era a minha oportunidade de pôr o plano em ação. Enchi a banheira de água quente, deitei e cortei os pulsos com uma gilete. Mas acredita que justamente nessa noite ele resolveu esquecer a carteira em casa e teve que voltar pouco depois? Coisa do destino, não? Ele me encontrou e ligou para o pronto-socorro. Escapei por um triz; tinha perdido muito sangue.

Não pude dizer uma palavra. Estava comovido demais, por isso apenas continuei segurando sua mão. Podia sentir sua dor, e me doía muito saber que minha amiga, essa linda mulher, tinha passado por algo tão terrível.

— Acho que Deus tinha outros planos para mim. Fiz um ano de quimioterapia e entrei em remissão. Recebi uma segunda chance de viver, e sou grata por isso. Como disse ontem, eu era jovem e insensata, e cometi um erro terrível.

A necessidade imperiosa de abraçá-la finalmente venceu. Soltei sua mão, passei o braço pelo seu ombro e a puxei para mim. Ela encostou a cabeça no meu ombro.

— É por isso que você sente a necessidade compulsiva de ajudar os outros, não é? — perguntei, dando um beijo no alto da sua cabeça. — Você é uma boa pessoa, Ellery Lane — sussurrei no seu ouvido.

Aquela noite foi um momento decisivo para mim. Ellery tinha baixado as defesas e me mostrado seu lado frágil. Eu soubera, ao ver as cicatrizes em seus pulsos, que ela tivera um passado problemático. Nunca sonhara que fora obrigada a lutar com um câncer. Ela fechou os olhos, mantendo a cabeça encostada no meu ombro. Estava exausta, e já era tarde. Eu precisava ir para casa. Peguei-a no colo e a carreguei pela areia. Ela passou os braços pelo meu pescoço, encostando a cabeça no meu peito. Eu a abraçava com força. Queria que se sentisse segura comigo. Abri a porta do Range Rover e a coloquei com cuidado no banco da frente. Quando começou a se remexer, sussurrei:

— Dorme, meu anjo.

Saí do estacionamento e dirigi até seu prédio. Olhava para ela o tempo todo, enquanto ela dormia tranquilamente. Parecia um anjo. Tudo que eu tentara enterrar essa noite voltava à tona e afogava meus medos com uma ponta de esperança. Talvez, apenas talvez, nossa amizade pudesse se transformar em algo mais algum dia. Parei o carro diante de seu prédio. Sua bolsa estava ao lado, por isso a abri para pegar as chaves. Saí do carro e dei a volta até o lado do carona, abrindo a porta. Peguei-a com cuidado, ela passou os braços pelo meu pescoço e a levei até seu apartamento. Enfiei a chave na fechadura, destrancando a porta, e a empurrei de leve com o pé. Em seguida levei-a pelo corredor até o quarto e a coloquei com toda a delicadeza na cama. Olhei ao redor e vi um edredom num canto. Peguei-o e a cobri, para aquecê-la. Fiquei parado ao seu lado enquanto ela dormia, acariciando seu rosto macio com as costas da mão.

— Durma bem, meu anjo, e bons sonhos.

Ela não se moveu ou fez qualquer som.

Saí do quarto e parei no meio do apartamento. Dei uma olhada no espaço praticamente vazio que era sua casa. Achei que parecia um caixote. Com a venda de seus quadros, ela poderia se mudar para um apartamento melhor. Decidi que iria ajudá-la a encontrar um.

Na manhã seguinte, depois de tomar banho, sentei na beira da cama e fiquei olhando para o celular, me perguntando se devia ou não mandar uma mensagem para Ellery. Dei uma olhada no relógio, e ainda era cedo, mas decidi mandar uma mesmo assim.

Oi, espero que tenha dormido bem. Só queria saber se já está acordada e como está se sentindo.

Quando apertei o botão de enviar, ouvi vozes no andar de baixo. Quem estaria ali àquela hora da manhã? Desci até a cozinha e encontrei Ashlyn conversando com Denny.

— Ashlyn, o que está fazendo aqui? Sabe que horas são? — perguntei, irritado.

— Bom dia, Connor. Você está lindo hoje de manhã. — Ela sorriu, aproximando-se, e ajustou minha gravata.

Revirei os olhos e fui pegar a jarra de café.

— Responde à pergunta, Ashlyn.

— Phil me pediu para te entregar esses papéis. Mandou pedir desculpas, mas só vai chegar ao escritório mais tarde, e disse que você precisava deles para a reunião. Então eu disse a ele que os entregaria pessoalmente a você.

Ainda ao meu lado, ela fez menção de pegar uma xícara. Suspirei, saindo da sua frente.

— Obrigado por entregar os papéis, Ashlyn. Pode ir embora, agora.

— Connor, por que você tem que ser tão cruel? Vou para o escritório com você. Por que deveria pagar um táxi quando nós dois vamos para o mesmo lugar?

Tomei meu café e fui ao escritório para dar uma olhada nos papéis antes da reunião na Black Enterprises. Meu celular deu um bipe, acusando uma mensagem de Ellery.

Bom dia, Connor. Dormi bem e estou me sentindo ótima, obrigada por seu interesse. Espero que tenha um dia maravilhoso, e não trabalhe demais!

Sorri, lendo suas palavras, e respondi depressa:

Fico feliz que esteja se sentindo bem, e eu sempre trabalho demais; é por isso que sou tão bem-sucedido.

Acredito, e obrigada por cuidar de mim ontem à noite. Fico te devendo!

Dei uma olhada no relógio e, se não saísse logo, iria me atrasar para a reunião. Respondi depressa:

Considere como uma retribuição por ter me trazido para casa em segurança. Vou entrar numa reunião agora. Falo com você mais tarde!

Tchau, Connor.

Fui para o corredor, onde Ashlyn esperava por mim.

— Denny está esperando por nós na limusine — disse.

— É onde ele espera todos os dias, Ashlyn — respondi, com um suspiro.

Entramos na limusine, e Ashlyn partiu para o ataque, inclinando-se para mim e segurando minha gravata.

— Por que não nos encontramos hoje à noite e nos divertimos um pouco? Já faz muito tempo, Connor, e estou com sintomas de abstinência — queixou-se.

Afastei sua mão da minha gravata.

— Desculpe, mas tenho um compromisso hoje à noite.

— Ultimamente, você sempre tem compromissos — reclamou. — Isso não tem nada a ver com aquela mulher com quem você estava na noite passada, tem?

— Ellery não tem nada a ver com isso. Já te expliquei mil vezes que tenho andado ocupado. Você trabalha na Black Enterprises, e sabe como tenho trabalhado duro para garantir a compra daquela empresa em Chicago.

Ela segurou minha mão.

— Connor, você precisa dar um tempo. Eu me preocupo com você.

Tirei a mão.

— Lembre-se das regras, Ashlyn. — Dei um olhar severo para ela, que virou o rosto para a janela. Pude ver Denny olhando zangado para mim pelo espelho retrovisor. Finalmente chegamos à Black Enterprises. Ashlyn desceu da limusine, e eu a segui. No momento em que saía, parei para ajeitar a gravata que ela tinha entortado. Olhei para a multidão de gente que corria para chegar ao seu destino, e vi Ellery alguns passos adiante, no meio da calçada, olhando para mim, segurando um copo da Starbucks na mão. Ela esboçou um sorriso e acenou. Fiquei furioso, porque ela devia ter visto Ashlyn saindo da limusine. A expressão em seu lindo rosto era de tristeza. Só Deus sabia o que devia estar pensando naquele momento. Tentara fingir um sorriso, mas não conseguira esconder o fato de estar magoada. Vi sua expressão infeliz ao olhar para mim. Não pude forçar um sorriso, porque estava aborrecido por ela nos ver assim. Quis ir até ela, abraçá-la e lhe dizer o quanto tinha adorado a noite passada, mas só consegui dar um curto aceno enquanto entrava no prédio. Merda, o que iria fazer agora? Eu a magoara de novo, como na noite passada, quando a despachara para casa sozinha na limusine.

O saldo da reunião foi bastante positivo, e eu estava relativamente de bom humor. Tive uma ideia, e mandei uma mensagem para Denny.

Vou jantar com a Srta. Lane hoje. Tenho a impressão de ela ter dito ontem que saía do trabalho às seis da tarde. Preciso que você vá buscá-la no seu emprego e a leve ao The Steakhouse, onde vou ficar à sua espera.

Ela sabe que vai jantar com você?

Vai saber, quando você for buscá-la.

Muito bem, Connor.

Essa última mensagem me deixou com a impressão de que Denny não acreditava que Ellery jantaria comigo aquela noite.

Dei o meu expediente por encerrado e olhei para o relógio. Já eram cinco e meia. Saí do escritório e chamei um táxi para ir ao restaurante. Sentei num reservado e fiquei esperando que Ellery viesse ao meu encontro. Queria conversar com ela sobre a cena que ela presenciara pela manhã. Não sabia como explicá-la, mas tinha que pensar em alguma coisa depressa. Eram seis e meia, e Denny já devia estar chegando. Quando ia tirar o celular do bolso para ligar, vi que ele caminhava em minha direção.

— A Srta. Lane me pediu para lhe dizer que ela não está livre e que tem outros planos. Também disse que, se quiser jantar com ela, que pegue um telefone e a convide você mesmo — disse ele, começando a rir.

— Que bom que você está achando isso engraçado, Denny.

— Desculpe, Connor, mas ela não recebe ordens de ninguém. Aquela mulher é única.

Balancei a cabeça, abaixando os olhos.

— Ela ficou furiosa com o que viu hoje de manhã. Tenho certeza disso. Você tem razão, Denny, ela é única, e preciso dar um jeito de contornar a situação. Me leve ao apartamento dela — pedi, e saímos do restaurante.

— Ela não está em casa — informou Denny.

— Como é que você sabe?

— Eu a segui depois que ela recusou seu convite. Está jantando sozinha numa pizzaria chamada Pizzapopolous.

— Então, parece que é lá que vou jantar hoje.

Fiquei parado diante da vitrine vendo-a sentada a uma mesinha, procurando algo na bolsa. Estava tão bonita quanto na noite anterior. Entrei no pequeno restaurante e sentei à sua frente. Ela olhou para mim e revirou os olhos. Sua atitude me excitava.

— Então é aqui que você quer jantar? — perguntei.

Ela inclinou a cabeça.

— Sim, Connor, é aqui que eu vou jantar, e não creio que você esteja convidado.

Pus a mão no coração.

— Ai. Essa doeu, Ellery. Convidei você para jantar, levei o maior fora, então resolvi vir até você.

— Como sabe se eu quero companhia? — perguntou ela.

Pus as mãos sobre a mesa e as apertei.

— Não sei, mas, já que estou aqui, não faria nenhum mal se jantássemos juntos — disse, dando uma olhada no restaurante.

Ela balançou a cabeça, esboçando um sorriso. Abri o menu e dei uma olhada nele, enquanto a garçonete chegava à nossa mesa para anotar os pedidos. Eu costumava comer pizza quando era pequeno, mas não comia há anos e nem estava a fim de recomeçar agora. Quando pedi uma salada antipasto, Ellery tirou o menu das minhas mãos.

—Você não pode vir a uma pizzaria e comer só uma salada.

A garçonete me olhava de alto a baixo, e não parava de fuzilar Ellery com os olhos. Ela pigarreou para chamar a atenção da garota.

—Vamos querer uma pizza grande com pepperoni, champignons e azeitonas pretas, e uma salada antipasto com grissinis.

Pousei um dedo sobre os lábios.

—Você acha mesmo que eu vou comer pizza?

— Eu não acho, tenho certeza absoluta. — Ela sorriu.

Ah, aquele sorriso. Estava achando muito difícil dizer não para aquela mulher. Era como se ela tivesse certo controle sobre mim, e eu não pudesse impedir isso quando estava em sua presença. A garçonete trouxe a pizza e a pôs no meio da mesa. Olhei para ela, e então para Ellery, que já colocava uma fatia no meu prato. Peguei o garfo e a faca e comecei a cortá-la, quando, de repente, ela me deu um susto.

—Você só pode estar brincando comigo! Põe esses talheres na mesa, Connor Black!

— O quê? Que foi que eu fiz de errado?

—Você não vai comer pizza com garfo e faca — disse ela, inclinando-se sobre a mesa e tirando os talheres da minha mão.

— Mas então como é que você quer que eu coma? — Franzi a testa.

— Assim. Pegando e mordendo — disse ela, mastigando.

— Isso é um nojo, e não fale de boca cheia.

Ela inclinou a cabeça, um sorrisinho aparecendo em seus lábios.

— Se não quer fazer, faço eu — disse, pegando a fatia no meu prato e levando-a à minha boca. — Dá uma mordida — ordenou.

Levantei as sobrancelhas para ela.

—Você faz alguma ideia do quanto isso é sexy? — Pisquei um olho. Era a coisa mais sexy que ela já tinha feito, e eu começava a ficar excitado.

Não podia dizer não a essa linda mulher que segurava uma fatia de pizza diante do meu rosto, por isso abri a boca e dei uma mordida. Valeu a pena, só para ver o sorriso que ela deu.

— Minha vez. — Retribuí seu sorriso.

— Sua vez de quê? — perguntou ela.

Peguei sua fatia e a levei à sua boca.

— Dá uma mordida — ordenei.

Não pude deixar de sorrir, porque ela pareceu adorável demais quando deu sua mordida. Ficamos conversando sobre arte enquanto comíamos nossa pizza, salada e grissinis. Eu estava me divertindo muito no Pizzapopolous, comendo pizza com Ellery. Uma parte de mim estava feliz por ela ter recusado meu convite para jantar.

Seu celular tocou e ela atendeu com uma expressão estranha. Tirei o meu do bolso e chequei minhas mensagens. Quando levantei os olhos, vi que uma lágrima escorria pelo seu rosto. Sua expressão passara da alegria à dor em questão de segundos. Sem pensar no que fazia, pousei a mão sobre a dela, que estava em cima da mesa. Ela estava branca feito um fantasma quando desligou, e fiquei preocupado. Tinha recebido a notícia devastadora de que um casal de tios havia morrido num acidente de carro. Disse que precisava ir embora e se levantou depressa. Coloquei algumas notas na mesa e a acompanhei quando saiu do restaurante. Ela pareceu confusa ao chegar à calçada. Passei o braço pelo seu ombro e a abracei quando ela cambaleou algumas vezes. Estava em estado de choque, e eu precisava levá-la à limusine para que pudesse sentar.

Ajudei-a a entrar e sentei ao seu lado. Não disse uma palavra, apenas passei os braços pela sua cintura e a puxei para mim, para que soubesse que eu me importava. Ela agarrou minha camisa e começou a soluçar no meu peito. Dei um beijo na sua testa e a abracei com força, deixando que chorasse por quanto tempo precisasse.

Capítulo 8

Quando chegamos ao seu apartamento, entrei depois dela e fechei a porta. Ela se dirigiu à cozinha e me perguntou se eu aceitava um copo de vinho. Recusei, porque tinha um encontro com Paul dentro de mais ou menos uma hora. Perguntei a ela se estava se sentindo bem, porque ela estava parada diante da janela da cozinha, apenas olhando para o mundo. Abriu a garrafa de vinho, encheu um copo e se virou, pondo a mão no meu peito.

— Obrigada, Connor. Quero que saiba que me sinto profundamente grata pela força que está me dando.

Levei a mão ao seu rosto molhado de lágrimas e sequei algumas que haviam restado, dizendo:

— Eu sei que se sente, e não foi nada. — Tudo que queria fazer naquele momento era roçar os lábios nos seus. Queria amenizar sua dor, mas não podia. Éramos amigos, e eu não cruzaria esse limite, pelo menos não ainda. Ela sorriu para mim, deu um tapinha no meu peito e me disse para ir à minha reunião.

— Se precisar de alguma coisa, qualquer coisa, por favor, não hesite em me ligar — disse, pressionando os lábios na sua testa.

Saí do apartamento e me dirigi à limusine. A pobre moça já presenciara a morte mais vezes do que deveria. Não podia deixar que ela passasse a noite sozinha. Minha cabeça me dizia uma coisa, mas meu coração dizia que devia levá-la para casa comigo. Voltei ao seu apartamento e bati à porta.

— Ué, o que está fazendo aí? — perguntou ela.

— Arruma uma mala, porque você vai passar a noite comigo — respondi, entrando na sala.

Ela olhou para mim, estupefata.

— Não vou, não. Vou ficar aqui.

Por que ela não podia me ouvir uma vez na vida?

— Elle, uma vez na vida, por favor, faça o que estou dizendo — disse, suspirando.

Sua expressão se enfureceu.

— Não sou nenhuma criança, Connor, e, francamente, você não pode ficar me dando ordens desse jeito. Achei que já tínhamos conversado sobre isso.

Não queria discutir, mas ela não ia passar a noite sozinha naquele apartamento. Então, notei o cavalete no canto da sala e me aproximei, olhando para a tela que abrigava, tentando tomar coragem para dizer o que precisava ser dito.

— Não acho que você deva passar a noite aqui sozinha depois da notícia que recebeu, e minha cobertura tem um quarto de hóspedes. Eu me sentiria melhor sabendo que você não está sozinha.

Na mesma hora ela mudou de atitude, pedindo que eu esperasse enquanto arrumava sua mala. No cavalete estava o quadro inacabado dos noivos no Central Park. Embora ainda não estivesse pronta, a cena à minha frente era linda. Podia ver a felicidade do casal na pintura. Uma coisa que notara na arte de Ellery era que ela sabia captar a emoção daqueles que retratava. Imaginei como seria um retrato meu pintado por ela. Quando Ellery voltou, sorri para ela, peguei sua mala e saímos.

Ela sentou na limusine ao meu lado e ficou olhando pela janela. Liguei para Paul e remarquei nossa reunião. Ela olhou para mim.

— Não devia ter cancelado sua reunião por minha causa, Connor — disse em voz baixa.

Passei o braço pelo seu ombro.

— A reunião pode esperar. — Ela encostou a cabeça no meu peito, e foi bom senti-la perto de mim.

Chegamos à cobertura, e levei sua mala para o quarto de hóspedes. Quando voltei para o andar de baixo, notei que ela observava as fotografias em preto e branco na parede. Quando contei que fora eu mesmo quem as tirara, ela pareceu muito surpresa. Então, perguntou se fora eu quem decorara a cobertura. Percebi que, quanto mais conversávamos, melhor ela se sentia. Contei a ela sobre minha irmã, Cassidy, e ela voltou a se surpreender. Achei que foi porque eu nunca falara sobre nada e ninguém de minha vida pessoal. Fui para o bar.

— Bebe alguma coisa? — perguntei.

— Uma dose de Jack, por favor — respondeu. Eu me virei para ela com os olhos arregalados.

—Tem certeza? — perguntei, incrédulo.

— Isso te surpreende? — Ela riu.

Peguei um copo de uísque, enquanto ela se acomodava num banquinho diante do bar.

— Não, quer dizer, talvez... não conheço nenhuma mulher que tome uma dose de Jack Daniels pura.

— Agora conhece — disse ela, virando a dose de um gole só. Eu estava assombrado com essa garota, essa mulher sentada diante de mim. Ela pôs o copo no bar e inclinou a cabeça.

— Achei que não permitia que mulheres dormissem aqui, Sr. Black.

Olhei para ela, com um largo sorriso.

— E não permito, Srta. Lane. Jamais permiti, mas achei que podia abrir uma exceção para uma *amiga*, porque senti que ela não devia ficar sozinha.

Servi outra dose e levantei o copo.

— Mais umazinha?

— Está tentando me embebedar? — Ela sorriu, sedutora.

Ah, aquele sorriso. Pus a mão no bolso, inclinando a cabeça.

— Deveria? — Sorri. Ela tomou a segunda dose e foi sentar no sofá. Parecia preocupada. Sentei ao seu lado com meu copo de uísque e perguntei a ela se estava bem. Ela me olhou com seus angelicais olhos azuis, sorrindo.

— Estou pensando em visitar o túmulo de meus pais quando estiver em Michigan.

— Quando foi a última vez que os visitou? — perguntei.

— Há pouco mais de um ano. Dei um pulo no cemitério para visitá-los no dia em que Kyle e eu viemos para Nova York.

Só ouvir esse nome bastou para me irritar. Não sabia direito por quê. Eu deveria ser grato ao filho da mãe, porque, se ele não tivesse deixado Ellery, eu nunca a teria conhecido. Olhei para ela quando me observou fixamente e disse que queria ser cremada quando morresse. Franzi os olhos e pedi que parasse de falar desse jeito. Era uma coisa em que eu jamais queria pensar. Mas ela continuou falando sobre como não queria que as pessoas lamentassem sua morte, e sim recordassem os momentos felizes que haviam vivido. Estava começando a me irritar com essa conversa sobre morte. Disse a ela que parasse, pois estava falando como se fosse morrer no dia seguinte. Então, ela disse uma coisa que me apavorou.

— Nunca se sabe o que cada dia vai trazer, e é por isso que acredito que nada dura para sempre.

— Certo. Acho que o Sr. Jack Daniels subiu à sua cabeça. Vamos dormir um pouco. Tenho que trabalhar amanhã.

Levei-a para o segundo andar e lhe mostrei o quarto de hóspedes.

— Boa noite, Elle, durma bem — disse, saindo do quarto e atravessando o corredor em direção ao meu.

Tirei as roupas e me deitei na cama. Fiquei pensando em Ellery e como ela falara sério sobre sua morte. Como podia pensar numa coisa dessas? Quanto mais eu pensava no assunto, mais fazia sentido; a morte sempre fora uma parte da vida. Comecei a me revirar na cama, tentando encontrar uma posição confortável, mas não consegui. Levantei da cama e atravessei o corredor lentamente em direção ao quarto de hóspedes. Parei diante da porta e fiquei escutando; silêncio. Tinha certeza de que as doses de Jack Daniels a tinham ajudado a dormir. Decidi que a levaria para Michigan, pois não queria que fosse sozinha.

Na manhã seguinte, tomei banho e me dirigi à cozinha para preparar uma jarra de café. Liguei para uma padaria que ficava na rua e pedi que me mandassem uma dúzia de bagels. Queria que Ellery tivesse alguma coisa para comer quando acordasse. Sentei à mesa e abri o notebook. Tinha alguns e-mails para ler e reuniões para remarcar, para quando voltasse. Não muito tempo depois que me sentei, Ellery entrou na cozinha. Olhei para ela, e meu coração começou a bater mais rápido. Estava usando uma legging preta estilosa que se ajustava aos quadris e ao traseiro à perfeição, uma regata cor-de-rosa que ficava supersexy nela, e prendera os cabelos num rabo de cavalo alto. Droga, eu estava ficando excitado de novo só de olhar para ela. Precisava parar de pensar no seu corpo e lhe avisar que iria levá-la a Michigan.

— Bom dia, Ellery. Espero que tenha dormido bem. — Sorri.

— Bom dia. Dormi muito bem naquela cama gigantesca.

Ela se aproximou, serviu uma xícara de café e sentou diante de mim.

—Tem bagels ali. Come um — ofereci.

Ela agradeceu, mas recusou. Suspirei, dizendo a ela que precisava comer.

— Não tenho o hábito de comer nada quando acordo, mas não se preocupe, papai, vou comer daqui a pouquinho — disse ela, em tom petulante.

Tentei não sorrir, mas foi inevitável, porque mesmo àquela hora da manhã, ela tinha uma língua afiada. Ela ficou me observando enquanto eu digitava. Levantei os olhos do notebook.

— O que está fazendo? — perguntou.

Era minha oportunidade de lhe contar sobre nossa viagem de carro para Michigan. Eu estava um pouco nervoso por não saber como ela iria reagir.

— Enviando e-mails e remarcando reuniões.

—Tinha marcado muitas? — perguntou, com um jeito meigo.

Olhei para ela, que dava um gole no seu café.

—Você quer saber tudo, não é? — perguntei.

Ela olhou para o teto e sorriu.

— Acho que sim.

Perguntei a ela quais eram seus planos para aquele dia, e ela respondeu que iria trabalhar no restaurante dos sem-teto. Acrescentou que, a despeito dos problemas que tinham, eram pessoas sem um lar que precisavam de ajuda. Sua bondade e generosidade naturais me impressionaram profundamente. Jamais conhecera alguém como ela. Terminei o que estava fazendo e fechei o notebook.

— Eu remarquei minhas reuniões porque vou levar você para Michigan — anunciei, e fiquei esperando sua reação.

— O quê?!

Sabia que ela gostava de discutir, mas não ia vencer dessa vez. Levantei da mesa e pus a xícara na bancada.

— Não adianta discutir, Elle. Vamos sair amanhã de manhã, e vamos de carro.

— De carro? São dez horas de viagem, Connor! — exclamou ela.

— Eu sei quanto tempo leva. Considere como um mochilão de alto nível.

— Um mochilão de alto nível? De avião estaríamos lá em uma hora e meia.

Olhei para ela, que me encarava com uma expressão chocada do outro lado da cozinha.

— Algum problema em passar dez horas comigo num carro? — perguntei, num tom natural, com medo de que ela dissesse que sim.

— Não, mas...

Caminhei até a mesa e parei à sua frente. Ela estava tão linda sentada ali, tomando café e batendo de frente comigo sobre a viagem. Tive que fazer um esforço sobre-humano para não passar o dedo pelo contorno do seu queixo ou beijá-la quando ela levantou a cabeça e olhou para mim. Estava ficando cada vez mais difícil resistir a ela. Eu nem sabia se ela me queria. Precisava ligar para o Dr. Peters e vê-lo antes de viajarmos no dia seguinte.

— Sem mas, nem meio mas. Vamos de carro, e sou eu quem vai dirigir — disse, sorrindo para ela, e fui para o escritório.

Quando saí do elevador na garagem, Denny caminhava em minha direção.

— Denny, que bom que você chegou cedo. Queria dizer a você que vou te dar os próximos dias de folga.

— Tudo bem, Connor, mas posso perguntar por quê?

— Vou levar a Srta. Lane de carro para assistir ao enterro dos tios em Michigan, e vamos viajar amanhã de manhã.

Denny olhou para mim, sorrindo.

— Foi ela quem teve a ideia de pedir a você que a levasse?

— Não, e nem eu lhe dei escolha. Disse que ia levá-la e que não adiantava discutir.

Denny continuou olhando para mim.

— E ela aceitou?

Revirei os olhos, caminhando para o Range Rover.

— Ela não protestou muito. Vou dirigindo para o escritório hoje. Leve a Srta. Lane para casa ou aonde ela quiser ir, mas tenho uma reunião à uma da tarde do outro lado da cidade, e preciso que você vá me buscar.

Em vez de ir direto para o escritório, liguei para o Dr. Peters e lhe perguntei se estava livre para me ver. Precisava conversar com ele sobre a viagem. Ele me disse para ir imediatamente, pois só daria a primeira consulta uma hora depois. Entrei no seu consultório e me sentei na poltrona de sempre.

— Bom dia, Connor. Está tudo bem? Você disse que era urgente.

Respirei fundo, passando a mão pelos cabelos.

— Lembra aquela moça de que lhe falei na nossa última sessão?

— Sim, creio que o nome dela é Ellery, não?

— Sim, essa mesma. Bem, um casal de tios dela faleceu em um acidente de carro por esses dias, e eu vou levá-la para o enterro em Michigan.

— Isso é bom, Connor. E então, por que não me explica em que pé está seu relacionamento com Ellery?

Comecei a me remexer na poltrona.

— Ellery e eu somos amigos, e mais nada. Só vou fazer isso por ela porque não quero que viaje sozinha, e achei que devia ter alguém que lhe desse uma força.

O Dr. Peters se levantou da poltrona e foi até a garrafa térmica.

— Aceita um café, Connor? — perguntou.

— Não, obrigado.

VOCÊ PARA SEMPRE

— Parece que você está começando a ter sentimentos por ela que vão além da amizade. Então, seu voo sai amanhã?

— Não vamos de avião, vou levá-la de carro. Disse a ela que iríamos pegar a estrada.

Ele olhou para mim e se sentou, dando um gole no seu café.

— É uma viagem de dez horas, Connor. Você e Ellery vão ficar sozinhos em um carro durante um período de tempo considerável. Está preparado para o que pode acontecer no caminho?

Pousei o pé no joelho oposto e me apoiei no braço da poltrona.

— Por que está dando tanta importância a isso, doutor? É uma simples viagem de carro com uma amiga que acabou de perder um casal de tios. Só isso, mais nada.

— Connor, você pode tentar se convencer do que quiser, porque se realmente acreditasse nisso não estaria sentado no meu consultório, me contando a respeito — disse o Dr. Peters, suspirando.

Levantei da poltrona e fiquei diante da janela.

— Não consigo parar de pensar nela, e isso me assusta. Ela confessou seu maior segredo para mim na noite passada. Ela me contou sobre seu passado.

— Ela não está guardando segredos de você. Quer que você conheça o passado dela, e confiou em você o bastante para lhe contar. Acho que você está lutando com seus verdadeiros sentimentos. Já conversou com ela sobre si mesmo ou seu passado?

Caminhei até a ampla estante e fiquei olhando para as centenas de livros do Dr. Peters que as prateleiras abrigavam.

— Contei a ela sobre a minha irmã e o meu sobrinho.

— Só isso? Connor, você vai ter que se abrir com ela, se quiser ter algum tipo de relacionamento. Viva um dia de cada vez. Acho que a amizade de vocês dois é um ótimo começo e, pelo que me disse, vocês já são bons amigos.

Fui até a poltrona e peguei meu casaco.

— Obrigado, Dr. Peters, mas minha hora acabou.

— Quero ver você de novo quando voltar de viagem! — gritou ele, enquanto eu saía do consultório.

Capítulo 9

𝓜 erda, já era quase uma hora da tarde, e onde estava Denny? Fiquei andando de um lado para o outro no escritório, olhando para o relógio. Quando já estava de saída, o celular tocou, e era Denny.

— Denny, onde é que você está, cara?! — gritei.

— Connor, me desculpe, mas tive que levar Ellery ao hospital — disse ele calmamente.

— O quê? Como assim? — perguntei, em pânico.

— Ela disse que desmaiou em casa e bateu com a cabeça. Eu a vi na rua tentando chamar um táxi enquanto cobria o olho, e parei. Connor, o corte foi muito feio.

Não posso explicar o que senti naquele momento. Fiquei morto de preocupação. Senti uma necessidade desesperadora de ir correndo até ela e confortá-la. Saí às pressas do escritório e disse a Valerie que remarcasse a reunião. Ellery era mais importante.

VOCÊ PARA SEMPRE

Entrei na limusine e disse a Denny que me levasse depressa para o hospital. Vi a toalha encharcada de sangue no banco da frente, e na mesma hora me senti mal.

— Por favor, Denny, me diga que ela está bem — pedi, preocupado.

— Ela vai ficar bem, Connor, fique calmo. Só precisa de alguns pontos, e vai ficar bem.

Fiquei em silêncio, o trajeto até o hospital parecendo demorar uma eternidade. Quando Denny finalmente parou a limusine, desci e corri até a recepção, perguntando onde Ellery estava. A recepcionista disse que eu seguisse pelo corredor até a última sala à direita. Respirei fundo e, quando puxei a cortina, Ellery olhou para mim. Seus olhos se encheram de alegria quando ela me viu. Fui até ela e perguntei o que tinha acontecido, acariciando de leve a área acima do corte. Meu coração doía, vendo-a ali sangrando. Ela pôs a mão no meu braço e me disse que estava bem. Talvez eu tivesse feito uma tempestade em copo d'água, mas me abalara vê-la ferida e sentindo dor. Conheci a amiga de Ellery, Peyton, e ela me disse que tinha ouvido falar muito de mim. Fiquei surpreso de saber que Ellery falara de mim com ela.

O Dr. Beckett entrou, e na mesma hora segurei a mão de Ellery e fiquei alisando-a com o polegar, enquanto ele dava quatro pontos no seu supercílio. Sua pele era macia, e era tão bom tocá-la. Fiquei imaginando se toda a sua pele seria tão macia assim, e queria descobrir. Quando o Dr. Beckett terminou, disse a Ellery que precisava encontrar alguém que passasse a noite com ela e a observasse, por causa do risco de concussão. Peyton disse que ficaria com ela, mas eu já decidira que Ellery ficaria comigo. Não sairia do seu lado aquela noite em hipótese alguma. Peyton não pareceu muito satisfeita com a ideia. Mencionou algo sobre uma "farrinha de amigas" e, quando Ellery recusou, pareceu decepcionada. Fiquei surpreso com a decisão de Ellery, mas iríamos viajar no dia seguinte, e provavelmente ela concluíra que seria mais prático ficar comigo.

Quando Peyton foi embora, ajudei Ellery a se levantar da mesa de exames. Não conseguia parar de me preocupar com ela.

— Como foi que você desmaiou desse jeito? Está com algum problema de saúde? — perguntei.

— É que a água do meu banho estava quente demais — explicou ela, pegando sua bolsa.

— Você precisa tomar mais cuidado — aconselhei, segurando seu braço com delicadeza enquanto saíamos da sala.

Ela me deu um vago sorriso e encostou a cabeça no meu ombro. Estávamos andando pelo corredor quando fomos abordados por um médico, que Ellery parecia conhecer. Uma expressão preocupada surgiu no seu rosto, e ela ficou nervosa. Ele perguntou o que havia acontecido e como ela estava se sentindo. Ela respondeu que tropeçara em um objeto no corredor e que estava bem. Pareceu apressada para encerrar a conversa. Perguntei quem ele era, e ela respondeu que o vira alguns meses antes, quando estivera gripada. Pareceu agitada por eu estar fazendo perguntas, e senti que havia algo de errado.

Levei-a ao seu apartamento para que pudesse arrumar suas coisas para a viagem a Michigan. Não conseguia me livrar da sensação de que havia algo que ela não estava me contando. Não parava de pensar em como dissera ao médico que tropeçara no corredor em vez de apenas contar a verdade. Fui até seu quarto e fiquei parado na porta, o braço apoiado no batente. No começo, ela não me viu, e fiquei observando-a enquanto fazia sua mala. Poderia observar aquela linda mulher durante um dia inteiro. Ela levantou o rosto e sorriu para mim.

— Por que mentiu para o médico e disse que tinha tropeçado no corredor? — perguntei.

— Sei lá. Não ia dizer a ele que tinha desmaiado. Ele ia fazer o maior drama e me pedir mil exames. É isso que os médicos fazem — respondeu ela.

—Você disse que a água do banho estava muito quente — relembrei, ainda parado diante da porta.

Ela parou de arrumar a mala e olhou para mim. Pude ver a irritação em seus olhos.

— E estava, Connor. Agora, deixa esse assunto de lado, por favor. Você reclama que eu faço bilhões de perguntas, mas com você é diferente, por acaso?

Percebi que a tinha aborrecido, e era a última coisa que eu queria. Fui até ela e pus as mãos nos seus ombros.

— Desculpe. Não quis te aborrecer — disse, observando seu olhar aflito. Ela segurou meu rosto entre as mãos. O toque delas na minha pele foi tão macio que cheguei a me sentir fraco. Queria segurar suas mãos e beijá-las. Queria sentir seu gosto, queria tocá-la.

— Desculpe por ter levantado a voz com você. Estou só cansada — disse ela.

Soltou meu rosto e se virou para puxar o zíper da mala. Eu queria mais dela, e não estava mais aguentando. Segurei seu braço e a virei para mim, abraçando-a com força. Ela precisava saber que eu estava arrependido. Esse era o primeiro abraço de verdade que compartilhávamos, e foi tão bom — abraçá-la completamente e sentir seu corpo inteiro junto ao meu fora algo que eu quisera fazer desde que a vira pela primeira vez. Nenhum de nós disse uma palavra. Ela manteve os braços em volta do meu pescoço, a cabeça no meu ombro. Aspirei o aroma dos seus cabelos, que me excitava. O que eu estava fazendo? Se não parasse logo com isso, algo iria acontecer. Por isso, interrompi nosso abraço e disse a ela que era melhor irmos andando.

Peguei sua mala e fui para a sala, que era o maior cômodo do apartamento. Eufórica, Ellery me contou sobre a venda de seus quadros e disse que estava indo se demitir do seu emprego, quando desmaiara. Estava extremamente empolgada com a venda dos quadros. Seus olhos não paravam quietos enquanto me dava a notícia. Torci para que não se zangasse quando descobrisse que fora eu quem os comprara. Quando estávamos de saída, o celular de Ellery tocou. Ela me pediu que pegasse um papel na gaveta da escrivaninha, para anotar o endereço da funerária. Abri a gaveta, peguei um papel em branco e lhe entreguei uma caneta. Notei que havia outro papel em cima de algumas revistas, parecendo uma lista. Ela tinha riscado alguns itens. Vi que queria conhecer Paris. Eu teria que levá-la a essa linda cidade algum dia; queria ser eu a mostrá-la a ela. Ellery desligou o celular e olhou para mim, que ainda segurava a lista.

— O que é isso? — perguntei, como quem não quer nada.

Ela se aproximou e tirou a lista de minha mão.

— É só uma lista de coisas que gostaria de fazer antes de morrer. Eu a fiz quando Kyle foi embora, para marcar o começo de uma nova vida.

— Guardou a lista novamente na gaveta. Saímos do prédio e entramos na limusine, onde Denny esperava por nós.

Levei sua mala para o quarto de hóspedes e ela me seguiu, jogando-se na cama. Coloquei a mala num canto e me aproximei. Ela estava com um grande sorriso no rosto. Respirei fundo, mil imagens me passando pela cabeça ao vê-la deitada de costas. Imaginei-a nua, e eu em cima dela, acariciando-a, sentindo cada centímetro de sua pele. Tinha que tirar essas ideias da cabeça depressa. Perguntei se ela gostava da cama, e ela disse que adorava. Ah, aquele sorriso, e o que fazia comigo.

Por volta da hora do jantar, perguntei a ela se estava com fome. Seu dia fora corrido e estressante, e tive certeza de que não se alimentara. Perguntei se gostaria que eu pedisse comida chinesa num restaurante, e ela disse que era uma ideia maravilhosa. Segurei sua mão e a ajudei a se levantar da cama. Descemos até a cozinha e peguei um menu na gaveta. Sentei ao seu lado num banquinho do bar e me inclinei em sua direção, para que pudéssemos estudá-lo juntos.

— Do que você gosta? — perguntei.

— De quase tudo. Me faz uma surpresa. — Ela sorriu.

Peguei o celular e fiz um pedido. Levantei do banquinho, peguei uma garrafa de vinho e dois copos e a acompanhei até a sala. Sentamos no sofá, Ellery de frente para mim. Ela me pegou de surpresa ao me olhar com uma expressão séria e dizer que queria saber mais a meu respeito, pois tinha a sensação de que nossa amizade era unilateral. Achei que, num certo sentido, ela tinha razão. Eu não lhe contara nada sobre as mulheres na minha vida, nem sobre Amanda e Ashlyn. Só lhe dera informações esparsas a meu respeito, que sabia que não a magoariam. Ela já fora magoada o bastante, e não precisava que eu a fizesse sofrer mais ainda. Olhei para ela, passando a mão pelos cabelos.

— Tem razão, e peço desculpas. Não gosto de falar da minha vida com ninguém. Não que seja uma vida infeliz, apenas sou uma pessoa muito reservada, e prefiro assim.

Ela abaixou os olhos, decepcionada, e levantei seu queixo com a mão, para que olhasse nos meus olhos.

89 §§ VOCÊ PARA SEMPRE

— Me dá um tempinho. Essa amizade é nova para mim. Você precisa compreender que nunca fui amigo de uma mulher antes.

Mas ela não deu o assunto por encerrado, argumentando que *aquela mulher que estava sempre comigo* e eu éramos amigos. Fiquei nervoso por saber que ela pensava em Ashlyn. Não queria que fizesse isso, mas, se lhe contasse sobre nosso relacionamento, ela iria embora. E eu não podia nem iria perdê-la.

— É diferente com Ashlyn, e prefiro não discutir isso agora.

Nesse momento, a campainha tocou, e me levantei para atender. Voltei com dois pratos e talheres para o sofá. Nunca tinha comido num sofá antes, mas pareceu a coisa certa a fazer com Ellery, que era tão informal em relação a tudo. Entreguei um garfo a ela, mas ela me pediu um par de pauzinhos. Tirei um par da sacola e lhe entreguei. Abri a embalagem com o Mongolian beef e comecei a servir meu prato, mas Ellery me olhou com estranheza.

— O que está fazendo? — perguntou.

Olhei para ela, sem compreender. O que eu parecia estar fazendo?

— Hum... servindo o jantar — respondi.

Ela fez que não com o dedo, tirou a embalagem da minha mão e me disse para pegar o outro par de pauzinhos. Tentei explicar que não sabia usá-los, mas ela não quis me ouvir, como sempre, e disse que me ensinaria. Tirei meu garfo de sua mão, mas ela o tomou de volta e o atirou do outro lado da sala. Olhei para ela, suspirando; mais uma vez, tinha vencido. Então, ela segurou minha mão e colocou os pauzinhos do modo correto entre meus dedos. O toque de sua pele me deixou todo arrepiado, e não queria que ela parasse. Ela guiou minha mão até a caixa, e tirei um pedaço de lombinho.

—Viu só? Não é tão difícil assim quando você aprende a fazer direito — disse, sorrindo.

Sorri para ela, que tirou um pedaço do seu Mongolian beef com os pauzinhos e o levou à minha boca. Eu o mordi, e então levei um pedaço do meu lombinho agridoce à sua boca. Ela deu aquele lindo sorriso e mordeu o pedaço de lombinho, mas mordeu os pauzinhos, recusando-se a soltá-los. Ri, apreciando esse momento incrível que estávamos vivendo. De repente, pareceu tudo tão certo, que fiquei apavorado. Comemos, rimos, bebemos vinho. Quando terminamos, não pude deixar de ficar olhando para ela, e fiz um leve carinho com o polegar na área acima do seu corte.

— Está doendo? — sussurrei.

— Não mais — respondeu ela.

Dava para ver que estava pensando em alguma coisa.

— No que está pensando? — perguntei.

Ela pegou minha mão e a levou aos lábios, dando um beijo nela. Meu corpo se retesou e respirei depressa quando seus lábios quentes e macios tocaram minha pele. Ela não soltou minha mão, e nem eu queria que soltasse.

— Que tenho sorte por ter encontrado um amigo como você. — Sorriu.

Ah, aquele sorriso. Afastei a mão, porque estava me excitando, e não podia mais aguentar.

— Temos que sair bem cedo amanhã. Devíamos dormir um pouco — observei.

Ela concordou e se dirigiu à escada. Perguntei a ela se queria tomar um analgésico antes de se deitar. Ela disse que não estava sentindo dor, portanto não precisava de um. Fui para meu quarto e fechei a porta. A Srta. Ellery Lane me deixava tão frustrado sexualmente, que eu precisava me virar sozinho. Quando acabei, vesti uma calça de pijama de seda cinza, e, no momento em que saía do quarto, recebi uma mensagem de Sarah.

Connor, sei que não devia escrever para você, mas já faz algum tempo, e imaginei que talvez estivesse a fim de incendiar minha cama hoje à noite.

Tem razão, Sarah, você não deve me escrever, a menos que eu lhe escreva primeiro. Não estou a fim de nada, e por favor não me escreva de novo.

Coloquei o celular na mesa de cabeceira e fui para o quarto de Ellery. Bati de leve à porta, e ela me disse para entrar. Tentei não olhar muito para ela, pois não queria ficar excitado de novo, o que sabia que aconteceria se a observasse com aquela camisolinha minúscula que estava usando. Sentei na poltrona em frente à cama e a reclinei para trás. Tinha resolvido passar a noite em seu quarto, e ela não ia discutir comigo.

— O que está fazendo? — perguntou Ellery.

— Descansando — respondi, já sentindo uma discussão a caminho.

— Aqui?

— Sim, algum problema? — perguntei.

— Para ser franca, sim, Sr. Black.

Eu me empertiguei, olhando para ela.

— Por quê? O médico disse que você precisa ser observada por causa do risco de concussão. Como posso fazer isso do meu quarto, que fica no fim do corredor?

— Eu estou bem, e, de mais a mais, você não pode dormir a noite inteira nessa poltrona. Vai acordar todo dolorido, e nós temos que enfrentar uma viagem de dez horas até Michigan — argumentou ela.

— Estou seguindo ordens médicas, Srta. Lane, portanto, paciência. Não vai conseguir me dobrar dessa vez.

— Agora você está me deixando sem graça. Pelo menos, vem dormir na cama.

Meus olhos se arregalaram. Ela estava falando sério?

— Não acho que seja uma boa ideia, Ellery.

— Por que não? Somos amigos. Peyton e eu dormimos na mesma cama quando passamos a noite na casa uma da outra, e a minha cama é minúscula comparada com essa. Você tem o seu próprio lado — disse, apontando. — Se não aceitar, vou embora, e você sabe que vou mesmo.

— Você não vai a parte alguma, nem eu vou dormir nessa cama — decretei.

Ela empurrou as cobertas para trás, levantou da cama e começou a vestir sua legging. Saltei da poltrona e segurei seu braço.

— Para com isso, Ellery, você precisa descansar — disse, irritado.

Por fim, soltei um longo suspiro.

— Tudo bem, eu durmo na cama, mas, por favor, volta a se deitar, e não tira a legging. — Ela sorriu, voltando para a cama. Fui até o outro lado e me virei de costas. Não me entenda mal, eu queria *muito* dormir na mesma cama que ela. Na verdade, queria fazer muitas coisas na cama com ela, mas nem em mil anos iria estragar o relacionamento que tínhamos. Fechei os olhos e sussurrei para ela: — Você é a mulher mais teimosa e rebelde que já conheci na vida, Ellery Lane.

— Já me disseram isso, Sr. Black. Boa noite.

— Boa noite, Ellery. — Sorri, logo caindo num sono profundo.

Capítulo 10

Abri os olhos, e a primeira coisa que vi foi Ellery. Ela estava deitada de lado, virada para mim. Fiquei imóvel por um momento, observando-a enquanto dormia. Ainda precisava colocar algumas coisas na mala, e queria preparar seu café da manhã antes de viajarmos. Levantei da cama com cuidado, tentando não acordá-la. Quando me dirigia à porta, ouvi-a se remexer debaixo dos lençóis. Dei meia-volta e olhei para ela, que ainda dormia tranquilamente, e então fui para meu quarto. Tomei banho e terminei de guardar as poucas coisas que faltavam. Quando me dirigia à cozinha, o celular tocou. Olhei para ele, e o nome de Ashlyn apareceu. Era a última pessoa com quem eu queria falar, ainda mais agora, com Ellery no andar de cima. Atendi e tentei encurtar a conversa o máximo possível.

— Ashlyn, não posso falar agora. Estou ocupado fazendo uma coisa — disse.

— Preciso ver você, Connor, e tem que ser agora.

— É uma pena, Ashlyn, mas vou ter que sair da cidade a negócios por alguns dias.

— Eu dou um pulo aí agora, e faço você viajar se sentindo ótimo.

— Não, não venha, não tenho tempo. Não se atreva a vir até aqui, já estou de saída. Te ligo quando voltar — gritei.

— Connor, já faz séculos que não nos vemos, e estou começando a ficar de saco cheio — reclamou ela.

Resolvi mudar de tom, porque precisava desligar antes que Ellery descesse.

— Eu sei que já faz algum tempo, mas não tive culpa, andei ocupadíssimo.

— Isso tem alguma coisa a ver com aquela piranha loura com quem você tem saído?

— Não, ela não tem nada a ver com isso. Tenho trabalhado muito. — Abrandei o tom com ela. — Ashlyn, nós nos vemos assim que eu voltar.

— Promete, Connor — pediu ela.

— Prometo. Vou mandar um envelope por Denny. Falo com você em breve.

Posso garantir que essa era uma promessa que eu não tinha a menor intenção de cumprir. Precisava dizer a ela o que queria ouvir para que desligasse, pois não podia correr o risco de que Ellery me ouvisse.

O café da manhã já estava quase pronto, por isso subi para ver se ela já tinha acordado. Ouvi a água correndo no banheiro, e bati à porta. Disse a Ellery para não usar água quente demais, e ela respondeu que não estava. Não acreditei nela, porque tinha o péssimo hábito de nunca dar ouvidos a ninguém. Eu me encostei à parede e esperei que saísse. Ouvi o chuveiro ser fechado e, um momento depois, Ellery abriu a porta e levou um susto.

— Merda, Connor, você me assustou! — disse.

Ellery ali parada usando só uma toalha era a vista mais linda que eu podia ter. Sua pele ainda estava úmida do banho, os cabelos molhados e ondulados, e a toalha curta mal cobria seu corpo perfeito. As pernas eram longas, esguias e perfeitamente torneadas. Ela ficou olhando para mim.

— Desculpe. Só queria me certificar de que você não tinha tomado um banho quente demais. Estava com medo de que tivesse uma vertigem e desmaiasse de novo. Você tem o hábito de não ouvir ninguém — expliquei, sorrindo.

Ela revirou os olhos para mim e disse *ai*.

— Está vendo? Eu te disse para não revirar os olhos para mim, e você não me ouviu! — gritei, me afastando pelo corredor. Ela sorriu para mim e fechou a porta. Ah, aquele sorriso.

Voltei para o andar de baixo e preparei para ela um prato de ovos mexidos. Ela desceu e sentou diante da bancada. Pus o prato na sua frente, e ela olhou para mim com uma expressão surpresa. Perguntou se eu tinha preparado o café sozinho, e eu disse que sim. Ela parecia surpresa com o fato de eu saber cozinhar. Peguei meu prato e sentei no banquinho ao seu lado. Ela olhou para mim, comendo e, com um sorrisinho, perguntou se tinha me molestado sexualmente de madrugada. Minha vontade foi responder que gostaria que tivesse, mas resolvi brincar um pouco com ela.

— Não, você só me abraçou, começou a esfregar o meu peito e a me chamar de Peyton. Fiquei superexcitado.

A expressão que ela fez foi impagável. Seu queixo despencou, e os olhos se arregalaram. Foi uma coisa tão fofa que não pude deixar de sorrir. Nesse momento ela entendeu que eu estava brincando e tentou dar um tapa no meu braço, mas segurei suas mãos antes que ela me acertasse e olhei para as cicatrizes nos seus pulsos. O clima deixou de ser de brincadeira e ficou sério, enquanto eu observava as cicatrizes por um momento. Soltei suas mãos, levantei com meu prato e fui até a pia.

— Minhas cicatrizes te incomodam, não é? — perguntou ela, séria.

— Elas me entristecem, só isso — respondi, pondo o prato na lava-louças.

— Por que, Connor? Eu nem te conhecia quando isso aconteceu. Por que minhas cicatrizes te entristecem tanto? — perguntou ela.

Continuei de costas para ela, olhando pela janela.

— Me entristece que alguém possa dar tão pouco valor à própria vida a ponto de querer fazer uma coisa dessas. — Logo senti que fora um comentário infeliz, e que provavelmente não devia tê-lo feito.

— Já expliquei a você por que fiz o que fiz, e não foi por dar pouco valor à minha vida. Foi para diminuir o sofrimento do meu pai. Como se atreve, Connor Black? — exclamou ela, começando a chorar.

Levantou-se do banquinho e saiu da cozinha. Eu não tivera a intenção de magoá-la, mas magoara, por isso corri atrás dela e a puxei para lhe dar um abraço carinhoso.

— Desculpe. Não tive intenção, juro. Só fico triste quando vejo essas cicatrizes porque me lembram de tudo por que você passou — sussurrei no seu ouvido. Lamentava cada palavra que tinha dito. Ela olhou para mim, enquanto eu secava algumas lágrimas que tinham escorrido de seus olhos.

— Tudo bem. Vamos esquecer isso e cair na estrada — disse ela.

Encostei a testa na sua.

— Eu sou um idiota insensível.

Ela esboçou um sorriso, sussurrando:

— Você tem sorte, porque adoro idiotas insensíveis.

Meu primeiro impulso foi beijar seus lábios. Queria senti-los nos meus, mas tive que me conter. A cada dia ficava mais difícil me controlar com ela, principalmente depois da noite anterior. Por isso, optei por dar um beijo suave na sua testa e sorrir para ela. Quando o momento passou, fomos para o Range Rover, a fim de darmos início à nossa viagem de carro para Michigan.

Joguei nossas malas na traseira, enquanto Ellery se acomodava confortavelmente no banco. Quando comecei a dirigir, olhei para ela, e notei que me observava. Não se importou por eu notar, porque, toda vez que eu olhava, ela ainda estava me observando.

— Por que está me olhando? — Abri um sorriso.

— Estava me perguntando quem é Connor Black, só isso.

Suspirei e voltei a olhar para a estrada. Ela não ia desistir até saber mais a meu respeito. Sabia que precisava me abrir com ela, e iria fazer isso, mas não naquele momento. Ela colocou os headphones e ficou olhando pela janela. Percebi que tinha se irritado por eu não ter respondido. Bati de leve no seu ombro. Ela olhou para mim, tirando os headphones.

— Vai me ignorar durante a viagem inteira? — perguntei.

— Vai me contar um pouco mais sobre Connor Black? — Ela sorriu de um jeito atrevido.

Santo Deus, essa mulher estava começando a me irritar, mas de um jeito sexy. Suspirei e tentei pensar no que devia dizer a ela, ou melhor, por onde devia começar. Ela virou a cabeça e voltou a colocar os head-phones. Eu não ia aceitar ser ignorado por ela, muito menos durante as dez horas seguintes, só por ela ser teimosa demais para respeitar minha privacidade. Assim sendo, arranquei um de seus headphones.

— O que é isso, Connor!

— Tira esses troços, sua teimosa, e eu falo. — Sorri.

Ela soube que tinha vencido, pois obviamente fizera aquilo de pro-pósito. Não havia como me esquivar de sua curiosidade sem ela se vingar. Então comecei com a história de meu irmão gêmeo, Collin, e como ele morrera aos sete anos de idade de um vírus que atacara seu coração. Contei também sobre Cassidy e seu filho, Camden. Expliquei que ele era autista, e essa era a razão por que minha empresa e eu prestávamos assis-tência à associação beneficente para autistas. Ela me deu um olhar com-preensivo, pondo a mão no meu ombro e esfregando-o. Ela se importava, eu podia ver isso no seu rosto e nos seus olhos. Ellery era a pessoa mais humana e prestativa que eu já tinha conhecido. Expliquei a ela sobre meu pai e como ele começara a me treinar para a Black Enterprises quando eu tinha treze anos. Contei tudo sobre Harvard, como eu assumira a presidência aos vinte e oito anos de idade, e como dobrara os lucros da empresa nos últimos dois anos. Não era difícil falar de minha vida pessoal com ela. Não achara que seria capaz de fazê-lo porque nunca discutira nada sobre minha vida com ninguém. Mas com ela foi fácil, e percebi que ficou feliz com as informações que eu lhe dera. Foi então que ela disse o indizível.

— E seus relacionamentos?

Apertei os lábios e respirei fundo.

— Não falo sobre meus relacionamentos. Não faz sentido, e para que reviver o passado? Não tenho namorada, nem quero ter. — O comen-tário simplesmente saiu da minha boca, sem eu pensar. Ela desviou os olhos ao ouvi-lo, e então voltou a me olhar.

— Por que não? Mesmo que já tenha sido magoado, você tem que colar os cacos e seguir em frente. Todo mundo já foi magoado pelo menos uma vez na vida, alguns mais do que outros, mas você tem que escolher o que fazer com a dor — disse.

— Não é tão simples assim, Ellery, pode acreditar — respondi, sem tirar os olhos da estrada.

— Então você nunca vai querer se casar ou ter filhos, todo aquele lance da família perfeita?

Olhei para ela com uma expressão séria.

— Não, não quero nada disso e, como você mesma costuma dizer, nada dura para sempre.

— Você precisa parar de repetir o que eu disse, Connor. Acho que não soube interpretar o sentido da frase.

— Não importa como eu a tenha interpretado, já disse que não entro em relacionamentos, e estava falando sério.

Ela olhou pela janela.

— Eu sei.

Não pude perceber se tinha ficado magoada ou decepcionada com meus comentários. Não entenderia se ficasse, já que ela também não queria saber daquelas baboseiras românticas. Admito que talvez nem tudo fosse baboseira, mas me assustava. Ficamos conversando sobre coisas sem importância por um tempo, e ela toda hora punha um dos headphones no meu ouvido e perguntava se eu gostava de sua música. Parecia estar bem, e estava se divertindo, me fazendo ouvir suas músicas. É verdade que tínhamos gostos muito diferentes. Mas apenas fiz sua vontade, porque toda vez que ela punha uma música diferente e perguntava se eu gostava, abria um sorriso. Ah, aquele sorriso...

Já estávamos dirigindo havia quatro horas, e eu precisava encher o tanque. Saí da rodovia e parei no primeiro posto de gasolina que vi. Ellery tinha pegado no sono uma meia hora antes, e acordou quando parei o Range Rover.

— Que foi? O que está fazendo? — perguntou ela, sonolenta.

— Vou encher o tanque e depois a gente dá uma paradinha para comer alguma coisa — expliquei.

Saí do carro e me dirigi à bomba de gasolina. Ellery abriu a porta e saiu, espreguiçando as costas e as pernas. Ela se aproximou e deu um beijo no meu rosto.

— Por que isso? — perguntei.

— É só um agradecimento por me contar sobre a sua família. — Sorriu.

Retribuí seu sorriso, e ela disse que ia dar um pulo na loja para comprar algumas coisas. Terminei de encher o tanque e entrei na loja, procurando por Ellery. Vi que estava na seção de doces, olhando para o monte de porcarias à sua frente. Estava tão fascinada pelo chocolate diante de seus olhos, que nem notou quando me aproximei às suas costas.

— Vai entupir seu corpo com esse lixo? — perguntei.

Quando ela se virou depressa, cambaleou, mas a amparei nos braços.

— Ellery, você está bem? — perguntei, abraçando-a.

— Estou ótima, só me senti um pouco tonta — respondeu ela, segurando a cabeça.

Fiquei abraçando-a até ela se sentir melhor.

— Sabia que devíamos ter esperado mais um dia. Você ainda não estava pronta para viajar. Precisava de mais tempo para se recuperar da queda. — Estava furioso comigo mesmo por ter chegado a considerar a hipótese de viajarmos no dia seguinte. Ela continuou com a cabeça no meu peito e me disse para deixar de ser superprotetor, pois sua tonteira provavelmente fora causada pelo analgésico que tomara. Achei isso estranho, pois não a vira tomar nenhum analgésico. Comecei a me preocupar com ela; na verdade, andava preocupado com ela desde que desmaiara. Disse a ela que iria encontrar um hotel para pernoitarmos, e que não viajaríamos mais até o dia seguinte, para que ela pudesse descansar. Estávamos bem adiantados, e chegaríamos a Michigan no dia seguinte, com tempo de sobra. Ela disse que queria viajar por mais algumas horas, e então comer alguma coisa antes de interrompermos a viagem para dormir. Apontou para uma pilha de cestas ao lado da porta e me pediu para pegar uma.

— Você não vai comprar esses troços, vai? — perguntei.

— Tudo bem, Sr. Black, se faz tanta questão de saber a verdade, estou com TPM.

Dei um passo atrás e levantei as mãos.

— Opa, não precisa dizer mais nada.

Ela abriu um sorriso e pegou a cesta, enchendo-a de sacos de biscoitos, barras de chocolate e pipocas. E eu só olhando, com uma expressão horrorizada. Não achava que já tivesse visto alguém comer tanta porcaria. As mulheres com quem costumava sair praticamente passavam fome.

— Foi você quem quis fazer essa viagem comigo! Só estou tentando manter a sanidade, porque, sem esses doces, qualquer mulher, nessa época do mês... — Ela fez um gesto. — Nem queira saber.

Fomos até o caixa, e ela colocou a cesta no balcão. A atendente ouviu nossa conversa e, olhando para mim, disse:

— Confia nela. Nós, mulheres, ficamos a um passo de nos tornarmos psicopatas durante aqueles dias.

Fiquei olhando para as duas, mudo, enquanto ela digitava os preços. Por fim, anunciou o total, e Ellery olhou para mim.

Retribuí seu olhar, confuso.

— Sério? Quer mesmo que eu pague por esse lixo?

A caixa se inclinou sobre o balcão e me olhou fixamente.

— Lembre-se, ficamos a um passo de nos tornarmos psicopatas.

Tirei a carteira e paguei, resmungando baixinho. Peguei a sacola e saí da loja. Ela entrou no Range Rover e voltamos para a interestadual. Olhei para ela, balançando a cabeça.

— Que foi? — Ela sorriu.

— Você é doida. Só queria que soubesse disso — afirmei em tom sério, mas brincalhão.

— Ah, meu amor, eu sei, mas prometo que é só por alguns dias — respondeu ela, rindo.

Fiz o possível para não sorrir, mas não consegui. Ela era adorável demais, e meus sentimentos por ela se tornavam mais fortes a cada minuto.

Capítulo 11

Enquanto seguíamos pela interestadual, vimos uma placa que anunciava diversos restaurantes. Peguei o desvio seguinte e perguntei a Ellery o que gostaria de jantar. Ela me pediu para surpreendê-la, pois gostava de quase tudo. Perguntei se tinha certeza, e ela assentiu. Quando vi o restaurante à esquerda, senti vontade de comer frutos do mar. Entrei no estacionamento, saí do carro e abri a porta para Ellery. Dei o braço a ela e entramos no restaurante. A hostess nos informou que haveria uma espera de meia hora, mas Ellery parecia não estar a fim de esperar. Argumentando que meia hora não era nada, segurei sua mão e a levei ao bar para bebermos alguma coisa enquanto esperávamos que nossa mesa vagasse.

Quando sentamos no bar, a bartender colocou guardanapos no balcão e se debruçou à minha frente. Não vou mentir: era uma mulher bonita, mas não fazia meu tipo. Pude ver com o canto dos olhos que Ellery me observava. Estava com uma expressão de "cai fora" quando encarou a bartender bonita. Quis testá-la para ver se ficaria com ciúme.

— O que vai querer, bonitão? — perguntou a bartender.

Eu me inclinei em sua direção.

—Vou querer um Sexo com a Bartender. — Dei um sorriso paquerador.

— Um Sexo com a Bartender. É pra já, garanhão. — Ela piscou um olho.

Ellery soltou uma exclamação e, por sua expressão, vi que tinha ficado furiosa. Esperei que dissesse alguma coisa, mas, em vez disso, ela olhou para a bartender e fez o impensável.

— Hum, querida, quando trouxer o drinque dele, não se esqueça de inclinar esses peitos deslumbrantes na minha direção também. — E sorriu.

Arregalei os olhos e me virei lentamente para ela.

— Ellery, que diabos está fazendo? — cochichei.

— Que foi? Envergonhei o Sr. "Sexo com a Bartender"?

A bartender voltou e entregou minha bebida. Então olhou para Ellery e lhe perguntou o que queria em tom irritado. Ellery retribuiu o olhar, fazendo beicinho.

— Não acha que tenho o direito de receber o mesmo atendimento que ele? Porque só ele tem o direito de ver os seus airbags?

Eu estava tão constrangido que nem conseguia acreditar que ela tivesse feito isso. Joguei uma nota no bar e me levantei.

—Vamos, querida, acho que nossa mesa já está pronta.

Peguei sua mão, balançando a cabeça. Ela olhou para mim e sorriu. Eu me inclinei para ela e sussurrei no seu ouvido: "Já entendi, sua *malvada*." Obviamente, meu tiro tinha saído pela culatra. Essa mulher era uma força da natureza, sem a menor dúvida.

— O senhor adora, Sr. Black, e sabe disso — disse ela.

Adorava mesmo, e me odiava por isso. Essa mulher era tudo que eu jamais pensara que queria. Ela transgredia todas as minhas regras.

A garçonete nos acompanhou à nossa mesa e nos entregou os menus. Observei Ellery quando começou a estudar o seu. Perguntei o que ia pedir, mas ela disse que estava em dúvida. A garçonete trouxe nossas bebidas e perguntou se já tínhamos decidido. Fechei o menu e Ellery olhou para ela, mordendo o lábio. Foi então que me ocorreu que ela não gostava de frutos do mar. Pedi à garçonete que nos desse um minuto. Mal podia acreditar que ela tivesse concordado em jantar ali.

—Você não gosta de frutos do mar, não é?

Ela olhou para mim e balançou a cabeça, mordendo o lábio.

— Por que não disse nada? — perguntei, passando as mãos pelos cabelos.

— Bem, eu queria que você comesse o que sentisse vontade — respondeu, inocente.

Olhei bem para ela. Tentei entender por que tinha concordado em vir a um restaurante de frutos do mar, se não gostava desse tipo de comida. A razão era o fato de ela ser uma mulher boa e generosa, que pensava nos outros primeiro. Lembrando as ocasiões em que ela me proporcionara novas experiências, decidi ser eu a lhe mostrar algo novo dessa vez.

—Vou pedir por nós dois. — Sorri, acenando para a garçonete. — Vamos começar com duas porções de calamares, patas de caranguejo e uma cauda de lagosta para cada um. E, por favor, inclua também uma porção de mariscos grelhados.

A garçonete olhou para Ellery, que deu um sorriso amarelo. Apertei as mãos, cotovelos sobre a mesa, me inclinando para perto dela.

— Lembra as vezes em que você me fez comer pizza e cachorro-quente, para não falar naquela noite em que me obrigou a comer com pauzinhos?

— Lembro, e não me importo de comer nada que você pediu — afirmou.

—Vejamos. — Dei um sorrisinho.

Ela se inclinou sobre a mesa.

—Você é um homem cruel, Connor Black.

— Não tanto quanto você, querida — sussurrei.

Quando Ellery se recostou na cadeira, a garçonete voltou e colocou os calamares no centro da mesa. Na mesma hora ela pegou o celular e o pôs no colo. Estava olhando para ele, enquanto digitava alguma coisa. De repente, seus olhos se arregalaram, e não pude deixar de rir.

—Você pesquisou "calamar" no Google, não foi?

Ela assentiu, dando um gole na sua Coca, e vi o medo em seus olhos. Estava me sentindo muito mal pelo que tinha feito. Parei de rir, olhando para ela com uma expressão séria.

—Você não precisa comer. Desculpe.

Ela respondeu que não tinha problema e que iria experimentar. Tirou um pedacinho de calamar do prato com o garfo e o inspecionou. Deu uma mordida e começou a fazer as caras mais adoráveis do mundo. Peguei o celular no bolso. Esse era um momento que não queria esquecer. Ela experimentou todos os pratos que eu pedira e levou a brincadeira na esportiva, chegando mesmo a dizer que tinha gostado de tudo. Rimos e conversamos durante todo o jantar. Sua risada era tão excitante quanto seu sorriso. Sua companhia era divertida, e ela me fazia sentir humano. É o único modo como posso descrever isso, porque nunca me sentira tão feliz como me sentia em sua presença. Terminamos de jantar e, quando saíamos do restaurante, passei o braço pelos seus ombros e a puxei para mim. Ela pousou a mão no meu peito e encostou a cabeça no meu ombro. Eu a queria o mais perto de mim possível.

Eu estava acostumado a me hospedar nos melhores hotéis do mundo, e só me contentava com o melhor, por isso dei uma volta enorme até encontrar o Ritz Carlton. Parei diante da entrada e deixei que o manobrista estacionasse o Range Rover. Entramos no hotel e fomos até a recepção, onde disse meu sobrenome, pois reservara a suíte presidencial. A concièrge chamou um carregador, que nos levou até os elevadores.

— Boa noite, Sr. e Sra. Black. Bem-vindos ao Ritz Carlton — disse ele.

Eu já ia explicar que não éramos casados, mas Ellery foi logo me interrompendo e começou a fazer uma encenação para o cara.

— Muito obrigada. O que meu marido ia dizer é que não vamos ficar muito tempo.

Assim que as portas do elevador se abriram e entramos na suíte, Ellery se virou para mim.

— Precisava alugar a Suíte Presidencial para passar só uma noite?

Aproveitei a oportunidade para fazer seu jogo.

— Não me contentaria com nada menos do que o melhor para a minha linda esposa. A minha esposa não é linda? — perguntei ao carregador, com um largo sorriso.

— É, sim, senhor, lindíssima.

— Querido, não deixe de dar uma boa gorjeta para o rapaz — disse ela, sorrindo.

Tirei um maço de notas do bolso e procurei uma de vinte para dar ao rapaz. Ellery chegou por trás de mim, pegou uma de cem e entregou a ele.

— Você tem uma esposa ou namorada? — perguntou.

— Sim, senhora, obrigado, madame, agradeço por sua generosidade — respondeu ele.

— Compre alguma coisa bonita para ela, de repente um belo colar.

Olhei para ela, trincando os dentes. Não podia acreditar que tinha dado uma gorjeta de cem dólares ao rapaz.

— Obrigado, senhora, senhor, obrigado — agradeceu o rapaz, exultante, saindo do quarto e fechando a porta.

— Francamente, uma gorjeta de cem dólares?

— Ora, foi a mesma quantia que você deu para o motorista de táxi.

— Motorista de táxi? Do que está falando? — perguntei, confuso.

— Na noite em que levei você para casa, tive que pagar o motorista, mas não estava com muito dinheiro, por isso peguei sua carteira e dei uma nota de cem para ele. Isso foi antes de você dizer que ia me dar uma trepada colossal.

Meu queixo despencou, e fiz uma expressão horrorizada.

— Eu disse isso para você? — perguntei, morto de constrangimento.

— Disse, mas estava bêbado, por isso eu te perdoei. — Ela sorriu.

Ah, aquele sorriso.

— Uma gorjeta de cem dólares, Ellery? — Eu não parava de repetir, sorrindo, enquanto caminhava em sua direção. Ela estava com um olhar animado.

— Calma, Connor, é só dinheiro, e você mesmo disse que tem muito — argumentou, correndo para trás de uma poltrona. Comecei a persegui-la por toda a suíte. Ela gritava, enquanto eu repetia: "Cem dólares?"

Ela correu para o quarto, e fui atrás dela. Quando a alcancei, joguei-a na cama. Estávamos sorrindo quando montei sobre suas pernas e prendi seus braços acima da cabeça. Estávamos ofegantes, e eu com os olhos fixos nos seus lindos olhos azul-claros. Os sentimentos que tinha no momento tomaram conta de mim. Nunca sentira nada tão forte por alguém. Tudo que sabia era que a queria. Precisava senti-la. Seus lábios imploravam para ser beijados, e os meus imploravam para beijá-los. Meu coração estava disparado, meu corpo cheio de desejo por ela. Ainda prendendo seus pulsos, abaixei a cabeça até meus lábios roçarem os seus. Parei, olhando para ela; não era o bastante, eu precisava de mais. Soltei seus pulsos e acariciei seu rosto com as costas da mão. Ela começou a passar os dedos pelos meus cabelos. Eu estava extremamente excitado, e não havia como esconder isso. Podia sentir as batidas rápidas de seu coração, e foi nesse momento que soube que sentia por mim o mesmo que eu por ela. Levei meus lábios aos seus mais uma vez e afundei em cima dela quando nossas línguas se encontraram pela primeira vez. Beijá-la foi maravilhoso, tudo que eu tinha certeza de que seria. Explorei sua boca sem pressa, lambendo seus lábios macios. Queria que ela me sentisse, que sentisse o amor que eu lhe dava. Segurei seu rosto com delicadeza, passando a língua pelo contorno do seu queixo. De repente, imagens de Amanda morta e coberta de sangue no chão invadiram minha mente, junto com as de todas as outras mulheres que haviam sido meus objetos sexuais. Que diabos eu estava fazendo? Como fora capaz de ultrapassar os limites desse jeito? Por mais que a desejasse, não podia correr o risco de perder nossa amizade. Ela era importante demais para mim. Interrompi bruscamente nosso beijo e sentei na beira da cama, passando as mãos pelos cabelos.

— Desculpe, Elle, mas não posso.

Ela se sentou na cama atrás de mim. Não tive coragem de olhar para ela e ver a mágoa da rejeição que devia estar sentindo. Fiquei chocado com as palavras que cuspiu em mim.

— Por que não, Connor? Porque não sou uma das suas putas?

Ela sabia sobre as outras mulheres, mas nunca deixara transparecer. Levantei da cama e comecei a andar pelo quarto.

—Você não é uma puta, Ellery, e eu simplesmente não posso.

— Por favor, só me diz o que está errado e por que não me quer — pediu.

Estava partindo meu coração ter que fazer isso com ela.

— Mas eu te quero sim, Ellery, esse é que é o problema. Eu te quero demais.

— E de que modo isso é um problema? — gritou ela.

Eu me virei para ela com um olhar feroz. Talvez, se lhe contasse quem eu realmente era, ela não iria mais me querer, e estaria tudo acabado.

— Não queira conhecer quem eu realmente sou. Não sou uma boa pessoa. Uso mulheres como objetos sexuais. Não posso ter relacionamentos reais. Não quero.

— Nós não precisamos ter um relacionamento. Podemos tem uma amizade colorida — propôs ela.

Não podia acreditar que fosse capaz de se rebaixar a ponto de dormir comigo sem compromisso. Nunca faria isso com ela, nunca a usaria desse jeito. Ela deu um passo em minha direção e sussurrou:

— Connor, por favor, eu preciso de você. — Uma lágrima escorreu de seu olho.

— Não, Elle, não faça isso comigo, com nós dois. Não posso dormir com você.

Ela deu as costas e saiu do quarto, dizendo que eu fosse me foder. O tom de sua voz misturava raiva e mágoa. Segui-a até a sala e vi que estava prestes a ir embora. Ela pôs a mão na maçaneta e começou a girá-la. Nem em mil anos eu iria deixá-la sair daquele quarto e, talvez, da minha vida.

— Não se atreva a sair deste quarto, Ellery! — gritei.

Ela ficou parada por um momento, a cabeça baixa, e então começou a abrir a porta. Cheguei por trás dela e bati a porta. Segurando seus braços, virei-a e a empurrei contra a porta. Precisava fazer com que entendesse que tipo de homem eu realmente era. Ela me lançou um olhar cheio de medo, e fiquei arrasado por perceber que me via desse jeito. No entanto, precisava que ela entendesse o quanto eu a amava, e que não podia me permitir magoá-la estragando nossa amizade.

— Eu transo com mulheres por prazer, só isso. Não sinto qualquer emoção quando transo, nunca senti! — gritei, e uma lágrima escorreu do seu rosto. — Eu as seduzo, eu as uso, transo com elas e vou embora. É isso que você quer? É assim que quer que eu te trate? Você é diferente, Ellery, e me assusta. Você me fez sentir coisas que eu nunca senti. Você é tudo em que penso, dia e noite. Eu me sinto vazio por dentro quando você não está. Será que não entende? Não devia ser assim, e se eu dormir com você, tudo isso vai se perder.

De repente, o medo em seus olhos deu lugar à compaixão. Não podia mais olhar para ela por causa das lágrimas, e estava me dilacerando fazer isso com ela.

— O que aconteceu com você para te deixar assim? — perguntou ela, em um sussurro.

Abaixei os olhos, ainda prendendo seu corpo à porta. Era por minha culpa que estávamos nessa situação, e estava na hora de ela saber a verdade. Se quisesse ir embora depois de eu lhe contar, eu deixaria, e nunca mais voltaria a vê-la. O Dr. Peters tinha razão, não podia mais haver segredos entre mim e Ellery. Nossa amizade fora longe demais.

—Tive uma namorada quando estava com dezoito anos. Ela começou a se tornar obsessiva, queria passar cada minuto do dia comigo. Ficou impossível tentar fazê-la feliz, comecei a me sentir sufocado e terminei com ela. — Fiz uma pausa, olhando para ela, meus olhos se enchendo de lágrimas. — Ela se suicidou dois dias depois. Deixou um bilhete, explicando que, se não podia ficar comigo, não queria mais viver, e disse a todos que me culpassem pelo seu suicídio. — Soltei seus braços e segurei seus pulsos, virando-os para cima. — É por isso que me sinto triste quando vejo essas cicatrizes. São um lembrete do que fiz, de como a matei.

Ela soltou uma exclamação ao ouvir isso e tirou as mãos das minhas para segurar meu rosto.

—Você não fez nada de errado, Connor. Não foi por sua culpa que ela se suicidou. Foi por causa da fraqueza dela, por sua incapacidade de superar a separação. Você não pode se culpar.

— Jurei que nunca mais me apaixonaria ou me envolveria emocionalmente com outra mulher, mas com você é tarde demais. Já estou emocionalmente envolvido e fazendo tudo que posso para me conter, mas não consigo. — Dei as costas a ela, a respiração rápida. Era sua oportunidade de ir embora, e eu estava disposto a deixar que fizesse isso para poder ser feliz, mas ela não foi.

Ellery se aproximou por trás de mim e passou os braços pela minha cintura.

—Também estou emocionalmente envolvida e, embora tivesse todos os motivos para me manter a distância, vejo um lado seu que acho que você não deixa ninguém mais ver: um homem doce, meigo e carinhoso que daria o mundo por alguém que ele ama.

Respirei fundo. Ela não ia embora; ia ficar. Compreendia e não se importava, porque apenas queria ficar comigo, e eu com ela. Meu segredo fora contado, e ela não fugira. Dei meia-volta e olhei para ela. Vi a tristeza em seus olhos, e quis fazer com que passasse. Ela não devia se sentir triste; devia ser feliz.

Pressionei os lábios nos seus, beijando-a apaixonadamente. Nossas línguas dançaram uma com a outra, e eu a peguei no colo e a levei para o quarto. Meu coração estava acelerado, meu corpo implorando por ela, para tocá-la, para estar dentro dela. Coloquei-a na cama, levantei sua blusa e a tirei. Em seguida, despi a camisa e desabotoei a calça, sem em nenhum momento tirar os olhos dela. Nunca mais na vida queria tirar os olhos dela. Ellery se levantou, despiu o jeans e o jogou no chão. Voltou a se deitar na cama, só com o sutiã de renda preta e o fio dental que fazia par com ele. Fiquei observando com assombro essa mulher incrível, apreciando cada curva de seu corpo. Nunca tinha desejado ninguém e nada tão intensamente na minha vida.

—Você é linda demais — sussurrei, passando a mão pela sua barriga escultural. Subi em cima dela, que passou os braços pelo meu pescoço. Meus lábios encontraram os seus por um breve segundo, até minha língua começar a explorar seu pescoço. Ela gemeu e inclinou a cabeça para me dar pleno acesso. Arqueou as costas e eu abaixei as alças do sutiã, expondo seus seios. Deixei escapar um gemido ao chupar de leve cada mamilo rígido e passar a língua em círculos pelo seu corpo perfeito. Ela pressionou os quadris nos meus, deixando claro que queria mais. Minha vontade era devorá-la. Eu me sentia como se fosse perder a cabeça, porque a desejava e precisava dela desesperadamente.

Enquanto lambia e acariciava cada centímetro de seu corpo perfeito, ela levou a mão à frente de minha calça, pressionando-a. Gemi de excitação. Com a mão macia, envolveu meu pau entre os dedos longos e ficou alisando-o. Passei o dedo pela beira de sua calcinha, minha mão se dirigindo ao clitóris inchado e latejante. Sua respiração estava ofegante, e ela gemeu baixinho, chamando meu nome. Meus dedos traçaram círculos na zona sensível antes de afundarem dentro dela.

—Você está toda molhada, Ellery. Como eu te quero — gemi, nossos lábios se unindo.

Ela gemia sem parar, enquanto eu movia os dedos dentro dela num suave vaivém. Estava pronta para gozar; eu podia sentir sua vontade de explodir. Ela começou a gritar meu nome, enquanto eu traçava círculos com o polegar no seu clitóris, libertando para mim toda a sua doce paixão. Nunca me sentira tão excitado na vida, e precisava entrar nela.

Tirei o jeans e a cueca, atirando-os do outro lado do quarto.

— Prometo que vou ser gentil com você. Se pegar pesado demais, por favor, me promete que vai me interromper — pedi. Estava com medo de perder totalmente o controle e machucá-la. Ela assentiu, e subi em cima dela, penetrando-a.

Meus olhos não saíam dos seus a cada golpe lento e regular.

— O que está fazendo comigo, Ellery?

Os cantos de sua boca se curvaram para cima, ela me puxou para si e nos beijamos apaixonadamente. Quando eu estava totalmente dentro dela, meus movimentos se tornaram mais rápidos. Ela arquejava a cada golpe. Suas mãos passearam pelas minhas costas e ela cravou as unhas no meu traseiro, me deixando ainda mais excitado do que já estava. Queria que esse momento durasse para sempre. Queria ficar assim para sempre e nunca mais sair dela. Era tão quente e gostosa. Esse momento era perfeito para nós dois. Ela precisava tanto de mim quanto eu dela. Levei a boca aos seus seios, chupando e mordiscando cada mamilo. Senti que ela ficava inchada e se preparava para o próximo orgasmo, o que tornou meus gemidos mais altos e meus golpes mais fortes. Peguei sua perna e a encaixei ao redor da cintura, tornando a penetração mais funda e intensa.

— Goza, Ellery, goza, meu amor — sussurrei no seu ouvido. Sua respiração ficou frenética e ela gritou meu nome, seu corpo tremendo de êxtase.

—Você é uma delícia, Ellery... — gemi, gritando seu nome, enquanto enchia suas entranhas com meu prazer. Foi a sensação mais incrível e prazerosa do mundo, e, embora já tivesse feito sexo milhões de vezes, foi diferente, uma coisa totalmente nova.

Olhei para ela, ofegante, enquanto ela acariciava meu rosto e me puxava para si. Passei as mãos por trás de sua cabeça e enterrei o rosto no seu pescoço. As batidas rápidas de nossos corações começaram a se normalizar, e nossa respiração também. Saí de dentro dela com delicadeza e me deitei de lado. Afastei os cabelos de seu rosto para poder ver sua beleza.

—Você é incrível. — Sorri.

— Não, você é que é incrível — respondeu ela.

Ficamos deitados, conversando sobre como nossos momentos de amor tinham sido lindos e pareceram diferentes. Ellery me explicou que fora porque eu fizera amor com paixão e emoção. Ela estava certa; eu derramara cada emoção que tinha dentro dela. Eu me encantara com Ellery Lane no momento em que a vira na minha cozinha, e agora me apaixonara por ela. Pela primeira vez na vida, estava apaixonado por alguém, e isso me assustava. Tornei a puxá-la para mim e a abracei com força, até começarmos o segundo round.

Capítulo 12

Passei os braços pelo seu corpo enquanto ela dormia. Abracei-a com força, porque jamais queria soltá-la. Fiquei olhando para ela, sua boca perfeita entreaberta enquanto respirava suavemente. Estava em paz naquele momento, e eu precisava fazer tudo para que continuasse assim. Não resisti a passar o dedo de leve pelo contorno do seu queixo. Cheguei até a boca e percorri os lábios de formato perfeito, lábios que eram macios, atraentes e imploravam para ser beijados. Não podia deixar de olhar para a mulher a quem dera todo o meu coração. Ela se remexeu entre os lençóis e abriu os olhos. Sorri quando ela olhou para mim com ar inocente.

— Bom dia. — Sorriu.

— Bom dia, amor. — Sorri, beijando sua testa. — Espero não ter te acordado.

— Não, não acordou, mas posso perguntar por que está me olhando? — quis saber ela, com seu ar inocente.

— Estou te olhando porque nunca quero tirar os olhos de você. Porque você é alguém que merece toda a minha atenção, em todas as ocasiões — respondi, passando a mão pelo seu rosto.

Ela apertou minha cintura com mais força, encostando a cabeça no meu peito.

— Eu me sinto segura quando estou com você, Connor. Nunca me senti segura a vida inteira — sussurrou ela, beijando minha pele.

Fechei os olhos por um momento, porque ela tirava meu fôlego. Nunca sentira que alguém precisava de mim, e ninguém precisara de mim como Ellery. Eu precisava dela como do ar que respirava. Precisava dela como do meu próprio coração batendo para me manter vivo.

Ela se aproximou mais de mim, e então tapou seus lábios com a mão. Parecia constrangida por estar com o hálito de quem acabou de acordar, mas eu não me importava. Fiz com que se deitasse de costas e comecei a beijá-la. Ela me interrompeu e olhou para o relógio, dizendo que, se não saíssemos da cama, iríamos nos atrasar. De repente, tive uma ideia melhor. Levantei da cama, e ela mordeu o lábio, olhando para mim, nu em pelo à sua frente. Sorri, estendendo a mão para ela.

— Parece que vamos ter que tomar banho juntos para poupar tempo — disse.

Ela se apressou a segurar minha mão, e eu a levei ao banheiro. Abri a torneira de água quente, mas não demais, pois não queria que Ellery desmaiasse de novo. Cuidaria para que isso nunca mais acontecesse. Ela entrou no boxe primeiro, e eu a segui. Ficamos parados, a água escorrendo por nossos corpos, molhando nossas peles. Peguei a esponja macia, o vidro de gel de banho que o hotel disponibilizava para os hóspedes e o abri. Aspirei o aroma de baunilha e estendi o vidro a Ellery, para que o cheirasse também. Ela sorriu, tirando o vidro da minha mão, e despejou um pouco na esponja que eu segurava. Comecei a lavá-la devagar, começando pelos seios, enquanto passava a esponja em círculos suaves ao redor dos mamilos. Ela gemeu e segurou meu pau, alisando-o num vaivém regular. Um gemido escapou do fundo da minha garganta e continuei a lavar cada centímetro do seu torso. Ela tinha me deixado tão excitado e duro que eu precisava dela ali mesmo, naquele exato momento.

— Connor, preciso de você agora, por favor — ela me implorou.

VOCÊ PARA SEMPRE

Fiz com que se virasse, prendi seus braços na parede do chuveiro e a penetrei lentamente por trás, beijando seu pescoço enquanto me movia dentro dela. Soltei seus braços e aninhei seus seios nas mãos, esfregando-os e apalpando-os, gemidos fundos escapando da minha garganta. Nada era mais sensual do que vê-la encostada na parede do chuveiro. Eu mal podia me controlar.

— Está pronta, Elle? — sussurrei, passando os braços pela sua cintura.

Ela gemia a cada golpe profundo.

— Estou, Connor, goza comigo — pediu. Essas palavras eram tudo que eu precisava ouvir. Avancei mais fundo dentro dela, inundando suas entranhas com meu calor. O corpo dela estremeceu e eu a abracei com força, nós dois nos abaixando até o chão do chuveiro e sentando, em puro êxtase.

Quando conseguimos sair do boxe, continuei no banheiro para fazer a barba, e Ellery foi para o quarto se vestir. Entrei no quarto e a encontrei sentada na beira da cama. Parecia que algo a incomodava. Parei à sua frente, passando a mão pelos seus cabelos molhados.

— Que foi, amor? — perguntei a ela.

Ela olhou para mim e sorriu.

— Nada, só estou aqui lamentando que não possamos passar mais uma noite neste lindo quarto de hotel.

Sorri e estendi a mão para ajudá-la a se levantar.

— Não se preocupe, vai haver muitos quartos de hotel lindos no nosso futuro. — Eu estava falando sério. Imaginava um futuro com Ellery. Nunca pensara que fosse possível amar alguém tanto assim. Mantivera o coração fechado por muitos anos, mas agora sabia que fora só porque era ela quem estava destinada a abri-lo. Ela olhou para mim, lágrimas começando a encher seus olhos.

— Qual é o problema, Ellery? Por que está com essa cara de choro? — perguntei, abraçando-a.

— Estou feliz, só isso. Você me fez muito feliz — sussurrou.

— Você também me fez muito feliz, meu amor. Não posso nem te dar uma ideia do quanto — disse, apertando-a, me recusando a soltá-la. Dei um beijo na sua testa e interrompi nosso abraço. Se não saíssemos daquele quarto, não iríamos chegar à funerária a tempo. Peguei nossas malas, e saímos do hotel.

Estávamos seguindo pela interestadual, ouvindo as músicas que faziam o estilo ora de um, ora do outro, quando meu celular tocou. Ele estava no console entre nós. Demos uma olhada nele ao mesmo tempo quando o nome de Ashlyn apareceu na tela. Respirei fundo, porque sabia que Ellery iria fazer perguntas sobre ela, e não estava nem um pouco a fim de discutir minha relação com Ashlyn. Cliquei em "recusar" e me preparei para a pergunta que sabia que Ellery faria.

— Quem é ela, Connor? — perguntou, desligando o rádio.

— Sabia que você ia perguntar — disse, soltando um suspiro cansado.

— Você tem que me falar dela, se quer continuar com a nossa relação.

Seu tom foi calmo, mas autoritário. Peguei sua mão e a levei aos lábios.

— Não quero falar sobre ela agora, Ellery. Não é nem a hora nem o lugar para fazer isso. — Não ia estragar nossa viagem falando de Ashlyn. Tinha planejado explicar tudo a ela quando voltássemos para Nova York.

— Tudo bem, eu espero, e nós conversamos mais tarde. Mas o que quer que você me diga eu aceito, porque agora as coisas mudaram entre nós, e vamos deixar toda a nossa bagagem no passado, não vamos?

Olhei para ela, sorrindo.

— Pode apostar que sim.

— Tenho uma pergunta para fazer — disse ela, tirando a embalagem de sua barra de Twix. — Denny me contou que você anda diferente desde que me conheceu.

Revirei os olhos. Por que Denny andava dizendo essas coisas a ela? Eu precisava ter uma conversa com ele.

— Denny não devia dizer essas coisas, mas é verdade. Fiquei intrigado com você no instante em que te vi na minha cozinha. Quando acordei e ouvi alguém fazendo aquela barulheira, desci para gritar com o responsável. Imagine só a minha surpresa quando topei com aquela linda mulher fazendo café.

VOCÊ PARA SEMPRE

— Sim, mas você gritou comigo por causa das suas regras.

Dei de ombros.

— Porque achei que tinha levado você para casa da boate. Desculpe.

Ela sorriu, dando um tapa no meu braço.

— Foi no momento em que você contou o que tinha feito por mim e me deu uma lição de moral que eu soube que não podia deixar você sair da minha vida. E Denny também soube, porque eu não parava de falar de você, sem me dar conta disso.

Ela riu e se aproximou para dar um beijo no meu rosto, mas, em vez disso, enfiou a barra de Twix na minha boca.

Finalmente chegamos a Michigan, e notei que Ellery se retesou ao ver a placa. Segurei sua mão e dei uma apertadinha nela para indicar que tudo ficaria bem. Sabia que esse lugar não lhe trazia lembranças felizes; ela conhecera mais dor ali do que felicidade. Ellery tirou da bolsa o celular que tocava, e era Peyton. Ela o pôs no viva voz e Peyton nos contou tudo sobre a noite que passara com Henry. Ellery não se incomodou com as descrições de Peyton, porque já estava acostumada. Embora não fizesse muito tempo que eu conhecera Peyton, gostava dela. Tinha uma língua frouxa como Ellery, e dava para ver por que as duas eram as melhores amigas uma da outra. Peyton me disse para "viver um pouco e mostrar a Ellery a minha sensualidade". Aproveitei a oportunidade para vingar o episódio no bar do restaurante de frutos do mar. Contei a Peyton que já tinha feito isso e que Ellery me levara a fazer coisas com ela que tinham até me chocado. A expressão e o sorriso de Ellery ao ouvir isso foram impagáveis.

Entramos no estacionamento da funerária, e Ellery pôs a mão no meu braço. Eu sabia que isso seria difícil para ela, e só podia imaginar o que ela estava sentindo nesse momento. Saímos do Range Rover, e Ellery respirou fundo.

— Foi nessa funerária que fizemos o velório de minha mãe e meu pai — contou, parando diante das portas duplas que levavam ao interior da casa.

Passei o braço pelos seus ombros.

— Você não tem que fazer isso. Pode ligar para sua prima e dizer a ela que adoeceu, ou algo assim.

— Não, é isso que os covardes fazem. Não posso fugir da realidade. Além disso, você está ao meu lado — disse ela.

Quando entramos, fomos recebidos por Debbie, a prima de Ellery. Era uma pena que estivéssemos nos conhecendo nessas circunstâncias. Dei um abraço nela e ofereci meus pêsames. Ela nos levou à sala onde os pais estavam. Abracei Ellery com força quando nos aproximamos dos ataúdes. Imaginei-a nessa mesma sala, diante do ataúde que continha sua mãe. Lágrimas arderam em meus olhos só de pensar nisso. Ela só tinha seis anos de idade na época, e ter que passar por isso era horrível. Embora na época não tivesse contado com ninguém para protegê-la, agora eu estava ali para fazer isso, para compensá-la por toda a dor que experimentara na vida, a partir daquele momento.

Ellery se ajoelhou diante dos ataúdes e rezou. Fiquei segurando seus ombros para confortá-la. Quando terminamos de prestar nossas homenagens, demos uma volta pela sala, para que Ellery pudesse pôr as notícias em dia com os parentes. Ela parecia estar bem, até o momento em que começamos a ouvir cochichos de pessoas falando sobre ela e seu pai. Ellery ouviu alguém dizer que ela não teria tentado se suicidar se a tivessem tirado do pai. Ficou furiosa e caminhou até eles em passos duros e, exibindo as cicatrizes nos pulsos bem diante de seus narizes, despejou meia dúzia de desaforos e então disse que, mesmo que a tivessem tirado do pai, isso não teria feito a menor diferença. Fez muito bem em agir assim. Fiquei irritado por ouvir todas aquelas baboseiras sendo ditas, mas Ellery era uma mulher que sabia se defender, e foi o que fez. Não teve a menor vergonha de soltar o verbo. Segurei sua mão, dizendo a ela que aquela gente não valia a pena, e a levei para fora, para se acalmar.

— Devo dizer que você sabe fazer uma cena direitinho. — Sorri, abraçando-a para levantar seu astral.

— Desculpe, não estava mais aguentando. Sabia que isso ia acontecer se eu voltasse — disse, seu rosto encostado no meu peito.

— Tudo bem, você se despediu dos seus tios, pôs algumas pessoas no seu devido lugar e agora podemos ir, a menos que prefira ficar.

Ellery negou com a cabeça e disse que preferia ir embora.

Entramos no Range Rover e comecei a procurar pelo GPS algum hotel de luxo nas redondezas. Ela riu, sugerindo que eu reservasse um quarto no Atheneum Suite Hotel. Sorri, porque foi o primeiro hotel que apareceu no GPS, por isso reservei a suíte presidencial. Em seguida, perguntei a ela aonde queria ir. Sabia que pretendia visitar o túmulo dos pais, mas não sabia se precisava ir a algum outro lugar. Com nossos dedos entrelaçados, ela levou minha mão aos lábios e a beijou. Era uma mulher incrível, e me fazia sentir tão bem.

Paramos na floricultura, e comprei flores para os túmulos de seus pais. Ela ficou zangada comigo por não deixá-la pagar; era o que eu mais apreciava nela. Não me amava pelo meu dinheiro; nunca importara para ela. Preferia comprar as coisas do seu próprio bolso. Eu não me importava, pois pretendia gastar até o último centavo com ela. Ellery valia totalmente a pena, e eu queria dar o mundo a ela.

Ela me levou até onde seus pais estavam enterrados, e preferi me manter a distância para lhe dar privacidade. Ouvi-a falar de mim com eles, e como acreditava que eu faria qualquer coisa por ela. Sorri, porque tinha razão; eu faria tudo, qualquer coisa por ela. E acreditava que ela faria o mesmo por mim. Sabia que me amava. Embora nenhum de nós já tivesse dito as palavras *eu te amo*, podia sentir seu amor toda vez que ela olhava para mim, me abraçava, me beijava e fazia amor comigo. Ela tomara conta do meu coração e da minha alma, como eu sabia que faria quando pusera os olhos nela pela primeira vez. Fui até ela, ajudei-a a se levantar da grama e a abracei.

— Você é jovem demais para ter presenciado a morte tantas vezes, Ellery. Me dói saber que você passou por tudo isso — sussurrei, dando um beijo na sua testa. — Nem consigo me imaginar perdendo meus pais, ainda mais tão cedo. Você me surpreende com a sua força, Ellery, porque não sei se teria aguentado as pontas se estivesse no seu lugar.

Ela me soltou e se abaixou para arrancar algumas ervas daninhas que cresciam ao redor dos túmulos.

— Isso é uma coisa que você decide se vai ou não fazer. Você pode ir em frente e levar a vida mais normal possível, ou abrir mão da vida e deixar que o sofrimento te consuma. Acredito profundamente no destino, e que Deus levou meu pai para que seu sofrimento acabasse e ele pudesse reencontrar minha mãe.

Essa mulher me assombrava. Sua força e esperança eram incríveis. Eu estava extremamente impressionado com ela, e planejava passar o resto de minha vida mostrando isso a ela. Ellery alisou meus cabelos, passando o dedo pelo meu rosto.

— Você é incrível. Não sei o que fiz para merecer você na minha vida — murmurei, alisando seus longos cabelos louros. Ela se levantou, passou os braços pelo meu pescoço e me beijou. Peguei-a no colo e a levei para o Range Rover.

— O que está fazendo? — perguntou ela, com um sorriso.

— Levando você para tomar um sorvete. — Sorri também, e ela encostou a cabeça na curva do meu pescoço.

Paramos numa sorveteria próxima e compramos duas casquinhas. Sentamos diante um do outro a uma mesa de ferro trabalhado no interior da loja. Ela estava me excitando com o jeito como lambia o sorvete e tinha consciência disso, pois sorria a cada lambida. Ah, aquele sorriso. Eu vivia em estado permanente de excitação na presença de Ellery. E, mesmo na sua ausência, ela continuava comigo, porque eu passava o tempo todo pensando nela.

— É melhor terminar de tomar logo esse sorvete, porque precisamos ir para o hotel imediatamente — avisei.

— Por que a pressa, Sr. Black? Está antecipando alguma coisa? — Ela abriu um sorriso.

— Você não faz a mais pálida ideia do que estou antecipando, Ellery, mas digamos que tem a ver com uma calcinha sendo arrancada — sussurrei para que ninguém ouvisse.

Ela se levantou depressa, tirou o sorvete da minha mão e o jogou junto com o seu na lata de lixo. Pegou minha mão e me levou para fora da sorveteria.

— É melhor cumprir a sua promessa, Connor — sussurrou no meu ouvido antes de entrar no Range Rover.

Capítulo 13

Chegamos ao hotel e tomamos o elevador para a suíte presidencial. Ellery fez uma expressão linda quando abri a porta e ela entrou. Fui até a lareira e a liguei. Ela se aproximou e passou os braços pela minha cintura.

— Você é tão gostoso — disse.

Eu me virei de frente para ela e a abracei com força.

— Não tanto quanto você, meu amor — sussurrei, afundando o nariz nos seus cabelos e absorvendo seu cheiro excitante.

— Dança comigo. — Ela sorriu.

— Eu adoraria dançar com você, mas preciso pôr uma música primeiro.

Fui até o som que ficava numa mesa perto da janela e o liguei. Voltei até onde ela estava e passei os braços pela sua cintura. Ficamos abraçados, nos movendo lentamente ao som da melodia suave que vinha do rádio. Esse momento era irreal, e não pensei que poderia me sentir mais feliz do que já estava. Não precisávamos de palavras; cada um sabia como o outro se sentia, apenas pelo modo como nos olhávamos.

— Não há nenhum lugar no mundo onde eu preferiria estar — disse ela baixinho.

Eu me inclinei para ela e rocei meus lábios nos seus. Mordisquei seu lábio inferior, e ela sorriu. Nosso beijo se tornou mais apaixonado, enquanto continuávamos nos movendo ao som da música. Desabotoei sua blusa lentamente e a puxei sobre os ombros, até cair no chão. Passei as mãos pelas curvas do seu lindo corpo, até precisar sentir mais. Acariciei o interior da coxa, empurrando sua curta saia preta para cima. Ela deixou escapar um gemido quando toquei a renda que debruava a calcinha. Desabotoou minha calça e enfiou a mão nela, me envolvendo inteiro. Seu toque era tão quente. Abri seu sutiã de renda preta e o joguei no chão, e ela tirou minha camisa pela cabeça. Eu a abracei com força, sentindo a maciez dos seus seios nus pressionando meu peito. Deitei-a no chão diante da lareira. Puxei a saia de sua cintura enquanto beijava sua barriga, descendo pelo resto do corpo. Beijei e lambi o interior de cada coxa, parando no ponto sensível. Olhei para ela com um sorriso, segurando as laterais da calcinha e arrancando-a com força.

— Eu prometi que uma calcinha seria arrancada — relembrei.

—Você certamente sabe cumprir uma promessa. — Ela sorriu, sedutora.

Levei a boca novamente ao interior de sua coxa, a língua descrevendo círculos, enquanto ela passava a mão pelos meus cabelos. Já estava molhada e cheia de desejo por mim. Meus beijos foram subindo de leve pela coxa até o clitóris, e ela gemeu, arqueando as costas, no instante em que minha língua a tocou. Tinha me deixado tão excitado que eu estava prestes a gozar. Pus a mão nela, sentindo sua umidade e desejo por mim. Inseri os dedos e os movi em vaivém ao sabor da vontade, enquanto minha boca envolvia suas partes inchadas até ela gozar. Seu corpo se retesou, suas mãos apertando com força a minha cabeça. Deitei em cima dela, beijando-a e deixando que sentisse o gosto do que eu fizera. Não podia mais esperar; precisava entrar nela tanto quanto ela precisava de mim. Peguei o pau latejante e a penetrei. Ela sorriu e gritou com o prazer que sentiu. O calor da lareira aquecia cada centímetro de nossos corpos, enquanto fazíamos amor apaixonadamente por mais de uma hora.

Depois de nosso sexo apaixonado, nos enrolamos em um cobertor e ficamos nos olhando. Passei o dedo pelo contorno do seu queixo e atrás da sua orelha. Queria dizer a ela que a amava, mas estava nervoso e assustado demais. Nunca dissera essas palavras a ninguém, com exceção de minha família, mas eles não contavam. Em vez disso, perguntei a ela se estava com fome, dando um beijo no seu ombro.

— Estou, sim, com fome de você — respondeu ela, com um risinho.

Prendi a respiração, começando a me excitar de novo. Acariciei seu rosto com os dedos.

— Eu sempre estou com fome de você, mas em algum momento vamos ter que comer comida de verdade. Detesto te dar más notícias, amor, mas não podemos sobreviver só de sexo.

Ela fez beicinho, e comecei a fazer cócegas no seu corpo. Ela riu e segurou minhas mãos, tentando fazer com que eu parasse. Adorava vê-la rindo desse jeito. Finalmente parei quando ela disse *ai*, porque seu corte começara a doer. Dei um beijo nos pontos e me levantei para pedir nosso jantar. Fui ao quarto e vesti uma calça de pijama preta, enquanto Ellery vestia um roupão. Pouco depois nossa comida chegou, e curtimos um jantar delicioso. Olhei para ela, me sentindo um pouco preocupado, pois parecia um tanto pálida.

— Está se sentindo bem, Elle? — perguntei, preocupado. — Parece um pouco pálida.

Ela respondeu que estava bem, só um pouco cansada, e piscou para mim, acrescentando que era por minha culpa. Seu dia fora longo e estressante, por isso eu podia entender que estivesse se sentindo exausta. Já ia sugerir que fôssemos nos deitar para relaxar, quando ela me lançou um olhar sedutor.

— Gostaria de tomar um banho quente comigo, Sr. Black?

— Adoraria, Srta. Lane, mas não quente demais, porque não quero que desmaie. — Sorri.

A banheira era grande o bastante para quatro pessoas. Abri a torneira e tirei a calça do pijama, entrei e me recostei, abrindo espaço para

Ellery. Já tínhamos tomado banho de chuveiro juntos, mas esse era nosso primeiro banho de banheira, e a ideia de sentir seu corpo nu e molhado contra o meu era extremamente excitante. Fiquei olhando enquanto ela prendia o cabelo para cima, para não molhá-lo. Amava quando ela fazia um coque, exibindo seu pescoço longo e sensual que eu adorava beijar. Ela tirou o roupão e o soltou no chão, entrando na banheira. Estava sexy de dar aflição, e eu quis passar cada minuto mostrando a ela o quanto era sensual. Ela deslizou na banheira e deitou a cabeça no meu peito. Passei os braços pelo seu corpo, apreciando a maciez de sua pele úmida. Não pude resistir e comecei a beijar seu pescoço, que era atraente e convidativo.

— Adoro quando você prende o cabelo.

— É mesmo? — Ela sorriu, e continuei a distribuir beijos leves pelo seu pescoço.

— Você não faz nem uma ideia do quanto eu te desejei na noite do evento beneficente. Fiz tudo que pude para me controlar e não te levar ao banheiro para transar com você.

— Gostaria que tivesse feito isso — disse ela, seu dedo subindo e descendo pelo meu braço.

— Não gostaria, não. Eu teria sido bruto, e poderia ter te assustado.

— Nada que você faça pode me assustar — disse ela, virando a cabeça para mim e pousando a mão no meu rosto. — O infinito é para sempre, Sr. Black, e é isso que o senhor é para mim: o meu infinito.

Engoli em seco, porque ela estava me deixando com lágrimas nos olhos. Fiquei profundamente comovido com suas palavras. Passei o dedo pelo contorno de seus lábios antes de beijá-la.

— Não há limites para o que eu faria por você. Basta pedir e será feito, não importa o sacrifício.

Seus olhos começaram a se encher de lágrimas, e ela passou o dedo pelos meus lábios.

— Essas são as palavras mais lindas que alguém já me disse.

— E são verdadeiras, da primeira à última — sussurrei, nossos lábios se encontrando pela última vez, e fizemos amor antes de irmos para a cama.

VOCÊ PARA SEMPRE

Amanheceu e abri os olhos, o sol atravessando as cortinas transparentes que emolduravam a janela à perfeição. Ellery estava aconchegada ao meu corpo, nossas pernas entrelaçadas e enroladas nos lençóis. Ela se remexeu e passou a mão pelo meu peito, olhou para mim e sorriu. Dei um beijo na ponta do seu nariz.

— Bom dia, amor — falei.

— Bom dia, amor. Quero acordar assim todos os dias. Adoro acordar nos seus braços.

Ouvi-la dizer isso me deixou muito feliz. Tinha medo de que ela achasse que as coisas estavam indo depressa demais entre nós.

— Não posso pensar em nenhuma maneira mais perfeita de acordar, do que com você nos meus braços. — Sorri, beijando seus lábios.

Levantamos ao ouvir uma batida à porta. Vesti a calça de pijama e fui atender. Era nosso café da manhã, cortesia do hotel. Enquanto tomávamos café, Ellery recebeu uma mensagem de seu ex-namorado, Kyle. Pareceu preocupada por ele estar em Michigan e querer vê-la. Respondi que não havia problemas, e que dissesse a ele onde estávamos hospedados. Não consegui me livrar da sensação de que Ellery tinha ficado muito nervosa com aquela mensagem. Ela não chegou a dizer isso, mas eu podia ver a angústia em seu rosto. Fomos para o quarto, nos vestimos e fizemos as malas para voltarmos a Nova York. Pouco depois, Kyle bateu à porta.

Ellery suspirou e o deixou entrar. Ele fez uma expressão surpresa ao me ver. Sorri e acenei, cumprimentando-o. Ele quis conversar com Ellery em particular, mas ela não concordou. Comentei que não me importava, e que estaria no quarto, se ela precisasse de mim. Ela assentiu, e Kyle me agradeceu.

Uns dez minutos depois, ouvi Ellery gritando com Kyle. Decidi esperar mais um pouco para ver se ela se acalmava, antes de ir para a sala. Como isso não aconteceu e ela gritava cada vez mais alto, saí do quarto a tempo de ouvir Kyle lhe perguntando se já tinha me contado uma coisa. Fui até onde eles estavam.

— Me contou o quê? — perguntei, olhando para Ellery. Ela implorou a Kyle que não respondesse, pelo bem dos dois. Eu não fazia ideia do que estava acontecendo. Só sabia que Kyle estava tentando me contar alguma coisa, mas Ellery parecia totalmente apavorada, o que dava para ver pela sua expressão. Kyle não deu ouvidos a ela, cravando um olhar duro em mim. Olhei para Ellery, lágrimas começando a escorrer pelo seu rosto.

— Ela está com câncer, e se recusa a se submeter a qualquer tratamento. Vai simplesmente se deixar morrer. Foi por isso que a deixei. Não podia ficar de braços cruzados, vendo-a morrer — disse ele.

Fiquei paralisado. Não podia acreditar. Kyle olhou para Ellery, pediu perdão e foi embora. Meu coração disparou, e tive a sensação de que ia saltar fora do peito. Olhei para Ellery, cujas lágrimas escorriam dos olhos. Eu estava assustado demais para ouvir sua resposta à minha pergunta.

— Isso é verdade, Ellery?! — gritei.

Ela estremeceu com meus gritos, concordando.

— É, é verdade — disse, chorando.

Fechei as mãos em punhos, retesando o queixo.

— Você sabia que o câncer tinha voltado antes de eu te conhecer, mas mesmo assim escondeu isso de mim depois de tudo que aconteceu entre nós? Que tipo de mulher é você?! — gritei. Não sabia o que fazia. Estava confuso e incrédulo. Minha pele começou a ficar quente, e eu me sentia como se não pudesse respirar.

— Por favor, Connor, me deixe explicar — implorou ela.

Eu estava tão furioso que mal conseguia enxergar.

— Explicar o quê? O que resta para explicar? Você ia me contar algum dia que está morrendo? E por que não está se tratando? — Isso não fazia o menor sentido para mim. Por que ela se recusaria a se tratar e se deixaria morrer? Quem fazia esse tipo de coisa?

— Por favor, Connor, se acalme — pediu ela.

— Me acalmar? Você espera que eu fique calmo quando acabo de descobrir que a mulher que amo e com quem quero passar o resto da minha vida está morrendo? Não quero ouvir mais nada. Você me enoja, Ellery. Não posso fazer isso. Não aguento mais nem olhar para você. — Eu estava cego de raiva, e minhas emoções fora de controle. Então, me virei para o quarto. Ellery veio atrás de mim, e segurou meu braço.

— Por favor, Connor, não faça isso. Me deixe explicar.

Arranquei o braço, e ela caiu no chão. Eu me virei e olhei para ela, minha voz agora calma, mas amargurada:

— Suas vertigens, seu cansaço, tudo isso é por causa do câncer. Você está piorando e sabia disso, mas nem assim me contou. Eu desnudei minha alma com você. Contei coisas a você que ninguém no mundo sabe. Eu me abri com você. Como pôde fazer isso comigo, Ellery? — perguntei, meus olhos se enchendo de lágrimas. Entrei no quarto, batendo a porta.

Fiquei andando de um lado para o outro. Minha respiração ainda estava rápida, o coração parecendo ter se despedaçado em um milhão de cacos. Não tinha a menor condição de voltar com ela de carro, por isso peguei o celular e reservei uma passagem no próximo voo para Nova York. Peguei minha mala e abri a porta do quarto. Quando me dirigia à porta, Ellery se levantou depressa.

— Connor, espera, por favor — implorou.

Eu me virei e apontei para ela.

— Fica longe de mim. Reservei uma passagem de volta para você. O voo sai em duas horas, por isso trate de se recompor e se vestir. Vou voltar de carro. Mal posso olhar para você, que dirá passar dez horas numa estrada ao seu lado. — Saí do quarto e deixei a mulher que era o amor da minha vida sozinha, assustada e chorando. Que tipo de pessoa era eu?, pensei, entrando no Range Rover e apertando o volante com força. Peguei o celular e liguei para Denny.

— Olá, Connor. Como vai indo a viagem? — perguntou ele.

— Denny, a Srta. Lane vai chegar de Michigan dentro de umas quatro horas. Ela está no voo 282, e preciso que você vá buscá-la e a leve para o apartamento dela.

— Está tudo bem, Connor? Você parece aborrecido — disse ele.

— A Srta. Lane e eu não vamos mais nos ver, e não quero discutir esse assunto. Acabei de sair do hotel, e estou voltando para Nova York. Não deixe de ir buscá-la no aeroporto e de levá-la para casa.

— Tudo bem, Connor. Vou estar lá para pegar a Srta. Lane.

— Denny — disse antes de desligar.

— Sim, Connor?

— Provavelmente ela vai precisar que você a conforte quando desembarcar. Por favor, dê uma força para ela — pedi.

— Claro, Connor. Você sabe que eu gosto muito da Srta. Lane.

Desliguei o celular e saí do estacionamento do hotel. Minha cabeça estava a mil, relembrando sem parar a conversa com Kyle. Eu tinha ficado cego de raiva quando Ellery confirmara que estava com câncer, mas recusando-se a se tratar. Sabia que tinha dito coisas bastante cruéis, mas estava com muita raiva e me sentindo traído. Me perguntei se ela pretendia me contar algum dia que estava doente. Sabia que havia algo de errado com ela desde o começo, mas nunca imaginara que o câncer tivesse voltado. Desliguei o celular. Não queria falar com ninguém, nem ouvir nada. Estava me esforçando ao máximo para me controlar, porque a última coisa de que precisava era desmoronar. Não conseguia parar de pensar nela sentada no chão, e em sua expressão quando eu gritara com ela. Não conseguia parar de pensar no medo em seus olhos, pouco antes de Kyle me contar. Ela estava sozinha, mas não havia a menor possibilidade de eu ficar com ela. Sua atitude me magoara profundamente. Não sabia se seria capaz de perdoá-la algum dia. Lágrimas começaram a me escorrer pelo rosto enquanto eu dirigia pela estrada. Dei uma olhada e vi um campo à direita. Parei no acostamento, saí do Range Rover e comecei a correr em direção ao campo. Senti algumas gotas de chuva pingando no meu rosto. Corri até não poder mais. Parei no meio do campo e gritei. A mágoa e a sensação de ter sido traído eram irreais, algo que eu jamais experimentara antes. O céu se abriu, a chuva despencando em cima de mim, e caí de joelhos, chorando. Meu coração literalmente doía, como se eu tivesse levado um soco no peito. Eu me sentia como se minha vida tivesse sido arrancada de mim.

Levantei do chão e voltei para o Range Rover. Estava encharcado, com frio e precisando vestir roupas secas. Abri a traseira, peguei minha mala e atirei-a no banco da frente. Sentei no banco de trás e tirei as roupas molhadas. Tinha posto uma toalha na mala, que usei para secar o corpo e o cabelo. Depois de vestir roupas secas, passei para o banco do motorista e respirei fundo. Precisava ligar para Peyton e contar o que havia acontecido, para descobrir se ela sabia que Ellery estava doente. Liguei para meu associado, Scott, e pedi que conseguisse o número de Peyton. Assim que ele me ligou de volta com o número, digitei-o, voltando para a estrada.

— Peyton, é Connor Black. Preciso falar com você.

— Connor, está tudo bem? Elle está bem? — perguntou ela, em tom de pânico.

— Tenho uma pergunta a fazer, e quero que seja honesta comigo, por favor.

— Connor, você está me assustando. Que é que está acontecendo?

— Você sabia que o câncer de Ellery voltou?

Silêncio do outro lado da linha.

— Não, Connor, não sabia. Ela não me disse uma palavra a respeito.

Dava para ver que Peyton estava dizendo a verdade, e lamentei profundamente que fosse eu a lhe dar a notícia, mas precisava que ela confortasse Ellery, por isso tinha que explicar o que acontecera.

— Kyle veio ao nosso quarto de hotel em Michigan e me contou que o câncer de Ellery voltou. Também disse que ela está se recusando a se tratar, e que foi por isso que ele a deixou, porque não podia ficar de braços cruzados vendo-a morrer.

— Aquele babaca escroto — disse ela. — E o que você quer dizer com "se recusando a se tratar"?

— Ela não quer se tratar, porque disse que não aguentaria passar por tudo aquilo de novo. Peyton, eu disse coisas horríveis a ela, e a deixei. Comprei uma passagem de volta para ela, e a deixei sozinha no quarto do hotel. Mandei meu motorista pegá-la no aeroporto e levá-la para casa. Ela vai precisar de você quando chegar a Nova York. Preciso que se encontre com ela e que cuide para que ela fique bem.

— Connor, você está bem? — perguntou ela.

— Não sei, Peyton. Minha cabeça está um caos, e não sei se algum dia vou conseguir perdoá-la por esconder isso de mim.

— Você está magoado e abalado no momento. Eu entendo, mas, se você a ama, como acho que ama, isso vai lhe dar forças para enfrentar a situação.

— Tenho que ir, Peyton. Por favor, dê uma força para a Ellery.

— Pode deixar, Connor. Não se preocupe com ela, eu cuido disso.

Desliguei e continuei dirigindo. Minha cabeça latejava, e a ardência das lágrimas ainda nublava meus olhos. Minha cabeça estava um caos com tudo que acontecera. Como eu podia ter sido a pessoa mais feliz do mundo um dia antes, e agora a mais infeliz de todas? Voltei para Nova York, só parando para encher o tanque.

Quando finalmente cheguei em casa, saí do elevador e entrei na escuridão da cobertura. O lugar parecia solitário, pois da última vez que eu estivera ali, fora na companhia de Ellery. Joguei as chaves na mesa do corredor e fui para o bar. Peguei a garrafa de uísque, um copo e subi para o quarto. Virei o copo, dando cabo da primeira dose. Precisava que o álcool fizesse a dor passar. Levantei da cama e fui para o banheiro. Precisava tomar um banho. Entrei no chuveiro e fiquei debaixo do jato de água quente que escorria pelo meu corpo. Estava física e mentalmente exausto. Pus as mãos na parede do boxe e abaixei a cabeça. Estava me sentindo sozinho e mais perdido do que nunca na vida. Saí do chuveiro e enrolei uma toalha na cintura. Ao entrar no quarto, parei e fiquei observando os quadros de Ellery. Eu os comprara para poder me sentir mais perto dela, mas, naquele momento, só serviram para me fazer sentir ainda mais distante. Sentei na beira da cama e olhei para o celular. Fiquei surpreso por ela não ter me ligado. Achei que, depois do que eu lhe dissera e do tom que usara, ela devia estar com medo. Desliguei o celular, pois não queria ser incomodado por ninguém. Peguei o vidro de comprimidos que o Dr. Peters me receitara e decidi tomar um para me ajudar a dormir. Enchi outro copo de uísque e o bebi com o comprimido. Levantei, fui até a cômoda, vesti uma calça de pijama e deitei na cama. Fiquei lá até uma lágrima me escorrer pelo rosto, e então adormeci profundamente.

Capítulo 14

Na manhã seguinte, rolei na cama e abri os olhos, vendo a cama vazia ao meu lado. Peguei o celular na mesa de cabeceira e o liguei. Ninguém deveria saber que eu já voltara de Michigan, e eu dera instruções rigorosas a Valerie para que não me incomodasse, a menos que alguém estivesse morrendo. Sabia que a empresa estaria em boas mãos com Phil, meu vice-presidente. Uma mensagem de Ashlyn chegou. Merda, eu não estava a fim de aturá-la, ainda mais agora.

Connor, sei que você está viajando, mas espero que possamos nos ver quando voltar. Preciso demais de você, e sinto falta da nossa amizade.

Precisava dar um jeito de tirá-la da cidade por algum tempo. Não queria nem ouvir sua voz, que dirá olhar para ela. Liguei para Howie, do nosso escritório na Flórida, e lhe pedi que encontrasse algo para ela fazer durante duas semanas. Ele disse que uma de suas assistentes acabara de se demitir, e que eles precisavam de alguém que a substituísse até encontrarem uma substituta. Disse a ele que Ashlyn estaria lá no dia seguinte. Levantei da cama e liguei para Paul.

— Connor, como vai indo a viagem de carro? — perguntou ele.

— Paul, preciso que você me faça um favor. Howie ligou e disse que uma de suas assistentes acabou de se demitir, e quero que você mande Ashlyn para a Flórida por duas semanas para substituí-la. Mande abastecer o jatinho e trate de despachá-la.

— Tudo bem, mas por que a urgência? — perguntou ele.

— A urgência é porque Howie precisa de uma assistente imediatamente.

— Entendi, Connor. Vou ligar para ela agora mesmo e despachá-la no jatinho — disse Paul antes de desligar.

Atirei o celular na cama e fui para o banheiro. Joguei um pouco de água fria no rosto e me olhei no espelho. Meus olhos estavam inchados e vermelhos. Também precisava fazer a barba, mas não estava a fim. Voltei para o celular e liguei para o Dr. Peters. Precisava vê-lo imediatamente.

— Connor? Que surpresa — disse ele ao atender.

— Preciso ver o senhor imediatamente, é urgente.

— Está tudo bem?

— Não, não está, e é por isso que preciso ver o senhor imediatamente.

— Pode vir ao meu consultório por volta do meio-dia?

— Dr. Peters, acho que o senhor não está entendendo. Eu pago três vezes o valor da sua consulta se o senhor me receber dentro de uma hora.

— Tudo bem, Connor. Te vejo em uma hora.

Vesti um jeans e uma camiseta, e fui para o andar de baixo. O celular tocou e, quando dei uma olhada, vi o nome de Ashlyn aparecer na tela. Aquela infeliz.

— Sim, o que é, Ashlyn? — atendi.

— Por que está me mandando para a Flórida? — cobrou ela.

— Calma, Ashlyn. É só por duas semanas. Uma das assistentes se demitiu, e eles precisam de alguém que a substitua imediatamente. Você foi a primeira pessoa em quem pensei porque já trabalhou com eles em outros projetos. Howie ficou animado com a ideia de trabalhar com você.

— Está tentando se livrar de mim? Porque se estiver, Connor, juro que...

Eu precisava me manter calmo porque ela estava me irritando, e eu não estava a fim desse tipo de estresse.

— Ashlyn, presta atenção. Faz a sua mala, entra no jatinho da empresa, vai para a Flórida e, quando voltar, nós vamos sair. A escolha vai ser sua, vamos fazer o que você quiser.

Houve um momento de silêncio do outro lado.

— Tudo bem, Connor, mas é melhor estar pronto para mim quando eu voltar, porque nós vamos demorar muito tempo fazendo as pazes — disse ela.

— OK. Faça uma boa viagem, Ashlyn — disse eu, desligando.

Liguei depressa para Howie.

— Howie, mudança de planos. Quero que mantenha Ashlyn no cargo durante um mês, e não a quero de volta a Nova York até segunda ordem.

Precisava dela fora do caminho, enquanto definia em que direção minha vida devia seguir. Meu coração ainda doía, e Ellery ainda ocupava meus pensamentos. Já estava com saudades dela, e me perguntava se estaria passando bem. Ouvi passos entrando na cozinha, me virei e vi que era Denny. Passei a mão pelos cabelos, olhando para ele.

— Ela me contou tudo, Connor — disse Denny.

Suspirei.

— Não posso falar sobre isso agora, Denny. Tenho um compromisso. Vamos jantar juntos hoje à noite.

— Ótima ideia. Precisa que eu o leve ao seu compromisso? — perguntou.

— Não, vou dirigindo. Vamos nos encontrar no The Pier às seis e meia — disse, pegando minhas chaves e me dirigindo ao elevador.

Quando as portas se abriram, parei e me virei para Denny.

— Como ela estava? — perguntei, sem saber se queria realmente ouvir a resposta.

Denny me deu um olhar compreensivo antes de responder:

— Ela estava no fundo do poço, Connor. Como achou que ela estaria?

Balancei a cabeça e entrei no elevador. Esfreguei a testa enquanto as portas se fechavam, e Denny ficou olhando para mim.

—Você não estava no meio de uma viagem de carro para Michigan? — perguntou o Dr. Peters quando entrei no consultório.

— Digamos que a viagem foi interrompida — respondi, diante da ampla janela do consultório.

— A julgar por sua expressão e o modo como está falando, algo ruim deve ter acontecido. Sente-se, vamos conversar sobre isso.

— Não quero me sentar, estou muito bem de pé. — Respirei fundo. — Ellery soltou uma bomba em cima de mim.

— Continue — disse ele.

— Ela está com câncer, e sabia disso antes de me conhecer. Mas não me contou nada e está se recusando a se tratar, vai apenas se deixar morrer, e para o inferno com todos os que a amam.

— O que você fez quando descobriu? — perguntou o Dr. Peters.

Eu me virei para ele.

— Gritei, disse coisas muito contundentes para ela, e então fui embora. Despachei-a num avião para Nova York e voltei de carro sozinho. Não conseguiria em hipótese alguma passar dez horas a sós com ela num carro.

— Entendo. Há poucos dias, você me disse que vocês eram apenas amigos que iriam fazer uma viagem de carro. Você dormiu com ela?

Fui até a poltrona que ficava diante dele e me sentei.

— Sim, nós dormimos juntos, e eu preferiria que isso não tivesse acontecido, porque as coisas não seriam tão difíceis agora.

— Não teria feito diferença se você não tivesse dormido com ela. Você está apaixonado por essa mulher, e não se atreva a tentar negar isso — disse ele, apontando o dedo para mim.

—Tem razão. Estou apaixonado por ela. Eu me dei para ela depois de jurar que nunca mais me daria emocionalmente para nenhuma mulher, e ela pegou o que lhe dei e rasgou em mil pedaços. Como posso superar o fato de ela ter mentido e escondido uma coisa tão grave de mim?

Levantei da poltrona porque, quanto mais pensava e falava no assunto, mais raiva sentia.

133 §§ VOCÊ PARA SEMPRE

— Eu contei a ela sobre Amanda e tudo que aconteceu. Contei que uso as mulheres como objetos sexuais e depois me descarto delas.

Ele tirou os óculos e olhou para mim.

— Isso foi antes ou depois de dormir com ela?

— Foi antes, mas que diferença faz?

— Você contou a Ellery que tipo de homem você é, você a avisou. Contou a ela sobre seu passado, que nunca tinha revelado a ninguém além de mim, e ela ainda quis você. Obviamente ela o amava muito, e viu algo em você que fez com que decidisse continuar o relacionamento.

— Ah, por favor, Dr. Peters. Isso é diferente, eu não estou morrendo! — rebati, ríspido.

— Não estou dizendo que o que ela fez está certo, Connor. Ela deveria ter lhe contado sobre a doença logo no começo, mas deve ter tido suas razões, assim como você teve as suas para não contar a ela sobre o seu passado. Por favor, me diga que contou a ela sobre Ashlyn.

Comecei a andar de um lado para o outro pela sala.

— Não, não contei a ela sobre Ashlyn. Ela estava sempre me perguntando, mas eu ficava empurrando com a barriga. Ainda não estava pronto para contar a ela.

— Interessante — disse o Dr. Peters, esfregando o queixo. — Você não estava pronto para contar a ela sobre Ashlyn, e ela não estava pronta para contar a você sobre a doença. Vocês dois têm sérios problemas para trabalhar.

— Nós não temos nada para trabalhar. Não estamos mais juntos. Só quero que a dor passe para poder levar minha vida em frente.

— A dor faz parte do processo de se amar alguém, e é algo que não passa assim, sem mais nem menos. Não acredito que você tenha desistido dela. Sei que o segredo dela o magoou e você está sofrendo muito, mas acho que vocês dois podem enfrentar a situação. Minha opinião profissional é que você e Ellery precisam um do outro sob muitos aspectos. Essa é a primeira mulher desde Amanda que você deixou entrar na sua vida. Já parou para se perguntar por quê? Por que Ellery Lane? De todas as mulheres que você viu e com quem esteve nos últimos doze anos, você escolheu essa. Viu algo raro e especial nela, e não conseguiu se manter afastado. O fato de ela ter guardado esse segredo é, realmente, muito grave, e não estou defendendo o que ela fez, mas, no seu lugar, não deixaria que isso me arruinasse completamente. Pense nisso por algum tempo. Suas emoções vão passar por estágios diferentes. No momento, você está sentindo muita dor, e depois vai sentir raiva, mas tudo bem. Sinta raiva, Connor, porque nunca vai começar a superar se não sentir. Apenas não deixe que a raiva nuble seu senso crítico, ou consuma você.

Ele se aproximou e pôs a mão no meu ombro.

— Você vai ficar bem. O tempo é o melhor remédio, e é preciso esperar para que ele faça efeito.

Assenti e saí do consultório. Ele tinha razão, eu precisava de tempo para refletir, mas minha cabeça estava tão nublada que eu não queria pensar em mais nada além de ir para o bar e afogar meus problemas na bebida. Dei uma olhada no relógio, e ainda era cedo.

Voltei para a cobertura e peguei a sacola da academia. Quando me dirigia à porta, Claire entrou.

— Connor? Não esperava te ver antes de mais alguns dias — disse.

— Houve uma mudança de planos, Claire — expliquei, entrando no elevador.

— Quer que eu faça seu jantar? — gritou ela do outro lado do corredor.

— Não, vou jantar fora — respondi, as portas do elevador se fechando.

A academia estava mais cheia do que de costume. Vesti minhas roupas de malhar, pus os fones do iPod e subi na esteira, que ficava de frente para uma janela dando para as ruas de Nova York. O Guns 'N' Roses tocava no iPod enquanto eu corria depressa. Eu estava indo bem, até começar "November Rain". Não devia ter deixado a música seguinte entrar, mas não tive coragem de desligar. A letra me lembrou de Ellery e de nossa situação. Merda, eu precisava me controlar. Estava num local público. Enquanto corria e observava a multidão de gente andando pela rua, eu a vi. Ela parou diante da janela e tirou o celular da bolsa. Parecia se sentir como eu, quebrada e sofrida. Ainda estava linda, e foi um tormento vê-la.

Ela voltou a caminhar pela rua, e eu quis correr atrás dela, mas não podia. Precisava de espaço e tempo, e ela também.

Resolvi nadar mais um pouco sozinho, por isso paguei uma boa quantia ao gerente para fechar a piscina por duas horas. Dei algumas braçadas e então boiei, recuperando o fôlego. Adorava nadar. A água era um lugar de fuga para mim. Eu me sentia como se pudesse me pôr em um lugar diferente quando estava na água. Da última vez que brincara com Collin, fora no mar, uma semana antes de ele morrer. Pensava nele quase todos os dias, imaginando como seria se pudéssemos dirigir a Black Enterprises juntos. Sabia que minha vida teria sido diferente se ele ainda estivesse vivo. Quando me sentia deprimido ou enfrentava algum problema, ele sempre dizia: "Cabeça erguida, Connor. Amanhã é outro dia." Eu não me lembrara disso na noite em que estivera com Ellery na praia, mas ficar perto da água me fazia sentir mais próximo de Collin, porque era do que ele mais gostava. Decidi dar mais umas braçadas pela piscina, pois já estava quase na hora de me encontrar com Denny para jantarmos.

Capítulo 15

*D*enny já estava sentado à mesa esperando por mim quando cheguei ao restaurante. Sentei, e a garçonete se aproximou, sorrindo para mim.

— Posso trazer algo para o senhor beber? — Sorriu, inclinando a cabeça.

— Um uísque duplo — respondi, sem sorrir.

Denny, que dava uma olhada no menu, comentou:

— Um uísque duplo, é?

Peguei o menu na mesa e o abri.

— Não é cedo demais para beber.

— Eu não quis insinuar nada com meu comentário, Connor — disse ele.

— Eu sei que não, Denny — respondi, ainda olhando para o menu.

— Quer conversar sobre o que aconteceu? — perguntou ele, fechando o menu.

A garçonete se aproximou e pôs o uísque duplo na minha frente. Denny e eu fizemos nossos pedidos, ela pegou os menus e se afastou.

— Não mesmo — respondi, dando um gole.

— Ela te ama, Connor, e eu te conheço bastante bem para saber que você também está apaixonado por ela.

Peguei o copo e dei uma girada no uísque.

— Se ela realmente me amasse, teria me contado que estava doente.

— E se você realmente a amasse, teria contado a ela sobre Ashlyn, porque tenho certeza absoluta de que não contou.

Suspirei, dando mais um gole no uísque.

— Você está falando como meu terapeuta. Vi Ellery hoje — contei, olhando para ele. — Estava na esteira na academia, e ela parou diante da janela.

— Ela te viu?

— Não, ela parou para tirar o celular da bolsa e dar uma olhada. Parecia frágil e triste.

— É claro, Connor. Ela te ama, mas você deu um fora nela e a deixou sozinha num quarto de hotel em Michigan — disse ele, sem fazer rodeios.

Eu me inclinei sobre a mesa.

— Eu sei que fiz isso, e me arrependo. Estava chocado e furioso pelo que tinha acabado de descobrir. A única coisa que vi foi meu futuro morrendo, e, como não podia enfrentar isso, fui embora. Você acha que foi fácil deixar Ellery lá? Sabe quantas vezes eu quase me virei para trazê-la comigo?

— Entendo que você está muito magoado, mas está na hora de se comportar como um homem, Connor, porque ela precisa de você. A despeito do que tenha feito ou deixado de fazer, ela está doente e sozinha — ponderou Denny.

— Eu sei disso, mas também preciso de tempo. Não sou nenhum filho da mãe tão insensível assim.

— Isso ainda não foi decidido. — Denny sorriu.

Fuzilei-o com os olhos, enquanto jantávamos e continuávamos a conversar sobre Ellery. Olhei para ele com uma expressão séria, pois precisava que fizesse algo para mim.

— Preciso que fique de olho em Ellery para mim. Quero que a siga e me informe tudo que descobrir.

— Connor, isso não está certo — disse ele.

— Se não fizer, contrato alguém que faça. Confio em você, Denny. Sei que ela significa alguma coisa para você, e sei que está tão preocupado com ela quanto eu. Quero saber aonde ela vai, com quem está e o que está fazendo. E, o mais importante, *como* ela está passando.

— Tudo bem, Connor. Se é o que realmente quer, vou fazer. Mas não acho que seja certo. Acho que você precisa conversar pessoalmente com ela.

— E eu vou fazer isso, mas na hora certa. Agradeço que faça isso por mim. Você sabe que é como um pai para mim, Denny — falei.

Ele sorriu, olhando para mim.

— Sei, e você é como o filho que nunca tive.

Sorri para ele, levantamos e saímos do restaurante.

Quando eu voltava para a cobertura, minha irmã Cassidy ligou.

— Oi, Cass. O que é que manda?

— Só queria falar com meu irmão mais velho. Não temos notícias suas há um tempo, e mamãe estava começando a ficar preocupada.

— Estou bem, Cassidy. Por favor, diga a mamãe que tenho andado ocupado com a compra da empresa em Chicago, e que não tive chance de ligar para ela.

— Você sabe como ela fica quando você não telefona — respondeu Cassidy.

— Diga a ela que vou jantar aí no domingo, e diga a Camden que mandei um beijo para ele.

— Pode deixar. Ele está com saudades de você, Connor — disse ela, com sua voz meiga.

— Também estou com saudades. Diga a ele que vou vê-lo no domingo. Vou chegar cedo, e vamos poder levá-lo para fazer um passeio pela trilha.

— Ele vai adorar. Até domingo, Connor.

— Tchau, Cass. Se cuida.

Sentia saudades de minha família. Não os via tanto quanto deveria, e a culpa era minha. Eles adorariam Ellery. Era uma pena que não poderiam conhecê-la tão cedo. O vazio em meu coração e o silêncio em minha alma eram demais para aguentar. Decidi dar um pulo no apartamento de Ellery antes de voltar à cobertura, só para... não soube por que, mas, quando dei por mim, já tinha estacionado diante do seu prédio. As cortinas estavam fechadas, mas dava para ver uma réstia de luz nas laterais. Vi a sombra de alguém sentado no canto. Sabia que era onde seu cavalete costumava ficar. Tive certeza de que estava pintando. Lentamente, deixei seu prédio para trás e voltei para casa.

Cheguei à cobertura e fui direto para o bar. Servi um uísque e sentei com o notebook no sofá. Abri o e-mail e o primeiro que vi, bem no alto, foi o de Ellery. Respirei fundo e me preparei para os desaforos que na certa ela me dizia. Não poderia culpá-la, depois do que eu fizera com ela.

Querido Connor,

Espero que esteja lendo esta carta e não a tenha deletado antes de abri-la quando viu meu nome. Se a estiver lendo, verá que é um sincero pedido de perdão. Palavras não podem expressar o quanto me arrependo por não ter te contado sobre minha doença logo no começo. Jamais tive a intenção de deixar que as coisas entre nós fossem tão longe, exatamente por essa razão. Na noite em que levei você para casa, minha única intenção era deixá-lo lá e esquecer o que tinha acontecido; se tivesse feito isso, não teríamos nos conhecido, e você não estaria sofrendo agora. Nunca vou me perdoar por não ter te contado a verdade. Acredito em destino, e foi o destino que nos aproximou. Eu disse a você que fui salva por um motivo, e acho que foi para poder te salvar. Você tem um lindo coração e uma linda alma, e não merece ficar sem jamais amar alguém. Você nunca vai saber o que fez por mim e como mudou minha vida. Nunca tinha conhecido o amor do jeito como tive com você, porque o que você me mostrou, e o modo como fez com que eu me sentisse, foram totalmente novos na minha vida. Nunca amei Kyle. Fiquei com ele porque foi quem apareceu, e eu tinha medo de ficar sozinha. Minha vida inteira foi feita de solidão. A decisão de não me tratar na ocasião foi puro egoísmo da minha parte, e agora compreendo isso. Quero te agradecer por seu amor e bondade. Se estivesse prestes a respirar pela última vez, usaria meu fôlego para dizer que te amo muito e sempre vou amar.

Amor para sempre,
Ellery

Fechei os olhos, e meu coração se estilhaçou em cacos ainda menores. Meus olhos começaram a arder de lágrimas, e eu me levantei e atirei o copo na parede. Fiquei andando de um lado para o outro pela sala, passando as mãos pelos cabelos. Estava cego de raiva, e o e-mail só tinha piorado as coisas, porque depois de tudo que eu fizera com ela e lhe dissera, ela ainda me amava. Ela só precisava ter me contado logo no começo. Por que diabos não contara?!, gritei. Tinha dito que não se tratar fora egoísta da sua parte. Imaginei se iria começar a fazer isso. Dei uma olhada no relógio, e era tarde demais para ligar para Peyton, por isso mandei uma mensagem.

Peyton, Ellery já decidiu começar a se tratar?

Não quero ficar no fogo cruzado de vocês dois em relação a esse problema, mas sim, ela tem uma consulta com o médico amanhã de manhã.

Obrigado, Peyton.

Não há de que, Connor.

Servi mais uma dose de uísque e subi para me deitar. Já na cama, fiquei revendo as fotos de Ellery que tinha tirado no restaurante de frutos do mar. Estávamos tão felizes aquele dia. Enquanto passava as fotos, encontrei uma que Ellery tirara de nós dois no Range Rover. A única coisa que podia ver na foto eram seus olhos azuis e cheios de vida, e seu sorriso. Ah, aquele sorriso. Nunca deixava de mexer comigo. Peguei o vidro de comprimidos na mesa de cabeceira, tomei um e voltei a me deitar. A única coisa em que conseguia pensar no momento era o e-mail que ela tinha me mandado. Não conseguia parar de pensar nas suas palavras, e na dor profunda que as inspirara. Ela estava sofrendo tanto quanto eu, e falar com ela e perdoá-la era tudo que eu queria, mas ainda era cedo demais. Precisava de tempo para assimilar tudo isso e decidir o que fazer. Se não esperasse e corresse logo para ela, as coisas não dariam certo. Fechei os olhos e tentei desligar o cérebro. Por fim, peguei no sono.

Não fiz outra coisa na semana seguinte além de trabalhar. Chegava ao escritório às seis da manhã e não saía antes das onze da noite. A aquisição da empresa de Chicago estava se aproximando, e ainda havia muito trabalho e negociações a fazer. Como prometido, passei o dia com minha família. Cassidy e eu levamos Camden para passear pela trilha natural. As folhas começavam a mudar e cair das árvores. O local era lindo nessa época do ano, e foi bom passar um tempo no lugar onde eu crescera. No entanto, a companhia de minha família não aliviou a dor em meu coração. Cassidy percebeu que havia algo errado e não parou de fazer perguntas. Disse a ela que tinha a ver com o trabalho e que não se preocupasse. Ela observou que eu precisava encontrar uma boa moça que me afastasse do estresse da Black Enterprises. Sorri, desejando contar a ela sobre os dias que passara com Ellery, mas seria obrigado a entrar nos detalhes horríveis do que acontecera, e não queria fazer isso. Depois de um delicioso jantar em família, um bom jogo de futebol e uma conversa agradável, chegou a hora de ir para casa.

Na manhã seguinte, decidi sair do escritório e ir almoçar numa lanchonete que ficava alguns quarteirões adiante. Estava tirando o celular do bolso para checar a hora de minha reunião à tarde, quando esbarrei em alguém. Olhamos um para o outro ao mesmo tempo, e soltei uma exclamação quando vi que era Ellery. Meu coração disparou, e segurei seu braço, pois ela quase perdera o equilíbrio.

— Connor, desculpe, não tive intenção... — falou ela em voz baixa, sem coragem de olhar para mim.

— Não, a culpa é minha. Devia ter prestado mais atenção — respondi.

Ficamos parados diante um do outro, constrangidos, e então ela se afastou, dizendo que precisava ir. Fiquei vendo-a dobrar a esquina com a máxima pressa. Eu estava com o coração na garganta, e minha dor se intensificou ainda mais. Sentia uma saudade enorme, e esbarrar nela desse jeito, tocar seu braço, só fez com que aumentasse ainda mais. Passei o resto do dia relembrando nosso esbarrão e a expressão que ela fizera ao ver que era eu.

Estava sentado no meu escritório, olhando fotos, quando Denny ligou.

— O que manda, Denny?

— Achei que você gostaria de saber que Ellery vai começar a quimioterapia daqui a dois dias.

— A que horas? — perguntei.

— Às nove da manhã — respondeu ele.

— Obrigado, Denny. Vou precisar que você me leve até lá. Até mais.

Não ia deixar que Ellery enfrentasse a quimioterapia sozinha. Ainda estava zangado com ela por não ter me contado que o câncer voltara, mas eu a amava e não conseguia esquecê-la. Ela precisava de alguém que a ajudasse e apoiasse, por isso prometi a mim mesmo que seria eu a fazer isso, sem me importar com as consequências. Estava profundamente pensativo, quando Ashlyn me mandou uma mensagem.

Connor, Howie quer que eu fique por mais duas semanas. Por favor, diga a ele que não. Quero voltar para Nova York.

Desculpe, Ashlyn, mas, se é o que Howie quer, você tem que ficar. Faz parte do trabalho e, se você se recusar, sinto muito, mas não vai mais poder trabalhar para a Black Enterprises.

Eu te odeio, Connor Black!

Nem respondi a isso, torcendo para que fosse verdade, mas sabia que não era, por não se tratar da primeira vez que ela dizia. Coloquei o celular na mesa e desmarquei alguns compromissos para poder acompanhar Ellery durante a sessão de quimioterapia. Seria uma experiência difícil para nós dois.

Liguei para o hospital e pedi o nome e o número de uma boa enfermeira particular. Depois de conversar com ela por meia hora, decidi que era competente o bastante para Ellery. Ela veio altamente recomendada, e eu lhe ofereci uma boa quantia para se tornar a enfermeira particular de Ellery. Combinamos que ela faria visitas diárias e cuidaria dela, e também que ficaria disponível nos dias das sessões de quimioterapia, para que eu pudesse levá-la ao hospital e trazê-la para casa.

Capítulo 16

Era o dia da primeira sessão de quimioterapia de Ellery. Eu me levantei, tomei banho, me vesti e fui à cozinha para tomar café. Denny já estava sentado à mesa, tomando o café que Claire tinha preparado.

— Bom dia, Connor. Posso fazer alguma coisa para você? — perguntou Claire.

— Bom dia, Claire. Vou só tomar um café — respondi.

Sentei à mesa diante de Denny, e Claire me trouxe uma xícara de café e um prato com uma fatia de pão de banana. Olhei para ela, sorrindo.

— Fiz esse pão em casa ontem à noite, porque sei o quanto você gosta — explicou ela, sorrindo.

Levantei e dei um beijo no seu rosto.

— Obrigado, Claire. Como sempre, agradeço por cuidar de mim.

Denny olhou fixamente para mim.

— Está pronto para vê-la? — perguntou.

— Não sei — respondi, dando um gole no café. — Não sei como ela vai reagir quando me vir.

— Bem, vai ser um pouco constrangedor, já que vocês não se falam desde o dia em que você a deixou.

Olhei para ele, mordendo a fatia de pão de banana.

—Você tem mesmo que ficar me lembrando disso?

— Só estou dizendo que talvez você devesse ter ligado para ela antes. Vai só aparecer sem avisar, e provavelmente ela vai te dar um chute nos colhões — disse Denny.

— Que legal, Denny. Obrigado pelo voto de confiança, e não acho que ela vá fazer isso.

—Você já foi apresentado a Ellery Lane? — Denny riu.

Revirei os olhos e me levantei da mesa. Pus a xícara e o prato na lava-louças e dei uma olhada no relógio. Eram oito e meia da manhã, e a sessão de quimioterapia de Ellery começaria dentro de meia hora.

Entrei na limusine, e Denny me levou ao hospital.

— Boa sorte, Connor — disse ele.

— Obrigado, Denny, vou mesmo precisar — respondi, saindo do banco traseiro.

Entrei no hospital e segui os cartazes até o centro de quimioterapia. Passei pelas portas de uma ampla sala de espera. A recepcionista me perguntou se poderia me ajudar, e respondi que viera fazer companhia a Ellery. Uma enfermeira que estava na sala, observando uma ficha, me ouviu.

— O senhor está aqui para acompanhar Ellery Lane? — perguntou.

— Sim, sou Connor Black.

Ela olhou para mim, inclinando a cabeça.

— Ela disse que ninguém viria acompanhá-la.

Apertei os lábios.

— Ela não está me esperando.

— O senhor é o marido, o namorado ou um amigo? — perguntou ela.

— É complicado, mas sou um amigo — respondi.

Ela sorriu e fez um gesto para que eu a seguisse pelo longo corredor. Chegamos a uma ampla sala ocupada por grandes poltronas, suportes de soro e cortinas. Ela me levou à quarta poltrona e abriu a cortina.

— Tem alguém aqui para ver você. — A enfermeira sorriu.

Ellery levantou os olhos do celular, e uma expressão de choque surgiu no seu rosto.

— O que está fazendo aqui, Connor?! — perguntou, num tom um tanto grosseiro.

Minha alegria ao vê-la ali sentada, usando uma legging e um suéter largo, foi imensa. Seu rabo de cavalo alto só aumentou meu encanto, porque eu adorava quando ela prendia os cabelos.

— Oi, Ellery — disse eu, calmamente.

Ela olhou para o celular.

— Eu te fiz uma pergunta — cobrou, ríspida.

Vi que estava furiosa, mas não me importei.

— Ninguém deveria ter que passar por isso sozinha — respondi, sentando na poltrona ao seu lado.

Ela comentou que não estava sozinha, pois tinha a enfermeira Bailey, e continuou observando o celular. Não se dignou a me dirigir um único olhar, o que começou a me enfurecer. Tirei o celular da sua mão e o coloquei no bolso. Não preciso dizer que ela não gostou nada do gesto.

— Que é isso, Connor?! — gritou.

Estava prestes a me encher de desaforos, quando a enfermeira Bailey se aproximou e inseriu uma agulha no seu acesso. Respirei fundo, sem poder imaginar o que tinha pensado ou sentido quando a agulha entrara.

— Tim-tim. — Ela sorriu para a enfermeira Bailey.

Então, olhou para mim, seus olhos azuis, no passado tão brilhantes e cheios de vida, parecendo apagados e sofridos.

— Estou aqui como seu amigo, Ellery — disse eu, louco para segurar sua mão entre as minhas.

— Quer por favor devolver o meu celular? — pediu ela, estendendo a mão.

Tirei o celular do bolso e o devolvi. Nossas mãos se roçaram quando ela o tirou da minha mão. Sua pele era tão macia e quente como eu me lembrava. Eu queria deixar muito claro para ela por que estava ali.

— É assim que as coisas vão ser — comecei a falar. — Vou te trazer aqui toda semana, e depois te levar para casa. Contratei uma enfermeira particular para ir ao seu apartamento diariamente cuidar de você e ver se precisa de alguma coisa.

Ela me perguntou por que eu estava fazendo isso, e expliquei que tinha uma dívida moral com ela por causa da noite em que me levara para casa da boate. Ainda me dando um gelo, ela respondeu que estava se sentindo bem e que eu podia ir embora. Santo Deus, como eu tinha sentido falta da sua petulância. Avisei a ela que ia ficar e que ela não estava em posição de dizer o contrário. Ela me fuzilou com os olhos e perguntou como eu ficara sabendo de sua sessão de quimioterapia. Expliquei mais uma vez que não havia nada que eu não pudesse descobrir. Não me atrevi a revelar que mandara Denny segui-la. Ela me chamou de *stalker* e começou a ler um livro no Kindle. Abri meu iPad para checar meus e-mails. Depois de quinze minutos de silêncio, Ellery olhou para mim.

— Não precisa ficar aqui. Tenho certeza de que tem coisas melhores a fazer do que ficar numa sala vendo pessoas se submeterem à quimioterapia durante cinco horas — comentou, como se falasse por falar.

— Tendo coisas melhores a fazer ou não, é assim que vai ser, portanto vamos ficar em silêncio, e não se preocupe — respondi, ainda olhando para meu iPad.

A enfermeira Bailey voltou e perguntou a Ellery como estava se sentindo. Fiquei chocado com sua resposta.

— Estou simplesmente maravilhosa, enfermeira Bailey, porque sei que quando chegar a noite, provavelmente vou passar uma ou duas horas com a cabeça enfiada na privada.

Olhei para ela, e então para a enfermeira Bailey.

— Já chega, Ellery.

A enfermeira olhou para mim, compreensiva.

— Tudo bem, ela está com raiva no momento e precisa desabafar. Estou acostumada. Procuro deixar meus pacientes o mais à vontade possível.

Cheguei para perto de Ellery, sussurrando:

— Quer por favor parar de ser malcriada? Ela só está tentando te ajudar.

Ela me lançou um olhar e levantou as mãos para refazer o rabo de cavalo. Na mesma hora meus olhos se fixaram nos seus pulsos, quando as mangas do suéter se suspenderam. Quase perdi o fôlego ao ver as tatuagens, meu nome no pulso esquerdo e o símbolo do infinito no direito. Por que diabos ela faria isso? Mas não quis fazer comentários a respeito, preferindo esperar para ver se ela mesma me contaria.

147 §§ VOCÊ PARA SEMPRE

Levantei e disse a Ellery que já voltaria. Atravessei o corredor em direção ao banheiro para recuperar o fôlego. Estava aturdido com o que acabara de ver, e não podia compreender por que ela fizera aquilo. Quando voltava para junto de Ellery, a enfermeira Bailey me parou no corredor.

— Sr. Black, as emoções de Ellery estão muito tumultuadas no momento. Ela está se sentindo triste, ansiosa, deprimida e, principalmente, zangada. Está com raiva por isso estar acontecendo com ela de novo. Está com raiva da vida no momento. Sempre que ela se sentir zangada, todos ao seu redor vão se sentir do mesmo modo. É uma parte normal do processo emocional desencadeado pelo câncer e a quimioterapia — disse ela, pondo a mão no meu ombro.

— Obrigado, vou me lembrar disso, e pretendo deixá-la o mais confortável possível — respondi, sorrindo.

As cinco horas da sessão foram longas. Não por causa da quimioterapia de Ellery, mas por causa de sua obstinação e da raiva que sentia de mim. Não a culpava por estar furiosa comigo. Eu fora mesquinho, grosseiro e estúpido em Michigan, mas encontraria uma maneira de compensá-la por isso. Tentei carregar seu cobertor, mas ela o arrancou das minhas mãos, dizendo que ela mesma o levaria. Suspirei, enquanto ela caminhava vários passos adiante de mim. Chegamos à limusine, e fiz questão de abrir a porta para ela entrar. Ela sentou no banco traseiro sem sequer olhar para mim. O único que ganhou um cumprimento e um sorriso foi Denny, que ficou encantado por vê-la. Dava para notar que também tinha sentido saudades suas.

Ela ficou olhando pela janela, ainda se recusando a se virar para mim. Perguntei a ela como estava se sentindo, e ela respondeu que estava bem. Obviamente não queria conversar, por isso a deixei em paz, e passamos o percurso inteiro até seu apartamento em silêncio. Depois de ouvir o que ela dissera à enfermeira Bailey, já prevendo que passaria mal, eu decidi que devia deixá-la na sua. Sabia que Peyton tinha viajado com Henry, por isso não poderia ficar com ela.

Chegamos ao seu prédio, e entrei com ela.

— Quero que vá arrumar suas coisas — falei.

— Por quê? — perguntou ela, virando-se para mim.

Respirei fundo.

—Você vai ficar no quarto de hóspedes da minha cobertura.

— Não vou a parte alguma. Esta é a minha casa. É onde vou ficar! — respondeu, ríspida.

— Preste atenção — disse eu, levantando a voz. — Não quero que fique aqui sozinha.

Ela se aproximou de mim com uma expressão estranha e enfiou o dedo no meu peito.

— Não sou seu projeto beneficente, Connor Black, e não preciso da sua ajuda. Além disso, você me odeia mesmo, por que iria querer me ajudar depois de tudo que fiz? — Deu as costas lentamente e foi até a pia, apoiando as mãos na beira.

Doeu saber que ela pensava que eu a odiava. Talvez fosse essa a razão por estar se comportando comigo daquele jeito. Eu me aproximei lentamente às suas costas. Queria passar os braços pela sua cintura, mas não podia.

— Ellery, eu não te odeio. Por favor, nunca mais diga isso. Admito que ainda estou zangado, e que provavelmente vou me sentir assim durante algum tempo, mas tenho que pôr tudo isso de lado porque você é minha amiga e precisa de ajuda. Por favor, ponha a teimosia de lado e me deixe ajudar você.

—Você disse que contratou uma enfermeira para vir aqui — disse ela em tom mais suave, mas ainda de costas para mim.

— Não tem problema, eu combino outra coisa com ela — respondi.

Ela se virou e fixou em mim os olhos cheios de tristeza, concordando, e então foi arrumar sua mala. Soltei um suspiro de alívio. Fora mais fácil do que eu pensara. Ela era uma mulher teimosa, e podia discutir até vencer.

Levei sua mala para o andar de cima e a coloquei num canto, enquanto Ellery se deitava na cama; dava para ver o quanto ela a adorava. Vi os cantos de sua boca se curvarem ligeiramente para cima, enquanto ela passava as mãos pelo edredom. Fiquei feliz por ter decidido trazê-la comigo. Só esperava que não acabasse me arrependendo. Vê-la sentada naquela poltrona no hospital, fazendo quimioterapia, fora muito contundente. Nunca sonharia, nem em um milhão de anos, que traria para casa uma mulher com câncer, para cuidar dela. Isso não tinha nada a ver comigo, mas, por outro lado, eu não era a mesma pessoa quando estava com Ellery.

Tinha um jantar de negócios com Paul à noite. Disse a ela que iria sair e que ficasse à vontade para pegar qualquer coisa que quisesse ou de que precisasse. Ela me deu um meio sorriso, e eu me virei e saí do quarto. Não queria deixá-la, mas Denny concordara em ficar com ela até eu voltar, para o caso de algo acontecer. Peguei as chaves e saí de casa para me encontrar com Paul.

Cheguei por volta das onze da noite e subi para dar uma olhada em Ellery. Denny disse que ela estava dormindo desde que eu saíra. A porta estava entreaberta, e dei uma espiada no quarto para ter certeza de que ela estava bem. Ela dormia tranquilamente. Voltei ao meu quarto e vesti uma calça de moletom e uma camiseta. Sentei na cama e abri o notebook para trabalhar um pouco. Acabei pegando no sono, e acordei com os sons de Ellery vomitando no banheiro. Levantei da cama depressa e atravessei o corredor em direção ao banheiro. Entreabri a porta e a vi sentada no chão, debruçada sobre o vaso, vomitando violentamente.

— Ellery — sussurrei, levantando seus cabelos nas mãos. Ela me pediu para ir embora, porque não queria que eu a visse nesse estado. Eu me ajoelhei ao seu lado, ainda segurando seus cabelos, e disse a ela que não iria a lugar algum até ela voltar para a cama. Por volta de uma hora depois, ela finalmente acabou de vomitar. Apoiou os cotovelos no vaso, escondendo o rosto nas mãos. Fui até a pia e umedeci uma toalha com água morna, dobrei-a e a pressionei com delicadeza na sua testa. Ela tirou a toalha da minha mão e eu a ajudei a se levantar, pois estava se sentindo fraca. Segurei seu braço e a ajudei a voltar para a cama. Puxei as cobertas sobre ela e, quando me virei para ir embora, ela segurou minha mão. Eu me virei e olhei para ela, que disse num fio de voz:

— Isso não é nada. Não faz a menor ideia de onde se meteu, Sr. Black.

Fiquei olhando para seu rosto pálido e desfigurado pela dor. Não soube o que responder, por isso apenas me virei e saí do quarto, deixando a porta entreaberta.

Na manhã seguinte, acordei cedo porque precisava ir ao escritório. Tomei banho, vesti uma calça jeans e uma camisa social. Fui até o quarto de Ellery, parei diante da porta e prestei atenção. Ouvi-a se remexendo na cama. Abri a porta sem fazer barulho e perguntei a ela se estava acordada. Ela olhou para mim de um jeito que me encheu de desejo. Perguntei como estava se sentindo, e ela respondeu que estava bem e que iria tomar um banho. Disse a ela que descesse quando acabasse, pois Claire prepararia seu café. Ela perguntou quem era Claire. Pelo visto, eu me esquecera de lhe contar que tinha uma empregada. Antes de entrar no banheiro, disse a ela que precisava dar um pulo no escritório, mas que estaria em casa mais tarde. Ela disse "Tudo bem, até mais tarde", em um tom frio e impessoal.

Fui à cozinha e expliquei a Claire que Ellery passara mal de madrugada, por isso talvez não quisesse tomar café. Ela disse para eu não me preocupar, pois cuidaria de Ellery. Peguei uma xícara de café e a levei para o meu home office, a fim de trabalhar um pouco no computador antes de ir para a Black Enterprises. Sentei na poltrona e passei as mãos pelos cabelos. Que diabos estava fazendo? Hospedá-la era bom, mas também emocionalmente doloroso. Voltei para a cozinha, onde Claire e Ellery conversavam.

— Ah, vejo que já se conheceram — comentei.

— Pensei que você tinha saído — disse ela, com ar altivo.

— Eu tinha que terminar um trabalho no computador aqui em casa primeiro, mas não se preocupe, vou sair daqui a pouco.

Claire olhou para ela e então me observou, enquanto eu pegava uma fruta e sentava à mesa. Claire colocou um prato de ovos mexidos diante de Ellery e lhe disse para comê-los. Olhei de soslaio para ela, e vi que levava uma pequena garfada à boca. Quando terminei de comer minha fruta e tomar café, fui até ela.

— Vou sair agora. Se precisar de qualquer coisa, a Claire vai passar o dia inteiro aqui em casa.

Ela não se dignou a olhar para mim, apenas acenando.

— Isso vai ser mais difícil do que pensei — resmunguei, saindo da cozinha.

Capítulo 17

Estava sentado à mesa do escritório, assinando alguns contratos, quando recebi um telefonema de Denny.

— O que é que manda, Denny?

— Achei que você devia saber que ela saiu da cobertura — disse ele.

— Que diabos você quer dizer com "saiu da cobertura"?! — gritei.

— Claire foi dar uma olhada nela, e ela tinha saído. Não levou as malas, mas foi a algum lugar.

— Merda, ela não devia sair, porque ainda não está se sentindo bem. Obrigado, Denny. Vou encontrá-la.

Desliguei e digitei o número de Ellery. Depois de alguns toques, caiu na caixa postal. Desliguei e tentei de novo, mas voltou a cair na caixa postal. Suspirei, levantando da poltrona, e saí do escritório para encontrá-la. Diabo de mulher. Por que tinha que ser tão difícil? Não entendia o que se passava naquela cabeça teimosa.

Fui até seu apartamento, mas ela não estava lá. Decidi dar uma passada no restaurante dos sem-teto, pois talvez ela tivesse aparecido por lá para visitá-los. Mas ela não estava no restaurante, por isso voltei para o Range Rover e encostei a testa no volante, tentando desesperadamente imaginar para onde podia ter ido. O céu começava a ficar nublado, com jeito de chuva. De repente, me ocorreu: ela devia estar no Central Park. Quando estava a caminho de lá, começou a chover. Estacionei, peguei o guarda-chuva preto e fui até os jardins do Conservatório. A chuva começava a ficar mais forte. A distância, vi um cobertor estendido no meio do gramado e, quando me aproximei, vi Ellery deitada nele, olhando para o céu, a chuva despencando em cima dela.

— Ellery, o que pensa que está fazendo? Ficou louca?! — gritei a distância.

— E você, não é louco por vir aqui atrás de mim? — gritou ela também.

Retesei o queixo ante a petulância da resposta.

— Olha só para você, encharcada até os ossos. Levanta daí agora, antes que fique doente.

— Eu já estou doente, Connor. Que diferença faz? — Ela riu.

Parei à sua frente, olhando para ela. Seu comentário sobre já estar doente me doeu como um tapa na cara. Ela estava com medo e vivendo a vida como queria, para o caso de chegar o dia em que isso não fosse mais possível. Respirei fundo e deitei no cobertor encharcado ao seu lado, olhando para o céu, tentando ver o que Ellery via. Ela me observou e, com o canto do olho, vi um sorriso se esboçar em seus lábios.

— Por que está fazendo isso? — perguntei, me virando para ela.

— Porque posso ficar aqui deitada sem ninguém saber que estou chorando — respondeu, olhando para o céu.

Senti uma pontada no coração ao ouvir isso. Ela estava lá, debaixo de uma chuva torrencial, para mascarar os medos que atormentavam seu rosto. Tentava fingir que sentia coragem, mas eu sabia que estava dilacerada por dentro. Pousei a mão sobre a sua. Ela não olhou para mim. Ficamos lá deitados, olhando para o céu, sem dizermos uma palavra. Não precisávamos de palavras. Dar as mãos era tudo de que precisávamos. Depois de um tempo, Ellery se apoiou sobre os cotovelos, dizendo que estava com frio e queria ir embora. Ficamos de pé. Peguei o cobertor encharcado e abri o guarda-chuva, enquanto íamos embora do parque. De repente, ela se virou para o outro lado e começou a vomitar sobre um grupo de arbustos. Fiquei atrás dela até que terminasse. Ofereci a ponta do cobertor, para que pudesse limpar a boca. Pedi que segurasse o guarda-chuva, enquanto eu a pegava no colo e a levava para o Range Rover. Chegamos à cobertura, mas ela ainda não estava se sentindo bem, por isso levei-a para o banheiro. Ela disse que iria tomar um banho, e depois se deitar um pouco. Tomei um banho rápido para me aquecer e vesti roupas secas. Em seguida, desci para falar com Claire e Denny.

— Espero que não tenha sido ríspido com ela, Connor — disse Denny.

— Não posso nem explicar como me senti quando a vi deitada no meio do Central Park debaixo daquela chuva torrencial. Não fui nem um pouco ríspido. Ela só queria ficar sozinha por um tempo — expliquei, sentando à mesa para jantar.

Denny foi para casa, e Claire estava limpando a cozinha quando meu celular tocou e um número familiar apareceu na tela.

— Alô, Connor Black falando.

— Connor, Peyton falando — disse a própria, rindo.

— Oi, Peyton, o que manda? — perguntei, revirando os olhos.

— Não quero que se preocupe, mas não consigo encontrar Ellery há dois dias. Você sabe de alguma coisa?

— Ellery começou as sessões de quimioterapia ontem de manhã, e está hospedada aqui em casa.

— O QUÊ?! — gritou ela no celular. — Ela não me contou que ia começar a quimioterapia logo. Por que diabos você não me disse, e os dois voltaram, ou o quê?

— Estou ajudando Ellery como amigo. Ela não tem mais ninguém — respondi.

— Perdão, Connor, mas eu não sabia que Ellery ia começar a quimioterapia. Nunca teria viajado se soubesse.

— Lamento por ela não ter te contado, mas provavelmente foi porque não quis estragar suas férias com Henry.

— Bom, aguenta aí, Connor Black, porque eu vou direto do aeroporto para a sua casa dar um chute no seu traseiro. Você devia ter me ligado e avisado. Põe Ellery no telefone para eu falar com ela.

— Peyton, ela está dormindo no momento, e não quero acordá-la. Ela precisa descansar.

— Tudo bem, diz a ela para me ligar amanhã. Eu ia voltar agora à noite, mas meu voo foi cancelado, por isso só vou chegar amanhã à tarde.

— Então até amanhã, Peyton. Faça uma boa viagem.

Desliguei o celular e ouvi barulhos no andar de cima. Saí do home office e parei diante da escada, achando que tinha sido minha imaginação. Pareciam ganidos. Nesse momento, percebi que era Ellery. Subi os degraus de dois em dois e, quando cheguei ao último, vi Ellery caída no chão, enroscada em posição fetal, tremendo.

— Meu Deus, Ellery, o que aconteceu? — perguntei, ajoelhando-me ao seu lado.

— Não toca em mim, estou morta de dor — disse ela, aos prantos, levantando a mão para mim.

Não sabia o que fazer. Vê-la deitada daquele jeito, chorando e sentindo tanta dor, estava me matando. Eu me sentia totalmente impotente. Chamei Claire aos gritos, e mandei que ligasse para a enfermeira e lhe dissesse para vir imediatamente. Em seguida Ellery me pediu para pegá-la no colo e acabar com aquilo logo de uma vez. Perguntei a ela se tinha certeza, e ela fez que sim com a cabeça. Eu estava morto de medo de tocar nela, pois não queria machucá-la. Fiquei de pé e me curvei sobre ela, levantando-a lentamente do chão. Estremeci quando ela gritou ao ser levantada. Levei-a de volta para o quarto e a coloquei com cuidado na cama.

— A enfermeira vai estar aqui em um minuto, ela vai te ajudar — prometi, afastando os cabelos do seu rosto com delicadeza.

Ela olhou para mim, chorando.

— Desculpe, Connor. Não queria que você me visse nesse estado.

Nesse momento, quando ela disse essas palavras, finalmente me ocorreu a razão por que não me contara sobre a doença, e por que ficara tão zangada comigo depois. Ela sabia que isso ia acontecer, e não queria que eu a visse naquele estado. Só estava tentando me proteger e me poupar da dor de ter que passar por tudo isso com ela. Eu me ajoelhei ao lado da cama, tocando sua mão de leve.

— Você não tem pelo que se desculpar; sou eu que peço desculpas. Estou destroçado por te ver sentindo tanta dor — disse, uma lágrima escorrendo pelo meu rosto. Segurei seu pulso com delicadeza e olhei para meu nome tatuado. Já ia perguntar a ela a respeito, quando a enfermeira entrou, aplicou uma injeção de morfina e perguntou se podia dar uma palavra comigo no corredor. Depois de uma breve conversa, voltei para o quarto me acomodei no outro lado da cama, recostado na cabeceira, e olhei para Ellery, que se virara de frente para mim.

— A injeção fez efeito? — perguntei, alisando seus lindos cabelos louros.

Ela me deu um meio sorriso e disse que estava fazendo.

— Nem sempre vai ser assim — explicou. — Os primeiros três dias depois da quimioterapia são os piores, mas depois geralmente tenho a sorte de passar alguns dias me sentindo bem, quer dizer, tão bem quanto alguém possa se sentir durante a quimioterapia.

Não fiz comentários, apenas continuei brincando com seus cabelos, pensando como fora estúpido por deixá-la naquele quarto de hotel em Michigan.

— Não se habitue a fazer isso — disse ela. — Eles vão cair em breve.

— Não me importo. Você ainda vai ser linda — respondi, sorrindo.

Senti que lhe fizera bem ouvir isso, porque ela sorriu para mim, e dei um beijo na sua testa. Mesmo sentindo tanta dor, seu sorriso ainda conseguia iluminar o quarto inteiro e me encher de desejo. Ah, aquele sorriso. Segurei seus pulsos, estendendo-os à minha frente, e alisei as tatuagens com o polegar.

— Notei as tatuagens no hospital durante a quimioterapia. Fiquei esperando que você me mostrasse. Por que, Ellery? — perguntei.

Ela abaixou os olhos e se levantou lentamente da cama. Caminhou em direção à janela e parou.

— Porque chega um momento em que você tem que entender que algumas pessoas podem ficar no seu coração, mas não na sua vida, e essa é a minha maneira de manter você no meu coração.

O tom de sua voz ao dizer isso foi triste. Fechei os olhos por um momento, refletindo sobre as palavras que acabara de dizer. Mesmo depois de tudo que eu fizera com ela, ainda me amava e queria me manter perto, as tatuagens tendo sido o único meio que conhecia de fazer isso. Eu me senti o maior canalha do mundo. Levantei e fui até ela, passando os braços pela sua cintura e puxando-a para mim.

— Volta para a cama. Vou pegar um chá para você — sussurrei no seu ouvido.

Ela deu meia-volta entre meus braços e um beijo no meu rosto. Respirei fundo, porque foi maravilhoso voltar a sentir seus lábios quentes na pele nua. Eu a desejava intensamente, mas sabia que não era possível. Sorri para ela e saí do quarto para buscar seu chá.

Coloquei a xícara de chá de hortelã na mesa de cabeceira e voltei a me recostar na cama ao seu lado.

— Peyton me ligou e me deu a maior bronca. — Comecei a rir.

— Por que ela fez isso? — Ellery olhou para mim, assustada.

— Ela disse que está tentando falar com você há dois dias, e, como não conseguiu, me ligou. Quando contei a ela da quimioterapia e disse que você estava aqui, ela começou a gritar e disse que eu esperasse só, porque ela vinha do aeroporto direto para cá dar um chute no meu traseiro.

— Ó Deus, hoje não — disse ela, revirando os olhos.

— Não, estamos com sorte. Ela só vai chegar amanhã, porque o voo foi cancelado.

— Que bom, porque hoje não estou em condições de lidar com ela — disse, sorrindo.

Ellery fechou os olhos e adormeceu profundamente em questão de segundos. Fiquei algum tempo com ela, alisando seus cabelos enquanto dormia. Já a perdoara por não me contar que estava doente, e esperava que conseguisse me perdoar por deixá-la em Michigan. Passei o dedo por sua testa e seu rosto, apreciando a maciez de sua pele. Já não me importava mais com a minha vida, porque tinha uma nova vida para cuidar e pela qual zelar, uma vida que estava deitada ao meu lado, parecendo um anjo. Levantei devagar da cama para não perturbar seu sono. Já era tarde, e eu precisava dormir um pouco. Vesti uma calça de pijama e dei uma olhada ao redor, procurando o celular. A última vez que me lembrava de tê-lo visto fora na cozinha. Desci a escada e o peguei na mesa. Quando voltei ao segundo andar, ouvi Ellery chorando. Abri a porta com cuidado, e ela estava com o rosto enterrado no travesseiro, soluçando. Senti um aperto no coração. Detestava vê-la chorando, ainda mais tentando esconder o choro. Fui até o outro lado da cama, deitei sob as cobertas e a abracei com força.

— Está tudo bem, amor, estou aqui — sussurrei, beijando seus cabelos. Nunca mais iria deixá-la.

Dormi com ela em meus braços pelo resto da noite. Foi maravilhoso poder voltar a abraçá-la e dormir ao seu lado. Na manhã seguinte, tomei banho, me vesti e fui à cozinha. Dei bom-dia a Claire, peguei uma xícara de café e me dirigi ao home office para trabalhar um pouco. Estava sentado à mesa quando o celular tocou. Era Ashlyn. Eu já tinha recusado duas ligações suas.

— Olá, Ashlyn.

— Já estou cheia dessa merda, Connor! — gritou ela.

— Do que você está cheia? — Suspirei.

— De você me ignorar e não retornar minhas ligações. Você prometeu que iríamos nos ver quando eu voltasse, eu já voltei há dois dias, e nada. Não te vejo, não transo, nada, estou de saco cheio! Sei muito bem que isso tem alguma coisa a ver com aquela piranha loura com quem você anda saindo.

Agora ela tinha me deixado puto da vida.

— Sinto muito por ontem à noite, mas surgiu um imprevisto! — gritei. Mas por que diabo estava pedindo desculpas a ela?

— Suas desculpas não vão colar dessa vez, Connor, e da próxima vez que eu vir aquela piranha loura, vou contar a ela tudo sobre nós, e aí é que nós vamos ver se você sente muito mesmo! — gritou ela, antes de desligar.

— Merda! — gritei, atirando o celular do outro lado da mesa. Comecei a andar de um lado para o outro. O que iria fazer com ela? Precisava dar um jeito para que saísse da minha vida de uma vez por todas, pensei comigo mesmo. Não podia correr o risco de deixá-la estragar tudo entre mim e Ellery, ainda mais porque levaria tempo até reconstruirmos tudo que se perdera. Estava com tanta raiva que já nem enxergava direito.

Fui até a cozinha e vi Ellery ao lado da bancada, com uma expressão estranha no rosto.

— Como está se sentindo? Parece melhor hoje.

— Estou bem — respondeu ela em voz baixa, olhando para o chão.

Eu detestava quando ela dizia que estava bem. Nunca sabia quando estava sendo sincera ou apenas dizendo o que eu queria ouvir, e, depois da conversa irritante que acabara de ter com Ashlyn, não precisava disso no momento. Queria pedir a ela para dizer a verdade, mas, infelizmente, perdi a cabeça. Olhei para ela do outro lado da cozinha.

— Você sempre diz que está bem, Ellery, mesmo quando não está. Será que alguma vez você está mesmo *bem*? Será que pode me dizer a verdade pelo menos uma vez na vida, para eu não ter que ficar tentando adivinhar? Pode dizer alguma coisa sem ser "estou bem, Connor"? Porque quer saber do que mais, Ellery? Já estou farto disso!

Pousei as mãos na beira da bancada e afastei os quadris. Respirei fundo para me acalmar. Será que era isso mesmo que eu pensava? Não tinha certeza, mas sabia que ela não ia engolir aquilo calada. Ouvi seus passos se aproximando e, quando virei a cabeça em sua direção, ela me deu um tapa no rosto. Não me movi, nem disse uma palavra. Continuei parado onde estava, observando seus olhos cheios de dor. Ela se virou e saiu da cozinha. Eu a magoara novamente, e ela não merecia isso. Saí a passos duros da cozinha e derrubei um vaso que estava em cima da bancada. Saí da cobertura pela porta da frente, batendo-a às minhas costas.

Caminhei pelas ruas de Nova York. Não sabia para onde estava indo, nem o que estava fazendo. Ashlyn tinha me tirado do sério ao ameaçar contar tudo a Ellery, e eu não acreditara que Ellery tivesse dito a verdade em relação a estar se sentindo bem. Ela não tinha culpa por Ashlyn ser uma filha da mãe e por eu não conseguir expulsá-la da minha vida. Eu perdera a cabeça com ela sem nenhum motivo e, sendo o babaca que eu era, magoara-a a ponto de ela me dar um tapa. Fiquei caminhando por uma hora e meia, até me acalmar. Precisava pedir desculpas a Ellery e contar a ela sobre Ashlyn. Ela já fora paciente demais comigo, e eu devia isso a ela. Peguei o celular e lhe mandei uma mensagem.

Queria pedir desculpas pelo meu comportamento. Estou voltando para casa, e precisamos conversar. Se estiver se sentindo disposta, podemos sair para almoçar.

Ela não respondeu. Voltei para a cobertura e fui direto para o quarto de hóspedes. Parei, olhando ao redor. Dei uma espiada no canto do quarto, e vi que sua mala não estava mais lá. Na verdade, as coisas que estavam em cima da cômoda também tinham desaparecido. Claire entrou atrás de mim.

— Ela foi embora, Sr. Black. Assim que o senhor saiu, ela veio para o quarto, pegou a mala e saiu. Tentei impedi-la, mas ela disse que precisava fazer uma coisa, e pediu desculpas.

— Merda, que foi que eu fiz?! — gritei, correndo pela escada em direção à sala. Peguei o celular, mas ainda não havia qualquer resposta sua, por isso voltei a escrever.

Onde você está, Ellery?

Alguns minutos depois, ela respondeu: *Connor, tive que ir embora. Minha presença na sua casa estava fazendo mal a você e a mim. A única coisa que posso dizer é que estou bem, e, por favor, não se preocupe comigo. Preciso resolver alguns assuntos, e não sei quando vou voltar.*

Não sabia quando iria voltar? Que diabos ela estava fazendo, e para onde tinha ido? Eu estava furioso, e senti minha pressão arterial subir.

Como assim, não sabe quando vai voltar? Para onde está indo? Você tem que terminar o seu tratamento. Acho bom voltar AGORA MESMO!

Como ela não respondeu, mandei outra mensagem. *Eu vou te encontrar, Ellery Lane, mesmo que tenha que viajar até os confins do mundo, não se engane, eu vou te encontrar.*

Eu sei que vai, meu stalker, ela respondeu logo.

Já chegava dessa palhaçada de trocarmos mensagens. Eu iria falar com ela. Digitei seu número, mas caiu na caixa postal. Tive certeza de que ela desligara o celular. Decidi lhe mandar mais uma mensagem para ver se ela responderia.

Ellery, acho bom atender esse celular!

Não houve resposta, por isso liguei mais uma vez, mas voltou a cair na caixa postal. No momento em que atirei o celular na mesa, ouvi as portas do elevador se abrindo e, em seguida, a voz de uma mulher.

— Onde é que ela está, Connor Black? — perguntou Peyton, entrando em passos furiosos.

Dei um olhar zangado para ela que a fez parar bruscamente.

— Opa. O que aconteceu? — perguntou.

— Sua melhor amiga decidiu fazer uma viagenzinha — contei.

— Para onde ela foi? — perguntou Peyton calmamente.

— E como é que eu vou saber? Ela só disse que tinha assuntos para resolver e que não sabia quando voltaria. Que história é essa, Peyton? Você é a melhor amiga dela. Que diabos ela está fazendo?

Ela balançou a cabeça, caminhando em minha direção.

— Não sei, Connor, mas você precisa se acalmar. Vamos descobrir onde ela está e trazê-la para casa.

— Não posso me acalmar — respondi, dando as costas e me dirigindo para o bar. — Ela está doente e precisa de alguém que cuide dela.

— Por que ela foi embora? O que foi que você disse para ela? — perguntou Peyton, franzindo a testa para mim.

— Eu gritei com ela, mas foi da boca para fora. Estava zangado por outro motivo, e descontei nela. Merda! — gritei, tomando meu uísque. Olhei para Peyton e vi que sua expressão estava preocupada. — Quer uma bebida? — ofereci.

— Não, obrigada, agora não — respondeu ela. — Tenho que ir. Preciso desfazer minhas malas.

Acompanhei-a até o elevador.

— Se tiver notícias dela, liga para mim, por favor — pedi, em tom calmo.

Peyton pôs a mão no meu ombro, sorrindo.

— Pode deixar. Sei o quanto você está preocupado.

Eu não estava só preocupado. Estava furioso com ela por fazer isso. Merda. A culpa era minha por estarmos separados de novo. Eu ainda nem lhe dissera que a amava, e isso estava me matando, porque precisava que ela soubesse o quanto. Estava de costas quando ouvi a voz de Denny.

— Eu já disse que você encontrou sua alma gêmea. Ela é teimosa como você.

— Eu sei, Denny. Por que vive jogando isso na minha cara? — rebati, irritado.

— Porque você precisa se dar conta de que não pode ficar tratando as pessoas aos pontapés desse jeito. Precisa expulsar o fator número um de estresse da sua vida, porque ela está fazendo você e Ellery sofrerem muito.

161 §§ VOCÊ PARA SEMPRE

— Eu sei, e estou tentando.

— Obviamente, não o bastante — sentenciou ele, saindo da sala.

Suspirei, fechando os olhos. O celular tocou, e levei um susto. Peguei-o. Era Peyton que estava ligando.

— Alô?

— Só estou contando isso a você porque sei que você a ama, e ela a você. Se algum dia contar a Ellery que eu te liguei, vou te pendurar pelos colhões num poste e te deixar lá por dias a fio. Está me entendendo, Connor?

Engoli em seco. A mulher não estava para brincadeiras.

— Estou, Peyton. Eu prometo.

— Ela foi para Michigan cuidar de uns assuntos e depois pegou um avião para outro lugar, mas não me pergunte qual, porque não vou dizer. Você precisa descobrir isso por conta própria.

— Peyton... — tentei interrompê-la.

— Não me interrompa, Connor. Me deixe terminar. Ela quer que você a encontre, mas antes precisa fazer uma coisa. Em relação a essa parte, não posso te ajudar, porque ela não quis me dizer o que era. Disse que se você a encontrar, então é porque vocês dois estavam destinados a ficar juntos, e o que ela está fazendo vai ter valido a pena. Também me disse para ser sua amiga. Portanto, estou sendo sua amiga e traindo a minha melhor amiga. Comece a procurar por ela, e vá até onde ela estiver quando a encontrar.

— Obrigado, Peyton, agradeço por ter ligado.

— Não há de quê. Acredito que você é a melhor coisa que aconteceu na vida de Ellery, e ela precisa de você. Essa é a única razão por que estou fazendo isso. Não a decepcione — disse ela, desligando.

Fiquei parado diante do bar, olhando para meu copo de uísque. Qual seria o jogo de Ellery?, me perguntei.

Capítulo 18

Alguns dias se passaram, e pedi ao meu técnico de informática na Black Enterprises para hackear o computador de Ellery pelo e-mail que ela tinha me mandado. Ela andara pesquisando certa Dra. Danielle Murphy, uma oncologista e hematologista do hospital Cedars Sinai Grace, na Califórnia. Denny e eu fizemos uma viagem rápida a Michigan para checar o aeroporto por onde Ellery tinha passado. Peyton me dissera que Ellery jogara o celular numa lata de lixo de lá, para me despistar. Sabia que bastaria rastreá-lo, e a encontraria em dois tempos. Dei uma volta pelo aeroporto, mostrando uma foto de Ellery a diversos funcionários do balcão de passagens. Eles disseram que não a tinham visto, até que encontrei a mulher que a atendera. Achei isso estranho, porque meu técnico não conseguira localizar nenhuma passagem reservada no seu nome, em qualquer voo. A atendente disse que não podia me dar qualquer informação sobre Ellery. Quando tirei do bolso duas notas de cem e as empurrei em sua direção, ela abriu um sorriso. Olhou para mim, e deu para ver que estava pensando em algo. Olhou ao redor e se inclinou, pondo a mão sobre as notas.

— Ela reservou uma passagem para a Califórnia. Los Angeles, para ser exata.

— Não encontrei nenhum registro disso — observei.

Ela tornou a olhar ao redor.

— Ela me pagou para reservar a passagem sob um nome diferente e deixá-la passar.

Sorri para a atendente.

— Obrigado.

Finalmente me afastei, e Denny olhou para mim, sorrindo.

— Ela é uma mulher inteligente, e está fazendo um jogo dos diabos. Eu já te disse, Connor, o quanto adoro a Ellery?

— Corta essa, Denny — respondi, fuzilando-o com os olhos.

Embarcamos no jatinho e voltamos para Nova York.

Uma semana havia se passado, e eu sentia saudades dela. Estava me matando não saber o que estava fazendo e planejando. Eu estava no meu home office, na cobertura, quando ouvi uma batida leve à porta.

— Entre — falei, e Peyton apareceu. Em pânico, fui logo perguntando: — Está tudo bem, Peyton?

— Tudo ótimo. Só dei um pulo aqui para contar que Elle está bem fisicamente, mas emocionalmente está um caco. Ela sente sua falta, e quero saber quando você pretende ir vê-la na Califórnia.

Suspirei.

— O aniversário dela é na semana que vem. Vou para lá antes disso. Nem em mil anos eu a deixaria passar esse dia sozinha.

— Por que não vai agora? O que está esperando? — perguntou ela.

— Estou dando tempo a Ellery. Ela foi para lá por um motivo, e estou lhe dando espaço. Não se esqueça de que foi ela quem me deixou.

Peyton revirou os olhos.

— Para ser cem por cento franca, vocês dois cansam a minha beleza. Deixem essas besteiras de lado, e apenas amem um ao outro.

— Eu amo e sempre vou amar Ellery. Não se preocupe, Peyton. Vou resolver a situação. — Sorri para ela, que deu as costas e saiu do escritório.

Desde que eu contara a Peyton que passaria o aniversário de Ellery na Califórnia, tinha começado a pensar nos presentes que lhe daria. Fazia questão de que ela tivesse o melhor aniversário da sua vida. Lembrei o dia em que estava no seu apartamento e vira a lista de coisas que queria fazer. De repente, me ocorreu: era a sua lista de desejos. Como eu podia não ter me dado conta antes? Nessa lista, ela dizia que sempre quisera ir a Paris, por isso mandei Valerie comprar as passagens. Iríamos no jatinho da empresa, por isso poderíamos viajar quando ela quisesse, para passar o tempo que desejasse. Também queria lhe dar uma joia, algo que simbolizasse nosso amor. Peguei o casaco e fui à Tiffany's.

Estava observando os colares sob o vidro do balcão, quando uma joia ao lado deles chamou minha atenção. Perguntei à vendedora se podia vê-la. Ela retirou uma linda pulseira de prata com o símbolo do infinito incrustado em brilhantes. Não pude deixar de pensar no símbolo do infinito tatuado no pulso de Ellery. Essa pulseira era perfeita para ela, assim como ela era perfeita para mim. Saí da Tiffany's e me dirigi à loja da Apple. O último presente foi um novo iPhone, para substituir o que ela jogara no lixo.

Passei os dias que se seguiram trabalhando muito e tentando manter Ashlyn calma. Era difícil inventar pretextos para que ela ficasse ocupada e largasse do meu pé. Em algumas horas, eu estaria no meu jatinho, rumo à Califórnia, para me encontrar com Ellery. Arrumei minha mala e guardei seus presentes de aniversário. Era um voo de quase seis horas, e eu queria chegar a Los Angeles de manhã bem cedo, porque não sabia onde ela estava morando. Ela tivera um trabalho enorme para não deixar documentos que eu pudesse rastrear. Pedi a Denny que me levasse ao aeroporto às duas da manhã.

— Obrigado por me trazer aqui a esta hora, Denny — agradeci, saindo da limusine.

— Não há de que, Connor. Traga Ellery para casa — disse ele, sorrindo

— Prometo que vou fazer isso.

Embarquei no jatinho e olhei pela janela, enquanto decolava da pista e voava para a Califórnia.

Devia ser por volta das oito da manhã quando cheguei a Los Angeles. Eu providenciara para que um carro alugado me esperasse no aeroporto. Fui para as redondezas do hospital Cedars Sinai Grace. Se meu palpite estivesse certo, Ellery devia estar morando perto do hospital, porque adorava caminhar. Estacionei diante de um condomínio com vários edifícios e entrei no escritório de locação. Mostrei à gerente uma foto de Ellery e perguntei se ela tinha alugado um apartamento. A mulher deu uma olhada na foto e disse que nunca a tinha visto. Agradeci e me dirigi ao próximo condomínio. Estive em quatro condomínios diferentes na área ao redor do hospital, e Ellery não estava morando em nenhum deles. Eu ainda tinha mais um quarteirão para checar. Estacionei no meio-fio e caminhei até o escritório de locação. Quando passava pela porta, o gerente me deu um olhar estranho.

— Posso ajudar, senhor? — perguntou.

— Gostaria de saber se esta mulher alugou um de seus apartamentos — respondi, mostrando a ele a foto de Ellery.

O gerente me pediu para esperar um minuto e imediatamente chamou alguém para vir ao escritório. Em segundos, outro homem entrou e me encarou. Eu estava começando a me sentir um pouco constrangido. O gerente, Mason, se apresentou, e então apresentou seu companheiro, Landon. Pensei comigo mesmo que eles deviam conhecer Ellery. Tornei a perguntar se a conheciam, e Mason começou a dar pulinhos, batendo palmas e dizendo que sim. Dei um suspiro de alívio. Finalmente a encontrara. Perguntei a eles em que apartamento ela estava morando, e eles explicaram que ela fora ao mercado, mas que voltaria logo. Os dois soltaram o verbo, contando o quanto adoravam Ellery. Sorri para eles, porque era impossível não adorá-la. Agradeci e saí para esperá-la. Fiquei encostado no Porsche preto que tinha alugado, esperando que voltasse.

Quando eu dava uma olhada no relógio, vi Ellery seguindo pela rua. Estava com os olhos baixos, e tive a impressão de que desembrulhava uma barra de chocolate. Sorri, porque não apenas ela era linda andando pela rua, como também porque adorava chocolate. Ela levantou o rosto e ficou paralisada ao me ver.

— A senhorita é uma moça difícil de se encontrar, Srta. Lane.

Ela soltou as sacolas no chão e correu para mim o mais depressa que pôde. De um pulo, rodeou meu corpo com os braços e as pernas. Fechei os olhos, abraçando-a, aspirando o cheiro familiar de que tinha sentido tanta falta. Dava para ver que estava chorando, pois enterrara o rosto na curva do meu pescoço.

— Senti tantas saudades — sussurrei no seu ouvido.

— Eu também. Me desculpe — disse ela, chorando.

Então levantou a cabeça, segurou meu rosto e me beijou apaixonadamente. Nossas línguas se encontraram num delírio de euforia, e nosso beijo de reencontro nos deixou sem fôlego. Lágrimas começaram a escorrer pelo seu rosto, e eu a pus no chão, secando-as com o polegar.

— Me deixa olhar para você — pedi, virando-a e abraçando-a com força. — Você está tão linda como quando foi embora.

Mason e Landon saíram do prédio, aplaudindo. Expliquei a Ellery que já tínhamos nos conhecido, e comentei que eram amigos maravilhosos. Ellery me levou ao seu apartamento. Fechei a porta e ela se virou, olhando para mim. Passei o dedo pelo contorno do seu queixo, pelos seus lábios.

— Você tem muitas explicações a me dar, mas, primeiro, vou fazer amor com você — falei, carinhoso. Rocei os lábios nos dela e ouvi sua exclamação quando minha língua começou a descer pelo seu pescoço. Fazia séculos que eu não sentia seu gosto. Eu a queria mais do que a qualquer coisa. Sentia um desejo louco por ela, e chegara a hora de satisfazer esse desejo. — Você tem um gosto delicioso. Faz tanto tempo, Ellery. Preciso de você. Preciso estar dentro de você.

Peguei-a no colo e a levei para o quarto, meus lábios colados aos seus. Coloquei-a na cama e tirei sua blusa pela cabeça, jogando-a num canto. Minhas mãos desceram pelas suas costelas e quadris, e abri seu sutiã, jogando-o no chão. Segurei seus seios, acariciando os mamilos, minha língua explorando o umbigo. Desabotoei seu short e arrastei a boca até os seios, mordiscando de leve os mamilos rígidos. Meu corpo estava pegando fogo, como o dela. Então ela puxou meu rosto e me beijou, mostrando o quanto precisava de mim e me desejava. Gemi enquanto suas mãos tiravam minha camisa, e ela cravou as unhas de leve nas minhas costas.

Interrompi nosso abraço, descalcei os sapatos e joguei o jeans no chão. Coloquei-a com delicadeza na cama e parei alguns centímetros acima de seu corpo fogoso, olhos fixos nos dela.

—Você me faz sentir vivo como nenhuma mulher jamais fez.

Minhas mãos desceram dos seus seios até a beira do fio dental. Puxei-o de lado e senti o calor da sua pele. Ela soltou um gemido quando enfiei lentamente um dedo e senti sua excitação. Seu gemido se tornou mais alto quando enfiei outro dedo.

— Ellery, você está toda molhada — sussurrei no seu ouvido.

— É assim que você me deixa, Connor. Pode curtir cada centímetro.

Enfiei os dedos dentro dela, movendo-os lentamente, e ela arqueou as costas, forçando-os a ir o mais fundo possível. Tracei círculos com o polegar no clitóris, sentindo-o inchar de prazer. Minha boca chegou aos seus lábios, e nossas línguas se encontraram e dançaram.

— Quero que você goze, Ellery, enquanto meus dedos estão dentro de você, te dando prazer — sussurrei, beijando seu pescoço. Seu corpo começou a tremer, e ela soltou um grito de prazer. Sorri, beijando seus lábios. — Boa menina.

Ela segurou minha ereção, sua mão subindo e descendo por todo o comprimento, em um movimento lento e regular. A sensação foi maravilhosa, cada nervo de meu corpo vibrando.

— Ah, meu Deus — gemi, e ela passou o polegar pela ponta em movimentos circulares. Começou a se sentar e, quando dei por mim, eu estava deitado de costas. Ela sorriu, sentando sobre mim, e meu pau entrou nela com facilidade. Inclinei a cabeça para trás, sentindo sua forma ao meu redor. Ela era rija e quente, movendo-se para cima e para baixo, envolvendo cada centímetro da minha virilidade. Acariciei seus seios, apertando os mamilos entre os dedos, puxando-os e esfregando-os. Ficamos olhando um para o outro, enquanto ela movia seus quadris com agilidade. Segurei-os, e ela começou a revirá-los em círculos lentos. Era uma amante fantástica, e a sensação era uma delícia. Senti que estava ficando inchada ao meu redor, já quase chegando ao ponto de gozar. Ela começou a se mover para cima e para baixo, num ritmo mais rápido. Fiquei tão excitado, que quase não aguentei. Nossa respiração acelerou, e ela gemeu quando alisei o clitóris com o polegar, enquanto ela me cavalgava.

— Ellery, goza comigo, amor — arquejei. — Quero que gozemos juntos, e quero ouvir o que faço com você.

Ela gritou meu nome e liberou seu orgasmo por todo o meu pau, enquanto eu enchia seu corpo com meu sêmen, sem tirarmos os olhos um do outro. Ela despencou no meu peito e eu a abracei com força, deixando que nossos pulsos se normalizassem. Dei um beijo na sua têmpora, e ela se virou, sorrindo para mim. Saiu de cima do meu corpo e se deitou de lado, passando o dedo pelo meu queixo, enquanto eu prendia seu cabelo atrás da orelha. Perguntei a ela no que estava pensando, e ela me disse que estava muito feliz por eu a ter encontrado. Dei um beijo nos seus lábios.

— Vem, amor. Vamos comer alguma coisa, estou morto de fome. — Sorri.

Levantei da cama e vesti o jeans. Ellery saiu do quarto, e eu a segui. Entrei na cozinha para beber água e parei ao ver vários vidros de medicamento enfileirados no fundo da bancada. Contei-os depressa: eram quinze no total. Fiquei nervoso, começando a sentir medo.

— Quer me explicar o que é isso? — perguntei.

— Estou participando de um teste clínico, e é por isso que vim para cá.

Eu já ia interrompê-la, mas ela pôs o dedo sobre meus lábios.

— Me deixa terminar.

Sorri, enfiando seu dedo na boca e chupando-o. Ela deu uma risadinha e continuou a explicar:

— Tenho que tomar esses comprimidos todos os dias. Uma vez por mês, vou ao hospital e recebo três injeções. É um tipo de tratamento chamado "imunoterapia". Tenho que fazer isso durante três meses. Ao fim desse período, a médica vai fazer um exame de sangue para ver se estou livre do câncer; se não estiver, vou continuar por mais três meses. Nem sei se vai dar certo — disse ela, abaixando o rosto. Vi a angústia em sua expressão e senti a tristeza em sua voz. Levantei seu queixo para que me olhasse.

— Vai dar certo. Tem que dar.

— É só um teste, Connor. É a primeira vez que a droga é testada em pacientes, portanto, no momento, não sei o que pensar — disse ela, abatida.

—Você é forte, Elle. É a pessoa mais forte e teimosa que já conheci na vida, e se há alguém que pode aguentar esse rojão é você, mas precisa parar de ficar fugindo de mim — murmurei, acariciando seu rosto. Ela disse que estava com medo. Segurei suas mãos e as virei, beijando cada uma das tatuagens. — Não precisa ter. Estou aqui, e vou te ajudar a passar por tudo isso. Mesmo que o tratamento não dê certo, não importa, vou rodar o mundo com você até descobrir algum que te cure, porque... — Respirei fundo. — ... eu te amo, Ellery Lane, e vou te proteger.

A sensação que experimentei ao pronunciar essas três palavras foi maravilhosa. Lágrimas escorreram pelo seu rosto, e ela me abraçou com força, sussurrando:

— Também te amo.

Fechei os olhos, esfregando o nariz nos seus cabelos. Beijei sua testa e segurei seu rosto entre as mãos. Levei os lábios aos dela e a beijei apaixonadamente. Meus dedos se enfiaram sob a barra da sua blusa e a puxaram lentamente pela cabeça, atirando-a no chão. Sorrimos um para o outro e ela me levou para o sofá, onde fizemos amor.

Capítulo 19

Fazia um lindo dia de sol em Los Angeles. Passamos a primeira metade do dia na cama, e a segunda na praia. Depois de um piquenique, sexo maravilhoso num farol e longas conversas, voltamos para casa. Quando entramos no apartamento, fui até o cavalete, que abrigava um lindo quadro. Fiquei observando a casa no estilo arquitetônico de Cape Cod, com uma porta em arco, um barco e um farol. Era uma tela magnífica, e sorri ao ver tanto talento, principalmente por pertencer à mulher que eu amava.

— Devo dizer, Ellery, que você é uma artista muito talentosa. Esse quadro está magnífico.

Ela se aproximou, enfiou as mãos nos bolsos traseiros do meu jeans e pousou o queixo no meu ombro.

— Obrigada. É um vislumbre do meu futuro. Parece tão tranquilo.

— Está lindo. Sugiro que fique com ele em vez de vendê-lo.

Ela deu um beijo no meu rosto.

— Talvez faça isso. — De repente, disse: — Eu ia te contar.

Segurei suas mãos, passando os braços pela minha cintura.

— Me contar o quê?

Ela respirou fundo.

— Que vinha para cá ver a Dra. Murphy. Queria conversar com você sobre o assunto naquele dia, mas você estava muito zangado. Eu te ouvi falando com a Ashlyn no celular, quando estava no escritório.

Abaixei os olhos.

— Desculpe, Ellery. Nunca devia ter dito aquelas coisas para você. Eu estava...

— Você precisa me contar sobre ela, Connor. Nunca vamos poder levar nossa relação adiante se não fizer isso, e acho que tenho o direito de saber — argumentou.

Eu me virei para ela, encostando a testa na sua.

— Eu sei, e vou fazer isso, mas não hoje. — Eu acabara de reencontrá-la, e tínhamos passado um dia perfeito. Não ia estragá-lo discutindo sobre Ashlyn. Pude ver a decepção em seus olhos quando respondi que não conversaria sobre o assunto aquela noite. Detestava fazer isso com ela, e sabia que era errado não abrir o jogo sobre Ashlyn, mas não sabia se haveria um momento certo para lhe contar. Peguei-a no colo e sorri, beijando seus lábios lindos e macios.

— Acho que precisamos ir para a cama — murmurei.

— Mas não estou cansada. — Ela deu um sorriso endiabrado.

— Eu não estava pensando em dormir. Não vamos fazer isso pelo menos durante as próximas três horas. — Sorri, levando-a para o quarto.

Acordei cedo e preparei tudo para o aniversário de Ellery. Queria ter certeza de que seria o melhor da sua vida. Afastei seu braço de mim com cuidado e levantei da cama. Tinha certeza de que ela não acordaria, porque, depois da noite passada, sabia que estava exausta. Vesti um jeans e uma camiseta azul-marinho. Entrei na sala e fui até o cavalete, olhando mais uma vez para o quadro de Ellery. Ela comentara na noite anterior que imaginava esse quadro como seu futuro, e eu cuidaria para que ela o tivesse. Só precisava garantir que não vendesse o quadro antes de meus planos estarem completos.

Abri a porta com cuidado e a fechei sem fazer ruído. Quando descia a escada, vi Mason saindo do seu apartamento.

— Bom dia, Mason. — Sorri.

— Nossa, você madrugou! Aonde é que vai assim, de fininho? — perguntou ele.

—Vou só dar um pulo na cafeteria da esquina comprar umas coisinhas para o café da manhã de Ellery. Hoje é aniversário dela.

— Eu sei, é tão empolgante! Ela comentou com você que vamos a uma boate hoje à noite? — perguntou ele.

— Comentou, na noite passada. Vai ser divertido — respondi, e saímos pela porta lateral.

— Tenha um ótimo dia com Ellery. Por favor, diga a ela que lhe desejamos um feliz aniversário, e também que se prepare para dançar *muuuuito*, porque hoje à noite nós vamos botar pra quebrar! — disse ele, empolgado.

Ri quando nos separamos na calçada. Cheguei à cafeteria e pedi algumas coisas para viagem. Não demorei muito, mas fiquei com medo de que Ellery acordasse antes de eu voltar e se perguntasse onde eu estava. Quando voltei ao apartamento, abri a porta com cuidado e coloquei a sacola na bancada. Entrei no quarto, onde ela ainda dormia tranquilamente. Tirei o jeans e a camisa e vesti a calça de pijama cinza. Voltei para a cozinha e procurei uma bandeja nos armários. Ela não tinha nenhuma, por isso desci até o apartamento de Mason e peguei uma emprestada. Voltei e arrumei o café da manhã de Ellery na bandeja. Ao voltar da cafeteria, tinha comprado para ela uma rosa vermelha de um rapaz que vendia flores na rua. Procurei um vaso nos armários e encontrei um pequeno solitário, perfeito para uma flor só. Enchi-o de água e coloquei a rosa dentro. Tudo estava perfeito.

Deitei na cama e puxei seus cabelos para trás, beijando seu pescoço. Ela se virou e sorriu.

— Feliz aniversário, amor — sussurrei, beijando seus lábios. Ela entrelaçou nossos dedos e encostou a cabeça no meu peito.

— Obrigada — respondeu. Fiquei abraçando-a por alguns minutos, e então disse a ela que não saísse da cama, pois eu já voltaria. Ela olhou para mim e sorriu, mordendo o lábio. Ah, aquele sorriso. Fui à cozinha, peguei a bandeja e voltei para o quarto. Ela me lançou um olhar faminto, e deu para perceber que não estava pensando em comida. Sorri, indo até ela, e coloquei a bandeja no seu colo. Dava para ver o quanto estava eufórica pelo sorriso de orelha a orelha que exibia. Ela me perguntou como, quando e onde. Rindo, contei a ela que a comida viera da cafeteria da esquina. Abri a mão, entregando-lhe seus comprimidos.

—Você precisa tomá-los primeiro.

Ela revirou os olhos para mim.

— Eu sei. — Suspirou, tomando-os com o suco de laranja.

Peguei o garfo e levei uma porção de ovos à sua boca. Ela sorriu, comendo-a. Não pude deixar de encarar seus lindos olhos, porque, sempre que o fazia, via todo o meu futuro neles. Ela tirou o garfo da minha mão e dividiu os ovos comigo.

— Hora de abrir seus presentes! — Sorri, enfiando o braço debaixo da cama e puxando três caixas. O sorriso dela aumentou.

— Adoro presentes! — exclamou. Tirei a bandeja do seu colo e a pus no chão. Estava sorrindo de orelha a orelha quando lhe entreguei a primeira caixa, que continha seu novo iPhone. Ela a desembrulhou com gestos graciosos, e vi quando ficou de queixo caído, assombrada.

— O número é o mesmo do seu velho celular. Aquele que você jogou fora, lembra? — Dei um riso irônico. — Quem joga fora um celular? — Balancei a cabeça.

— Eu sou doida, lembra? — Ela sorriu.

— Sim, é doida, mas é a *minha* doida, e nunca se esqueça disso — falei, dando um beijo na ponta do seu nariz. Entreguei a caixa seguinte, que continha a pulseira. Ela soltou uma exclamação quando a abriu, cobrindo a boca.

— Connor, eu... adorei! É o presente mais lindo que já recebi.

Tirei a caixa da sua mão e peguei a pulseira. Abri o fecho e a coloquei no seu pulso delicado.

— Eu te amo, Ellery. Não só por quem você é, como pela pessoa que me tornei por sua causa. Essa é a minha eternidade para você.

Não demorou muito para as lágrimas começarem a escorrer pelo seu rosto.

— Não, não faça isso! Não quero ver lágrimas no seu aniversário, nem que sejam de alegria. Eu proíbo! Está me entendendo, Srta. Lane? — perguntei, e ela começou a rir.

Então me abraçou com todas as forças, colando a boca à minha. Retribuí, mas logo interrompi o beijo. Estava ansioso para que ela abrisse logo o último presente.

—Você ainda tem mais um presente para abrir — disse, entregando a ela a última caixa.

—Você está me mimando — respondeu ela.

Segurei sua mão, levando-a aos lábios, e a beijei.

—Você merece ser mimada.

Ela abriu a caixa e viu as passagens. Não disse uma palavra; apenas olhou para mim, com lágrimas nos olhos.

— Não faça isso, nada de lágrimas — proibi. Mas era tarde demais, elas já tinham começado a escorrer. Sequei-as com o polegar. — Sei que seu sonho é ir a Paris, porque vi naquela lista que você esconde na escrivaninha, e, assim que a sua médica disser que você pode viajar, vamos embarcar no primeiro voo para lá e ficar o tempo que você quiser.

Ela subiu em cima de mim, sentando sobre minhas pernas, e segurou meu rosto, os olhos fixos nos meus.

— Obrigada por tudo que fez por mim. Você me fez a mulher mais feliz do mundo, e nunca vou te deixar.

Sorri, passando o dedo pelo seu rosto. Peguei seus pulsos e os levei aos lábios, beijando o símbolo do infinito na pulseira.

—Vai ser você para sempre — sussurrei. Ela se inclinou para mim e roçou os lábios nos meus. Ficamos na cama até a tarde, e Ellery me mostrou o quanto estava grata.

À noite, providenciei para que uma limusine nos buscasse e levasse ao bar descolado que Mason e Landon tinham escolhido para comemorar o aniversário de Ellery. Foi uma noite movimentada, com muita conversa, risos e bebidas. Nossa garçonete estava tentando me paquerar, sem se importar que Ellery estivesse bem ao meu lado. Quando estávamos de

VOCÊ PARA SEMPRE

saída, Ellery pediu licença e foi ao banheiro. Enquanto estava lá, a garçonete ruiva se aproximou, sussurrando ao meu ouvido:

— Eu adoraria pôr o seu pau na minha boca. — E piscou.

Olhei para trás dela e vi Ellery se aproximando. Sua expressão de raiva me disse que já estava farta dessa garota. Ela chegou por trás e deu um tapinha no seu ombro. Comecei a ficar nervoso, porque conhecia Ellery, e ela não era do tipo que levava desaforo para casa.

— Com licença, minha filha, o que pensa que está fazendo?

— Escuta aqui, sua piranha, se você dá para os três, pode muito bem me deixar dar uma provadinha nesse gostoso aqui. — E sorriu para mim. Fiz uma expressão de pânico ao ver a fúria nos olhos de Ellery. Ia ter que dar um basta na situação, ou ela poderia acabar na cadeia.

— Quem é que você está chamando de piranha?! — gritou Ellery.

Saí do reservado, onde Mason e Landon continuavam sentados, com ar de riso, e segurei o braço de Ellery.

— Vem, vamos embora — disse, levando-a depressa para fora do bar, enquanto Mason e Landon nos seguiam, rindo. Dei um beijo na sua têmpora. — Não posso te levar a lugar nenhum.

Ela virou a cabeça e me deu um olhar severo.

— A culpa não é minha, e sim sua e dessas cachorras que você atrai.

Ri, pegando-a no colo e levando-a para o carro.

Chegamos ao apartamento de Ellery. Comemorar o aniversário dela em sua companhia foi o melhor dia da minha vida, quer dizer, depois daquele em que a encontrei na minha cozinha. Entrei na sala carregando um lindo bolo redondo de três palmos de altura, com vinte e quatro velas acesas. Coloquei-o na frente dela e a vi sorrir e fechar os olhos, fazer um pedido e então soprar as velas. Sua doçura e inocência me encantavam e me faziam sentir de um jeito de que eu nunca imaginara ser capaz. Seu sorriso, suas risadas e o jeito como brincava com os cabelos quando estava nervosa estavam entre as coisas que eu mais amava em Ellery.

Dei a ela a faca para cortar a primeira fatia, e ela a pegou com seus dedos delicados. Fiquei vendo-a cortar cada fatia com todo o capricho. Ela olhou para mim com seus olhos azul-claros, hipnóticos e cheios de vida.

— No que está pensando? — perguntou.

Um sorriso se abriu no meu rosto, e respondi:

— Estava pensando no quanto te amo. — As palavras que nunca tinha podido dizer agora fluíam livremente de meus lábios, com a mesma facilidade que meu amor por ela. Ela se inclinou e pôs uma bolota de glacê na ponta do meu nariz, rindo. Então a limpou, levando o dedo à minha boca, e eu o lambi lentamente. Vi o fogo se acender nos seus olhos, como sempre que ela olhava para mim.

Não podia extinguir o pavor que devorava meu coração por causa de sua doença. Não queria acreditar que ela não iria melhorar, mas havia uma parte minúscula de mim que morria de medo de que não melhorasse. Eu bancava o corajoso por ela, porque precisava de mim. Precisava que eu fosse sua rocha, e não iria deixá-la na mão. Mason e Landon voltaram para casa, e fomos para o quarto.

Estava deitado na cama, lendo meus e-mails, enquanto esperava que ela saísse do banheiro. Ela abriu a porta e entrou no quarto, ainda escovando os dentes, procurando freneticamente por alguma coisa.

— Que é, amor? — perguntei. Ela murmurou algo, mas não entendi por causa da escova e da espuma. Ela levou a mão livre ao ouvido.

— Está procurando seu celular? — perguntei.

Ela fez que sim com a cabeça. Sorri e tirei-o dentre os lençóis. Ela sorriu para mim, levantando o polegar, voltou para o banheiro e cuspiu a pasta de dentes na pia.

— Obrigada, amor! — gritou. Voltou para a cama e observou o celular, checando as mensagens antes de empurrar as cobertas e se deitar. Então se aconchegou no meu peito, e eu a abracei. A sensação foi boa demais, e ela deu um beijo no meu peito e lentamente pegou no sono.

Capítulo 20

Quando acordei na manhã seguinte, olhei para o lado e vi que Ellery me observava. Podia sentir que algo a estava angustiando. Ela deu um beijo no meu rosto e encostou a cabeça no meu peito.

— Qual é o problema? — perguntei, abraçando-a.

— Estou com medo de ir hoje — sussurrou ela.

Dei um beijo no alto da sua cabeça.

— Não tenha medo. Estou aqui com você, e já disse que vou te proteger. Você não tem nada a temer quando está comigo. Juro, meu amor.

Ela olhou para mim, sorrindo.

— Acho que dá tempo de tomarmos um longo banho antes de irmos para o hospital.

— Deve ter lido meus pensamentos, Srta. Lane, porque eu estava imaginando a mesma coisa. — Sorri também.

Tomamos café e saímos do prédio. Comecei a caminhar em direção ao Porsche, mas Ellery seguiu na direção contrária.

— Ei, aonde é que vai? — perguntei.

—Vou a pé — respondeu ela.

— Não vai, não! Entra no carro, Ellery, vou te levar até lá.

Suspirei ao ver que ela continuava caminhando pela rua. Corri atrás dela e a peguei no colo.

— Ah, Connor, por favor! — disse ela, rindo.

— Desculpe, amor, mas é melhor irmos de carro para lá, porque você não sabe como vai se sentir depois. Você pode não estar em condições de voltar para casa a pé.

— Tem razão. Desculpe — pediu ela, dando um beijo no meu rosto.

Chegamos ao hospital, e percebi que Ellery estava nervosa, porque mordia o lábio. Sentamos na sala de espera do consultório da Dra. Murphy, até uma recepcionista loura de pernas compridas chamar o nome de Ellery e nos levar até uma saleta. Passei o braço pelos ombros de Ellery enquanto atravessávamos o corredor, para que se sentisse segura. Os olhos da loura percorreram meu corpo dos pés à cabeça, e Ellery notou. Eu começava a ficar nervoso, por causa do que acontecera na noite anterior, e Ellery não sabia segurar a onda. A recepcionista lhe entregou um robe para vestir e saiu depressa da sala, depois que Ellery a fuzilou com os olhos. Tirei o robe de suas mãos e a ajudei a vesti-lo.

A Dra. Murphy entrou, segurando uma bandeja de metal com três seringas enormes. Explicou a Ellery que sensação as injeções provocariam. Olhou para mim e disse que Ellery precisaria que eu segurasse sua mão. Só ouvir a Dra. Murphy explicar a Ellery o que seu corpo sentiria bastou para me deixar morto de medo. Olhei para seu rosto, e ela estava branca feito um fantasma. Estava apavorada, e meu papel era protegê-la. Eu me virei de frente para ela na cama, segurando sua mão.

— Olha para mim, amor, procura se concentrar só em mim, tá?

Ela concordou, e a Dra. Murphy inseriu a agulha da primeira injeção. Ellery apertou minha mão com força e deu um gritinho. Quando a segunda agulha entrou, o gritinho se transformou num grito e ela soltou minha mão, agarrou minha camisa com os punhos e gritou no meu peito. Meu coração estava em pedaços por ela. Segurei-a entre os braços quando a terceira agulha perfurou sua pele, e ela continuou a gritar.

— Por favor, Dra. Murphy, não há nada que possamos fazer por ela? — perguntei.

— Sinto muito, Sr. Black. Temos que deixar as coisas seguirem seu curso, mas é apenas temporário. Vou voltar daqui a uma hora para ver como ela está passando. Se precisar de alguma coisa, ou se ela tiver alguma reação, aperte esse botão imediatamente — instruiu ela, saindo da sala.

— Está tudo bem, meu amor. Me segura com força — sussurrei, abraçando seu corpo que tremia entre meus braços. Meus olhos começaram a se encher de lágrimas. Tratei de contê-las. Precisava ser forte por ela, mas vê-la nesse estado, tendo que suportar tanta dor, era simplesmente terrível. Então, apenas fiquei repetindo que a amava, uma vez atrás da outra.

Dois dias se passaram, e passamos a maior parte do tempo na cama, vendo filmes e cozinhando. Cozinhar com Ellery era divertido, pois nenhum de nós levava muito jeito. Enquanto eu me sentava à mesa, trabalhando e participando de reuniões, Ellery sentava diante do cavalete e pintava. Quando não estava olhando, eu a observava, apreciando o modo impecável como movia o pincel sobre a tela. Era assim que eu imaginava o resto de minha vida ao seu lado; ela era o meu futuro.

Na manhã seguinte, acordei cedo para uma breve reunião por telefone com Paul em relação à compra da empresa em Chicago. Assim que desliguei, minha mãe ligou. Queria ter certeza de que eu iria passar o Dia de Ação de Graças em casa. Contei a ela que tinha conhecido uma pessoa muito especial e que a levaria para conhecer a família. Percebi que ela ficou animada pelo jeito como gritou: "Connor vai trazer alguém no Dia de Ação de Graças!" Achei que tinha o direito de se animar, já que eu nunca levara ninguém para ela conhecer antes. Desliguei o celular, fui até o quarto e fiquei observando a minha bela adormecida. Ela abriu os olhos e sorriu para mim. Retribuí seu sorriso, indo me sentar na beira da cama.

— Como está se sentindo? — perguntei, passando o dedo pelo contorno do seu queixo.

— Estou bem. Ouvi você no telefone.

— Estava falando com a minha mãe. Vou te levar para passar o Dia de Ação de Graças com a minha família.

— Você contou à sua mãe sobre mim? — perguntou ela.

— É claro que contei, e ela está louca para te conhecer. Ela vai te adorar.

— Eu quis saber se você contou a ela que tenho câncer — esclareceu, umedecendo os lábios.

Fiquei olhando para ela, porque não contara à minha mãe sobre seu câncer. Balancei a cabeça.

— Por que não contou a ela, Connor?

Meus olhos se desviaram para a janela.

— Não tive oportunidade, nem é algo que queira fazer pelo telefone, Elle. Acho que é um assunto para ser conversado pessoalmente.

— Está me dizendo que pretende jogar a bomba em cima dela no Dia de Ação de Graças? Oi, Família Black! Sou Ellery Lane, a namorada do seu filho que está com leucemia pela segunda vez em vinte e quatro anos de vida e não passa de um lixo canceroso.

Levantei da cama. Não podia acreditar que ela tinha dito isso

— Nossa, Elle, você sabe mesmo como estragar um momento. Eu converso com ela antes do Dia de Ação de Graças, e assunto encerrado — disse, em tom autoritário.

— Não, Connor. O assunto não está encerrado, e não se atreva a falar comigo nesse tom!

Dei as costas à janela, olhando para ela.

— Está tentando começar uma briga?

— Só quero que me diga por que ainda não contou a ela — respondeu.

Eu não sabia por que não tocara no assunto. Tinha andado extremamente ocupado cuidando de Ellery e dos negócios ao mesmo tempo. Não pensara em contar à minha mãe sobre o seu câncer, porque só queria tirá-lo da cabeça. Olhei para ela e gritei:

— Quer mesmo saber por quê? Não consegui fazer coisa alguma porque estou preso aqui, tomando conta de você! — Merda, isso tinha soado péssimo, mas agora era tarde demais, porque vi seus olhos se encherem de raiva. Eu me virei para a janela, passando as mãos pelos cabelos.

— Preso? Você não está preso aqui, Connor. Não te pedi para vir, e muito menos para cuidar de mim.

Ela tinha ficado profundamente magoada com o que eu dissera, mas eu não tivera essa intenção. Eu me virei e olhei para seus olhos tristes.

— Amor, não foi isso que eu quis dizer.

— Sai daqui! — gritou ela, pegando um copo e atirando-o em minha direção. Eu me desviei, balançando a cabeça.

— Tudo bem, se é isso que você quer! — gritei, saindo em passos furiosos do seu apartamento. Fui dar uma volta na praia. Era um dia de sol, e fazia bastante calor. Eu precisava deixar que ela esfriasse a cabeça antes de voltar e pedir desculpas. Ela tinha razão; eu devia ter contado à minha mãe sobre seu câncer. Ellery tinha todo direito de estar furiosa comigo. Eu já tinha saído havia uma hora, e estava voltando ao seu apartamento. Dei um pulo numa loja e comprei um monte de chocolates para ela.

Entrei no apartamento e fui para o quarto, onde vi Ellery curvada, recolhendo os cacos de vidro. Fiquei de joelhos ao seu lado e toquei sua mão de leve.

— Não, assim você vai se cortar — sussurrei, tirando os cacos da sua mão.

Ela respirou fundo e começou a se desculpar. Não precisava fazer isso. Tivera todo direito de agir daquele jeito. Segurei seu rosto entre as mãos.

— Eu sei, meu amor, e está tudo bem.

— Não está não, Connor. Sei que isso é difícil para você, e lamento muito.

Estava pedindo que eu a perdoasse, mas não precisava. Levei os lábios aos dela, dizendo:

— Está tudo bem sim, meu amor. Não quis dizer o que disse. Foi mal.

— Eu sei que você não quis dizer aquilo, e nem eu devia ter feito uma cena.

Tornei a beijá-la e a abracei com força, para que ela soubesse que estava perdoada.

— Aonde você foi? — perguntou.

Levantei do chão e lhe pedi para ir se sentar na cama. Fui até a cômoda, peguei a sacola de papel pardo e a entreguei a ela.

— Imaginei que isso te faria se sentir melhor — disse, em tom cauteloso. Ela abriu a sacola e seus olhos se arregalaram quando deu uma espiada no seu interior, despejando as barras de chocolate na cama.

—Você é simplesmente incrível! Te amo — disse, passando os braços pelo meu pescoço e me puxando para cima de si. — Sei de mais uma coisa que vai me fazer me sentir melhor.

—Tem certeza de que está a fim? — perguntei. Ela levantou a cabeça e me beijou apaixonadamente. Era o único sinal de que eu precisava.

Na manhã seguinte, levantei da cama e preparei uma jarra de café. Ellery ainda estava dormindo, e eu tinha que cuidar de alguns negócios. Sentei no sofá com o celular e abri um e-mail de Phil, avisando que havia mais uma reunião agendada para finalizar a compra da empresa de Chicago. Disse que a reunião seria bem cedo na manhã seguinte, e que minha presença era fundamental. Pensei no assunto e concluí que seria ótimo levar Ellery para Nova York, pois poderíamos passar mais tempo juntos, e ela teria uma chance de ver Peyton.

Ela saiu do quarto, cambaleando de sono, esfregando os olhos e bocejando, enquanto se dirigia à jarra de café.

— Oi, amor, espero não ter te acordado. — Sorri. Ela serviu uma xícara de café e sentou ao meu lado. Eu me inclinei e passei o dedo pelos seus lábios antes de dar um beijo de bom-dia neles. Disse a ela que precisava voltar a Nova York naquele mesmo dia para a reunião da manhã seguinte, e que gostaria que ela viesse comigo. Ela não sabia se podia, por causa do tratamento. Observei que não fazia diferença, pois voltaríamos para sua segunda série de injeções no mês seguinte. Ela me abraçou, eufórica, principalmente quando lhe disse que iria ficar comigo na cobertura. Ri quando ela fez beicinho e perguntou se teria que dormir no quarto de hóspedes. Tirei a xícara de café das suas mãos e a coloquei na mesa. Então, peguei-a no colo, suspendi sua camisola, joguei-a no chão e fiz amor com ela.

Estava no banheiro fazendo a barba, e Ellery ainda estava no chuveiro. Podia sentir o perfume de lilás do gel de banho que ela estava usando, o mesmo que eu sentira quando a conhecera. Ela saiu do boxe, enrolou uma toalha no corpo molhado e se aproximou por trás de mim, passando os braços pela minha cintura e encostando a cabeça nas minhas costas. Parei de me barbear e olhei para ela pelo espelho. Estava com um sorriso no rosto. Ah, aquele sorriso. Quando me virei, ela encostou a cabeça no meu peito, e eu a abracei.

— Algum problema? — perguntei.

— Não, nenhum. Será que uma mulher não pode abraçar o homem que ama sem que haja algum problema?

— É claro que pode — respondi, beijando o alto da sua cabeça.

Ela pôs as mãos no meu peito e me deu um beijo.

— Eu te amo, Connor Black. — Sorriu.

— Também te amo, Ellery Lane. — Sorri também, beijando seu nariz. — Agora, me deixa terminar de fazer a barba.

Seu banheiro era pequeno, e só havia espaço para uma pessoa diante da pia. Ellery resolveu brincar comigo e me empurrou para o lado, querendo escovar os dentes. Abriu o armário na parede quando eu estava fazendo a barba. Vi o sorriso no seu rosto. Pegou a escova de dentes e o tubo de pasta e fechou o armário. Estendeu o braço por cima de mim e molhou a escova no jato d'água da torneira.

— Quer que eu saia da sua frente? — perguntei.

Ela olhou para mim, pondo a escova na boca.

— Não, pode ficar onde está — murmurou. Peguei o tubo de creme de barbear e pus um pouco nas mãos. Já ia levá-las ao rosto, quando ela esbarrou em mim, para poder cuspir na pia. Empurrei-a de leve para trás, e ela errou a pia, cuspindo a pasta na minha perna. Olhou para mim e tentou conter o riso que estava louca para soltar. Olhei para ela, e então para minha perna.

— Ah, por favor! Nossas salivas se misturam o tempo todo — disse ela, começando a rir.

Resolvi fingir que não estava nem aí, para poder dar o troco.

— Tudo bem, Ellery. Foi um acidente — falei, abrindo a mão com o creme de barbear e plantando-a firmemente no seu rosto. Seu queixo caiu, e ela se olhou no espelho. Então, me dirigiu aquele olhar que costumava fazer quando ia se vingar. Pegou o tubo de pasta e o espremeu no meu peito.

— Um pouquinho de pasta de dentes para acompanhar o creme de barbear — disse.

Tentei limpar a pasta com o dedo, e ela só olhando, com um sorriso, olhos fixos nos meus. Peguei o tubo de creme de barbear e o espremi nas suas pernas e peito. Ela deu um pulo para trás, gritando.

— Precisa se depilar, meu bem? — perguntei.

— Como se atreve?! — exclamou ela.

Comecei a rir, apontando o tubo de creme de barbear para ela, que saiu correndo do banheiro, segurando a toalha para não cair. Fui atrás dela e a derrubei no chão. Rolamos, e eu prendi seus braços acima da cabeça. Fiquei olhando para ela, hipnotizado pela sua beleza. Limpei o creme de barbear do seu rosto, enquanto minha outra mão prendia seus pulsos com força. Ela não relutou. Pude ver pelo jeito como mantinha os olhos fixos nos meus que não queria que eu parasse. Eu estava rígido, e desejando-a de novo.

— Quero sentir você dentro de mim — sussurrou ela.

Eu precisava ter certeza de que ela estava pronta, porque não queria machucá-la. Com a mão livre, toquei-a para ver se estava molhada. Pressionei meu corpo no seu. Ela inclinou a cabeça para trás e gemeu baixinho, suas mãos passeando pelos meus cabelos. Avancei e recuei lentamente, antes de empurrar os quadris com mais força e me mover em círculos dentro dela. A sensação foi incrível, e ouvir os gemidos que ela soltou com o prazer que eu lhe dava só aumentou minha excitação. Com o peito alguns centímetros acima do seu, eu entrava e saía em movimentos leves, e ela gemia, ficando sem fôlego. Ela começou a gozar, e pouco depois foi minha vez de me soltar dentro dela. Olhei para Ellery, cujos olhos estavam fixos nos meus, observando o prazer e a beleza do que acabara de acontecer.

— Acho que precisamos tomar outro banho. — Sorri, coberto de creme de barbear e pasta de dentes.

— Pelo andar da carruagem, nunca vamos pegar o jatinho para Nova York — disse ela, rindo.

Saí de cima dela e a ajudei a se levantar. Passei os braços pela sua cintura atrás dela, e entramos no banheiro, onde tomamos banho pela segunda vez aquela manhã.

Capítulo 21

Finalmente voltamos a Nova York, e Denny esperava por nós no aeroporto. Peguei nossas malas, e Ellery correu até ele, dando-lhe um abraço. Vê-los se dando tão bem era algo que me deixava muito feliz. Disse a Ellery que inventara um pretexto e pedira a Peyton para dar um pulo na cobertura por volta das sete da noite. Não tinha contado a ela que Ellery voltaria comigo, pois queria lhe fazer uma surpresa. Levei nossas malas para o quarto, enquanto Ellery ia à cozinha beber um copo d'água. Coloquei as malas no chão e ouvi Ellery soltar uma exclamação, parada no corredor. Eu tinha me esquecido de que ela só estivera no meu quarto uma vez, quando me trouxera totalmente bêbado para casa. No começo, não entendi por que estava lá parada com aquela expressão de espanto, mas então vi que observava o quarto e as pinturas que estavam na parede.

— Foi você quem comprou meus quadros? — perguntou.

— Por favor, me diz que não está zangada — pedi, levantando as mãos.

— Não estou. Só quero saber por quê — disse ela, com doçura.

— Olha só para eles, Elle. São lindos. Foi o jeito que encontrei de ficar perto de você quando você não estava aqui. — Estava com medo de que ela ficasse zangada comigo, mas isso não aconteceu. Ela se aproximou e me abraçou com força, agradecendo e dizendo que meu gesto significara muito para ela.

Em seguida, foi até a cama e deu uma risadinha.

— Qual é a graça? — perguntei.

— Estava me lembrando da noite em que você apagou nessa cama, e eu sentei em cima de você, tirando suas roupas.

Sorri e me esparramei na cama, abrindo os braços e as pernas.

— O que está fazendo? — Ela começou a rir.

— Não me lembro de você fazendo isso, e quero me lembrar, por isso achei que você poderia fazer uma reprise para mim.

Ela mordeu o lábio, tirou a blusa pela cabeça e a jogou no chão.

— Hum, não acho que você tenha feito isso.

— Não, não fiz, mas vou reprisar a cena de um jeito um pouco mais interessante desta vez. — Fiquei olhando enquanto ela desabotoava a calça e a tirava, jogando-a em cima da blusa. Em seguida sentou em cima de mim e começou a desabotoar lentamente minha camisa. Não era *mesmo* o jeito como ela tinha me ajudado aquela noite, ou eu me lembraria.

— Merda, agora você me deixou com o maior tesão — disse, empurrando-a para o lado e me deitando em cima dela.

Aquela noite, Ellery estava aconchegada às minhas costas, com o braço ao redor da minha cintura. Devia ter ficado acordada até tarde com Peyton, porque eu não a ouvira se deitar. Dei um beijo na sua testa, antes de me levantar com cuidado. Tinha que comparecer a uma reunião bem cedo para finalizar a compra da empresa em Chicago. Depois de tomar banho e me vestir, saí do banheiro e vi Ellery deitada na cama, me olhando. Sorri ao me aproximar dela.

— Você precisa voltar a dormir, meu amor. Ainda é muito cedo para estar acordada — disse, alisando seus cabelos.

— Eu me virei, e o seu lado da cama estava vazio. Não gostei — disse ela, fazendo beicinho.

— Desculpe, amor, mas tenho uma reunião agora cedo.

— Eu sei, e vou sentir saudades enquanto você estiver fora. Detesto ficar longe de você.

—Vamos almoçar juntos e fazer compras depois. Vou mandar Denny te buscar por volta do meio-dia — murmurei, roçando os lábios nos seus.

— Adorei a ideia. Mal posso esperar — respondeu ela, um sorriso se abrindo no seu rosto.

Não pude resistir ao seu sorriso, e detestava deixá-la. Dei uma olhada no relógio, e ainda tinha quinze minutos antes de sair. Desabotoei a calça e a tirei.

— O que está fazendo? — Ellery sorriu.

— Me preparando para transar com você, mas só tenho quinze minutos, por isso vai ter que ser rápido — expliquei, tirando a camisa.

— Então anda logo e traz essa bundinha bonitinha pra cá — disse ela, dando um tapinha no meu lado da cama. Nem preciso dizer que me atrasei para a reunião.

Finalizei a compra da empresa de Chicago, e estava me sentindo satisfeito. No momento, tudo na minha vida estava perfeito. Senti saudades de Ellery, por isso decidi pedir a Denny que viesse me buscar antes dela. Ele chegou ao prédio, e Ellery estava esperando na calçada. Estava linda numa legging preta, um suéter preto comprido e botas pretas de cano alto. Era o retrato da perfeição, e era minha. Denny saiu e abriu a porta para ela, que entrou e sorriu ao me ver. Dei um beijo nos seus lábios.

— Oi, amor, você está linda. — Sorri.

— Pensei que íamos nos encontrar no seu escritório — disse ela.

— Senti saudades, e não aguentei esperar.

Ela passou os braços pelo meu pescoço, me beijando.

— Fico feliz que você esteja aqui agora, porque não aguentaria ficar mais um minuto sem você.

Enquanto estávamos indo almoçar, meu celular tocou. Tirei-o do bolso, e era Ashlyn. Ignorei a chamada e voltei a guardá-lo. Por que diabos ela estava me ligando?

— Não vai atender? — perguntou Ellery.

— Não, é Paul. Estamos quase chegando ao restaurante, por isso ligo para ele mais tarde.

Nosso almoço foi maravilhoso, e fomos fazer compras depois. Comprei roupas novas para Ellery, e ela, sendo a mulher teimosa que era, tentou armar uma briga quando paguei por elas, mas venci a batalha. Saímos da loja e caminhamos pela rua lotada até o Starbucks. Estávamos andando de mãos dadas, quando esbarrei em Sarah.

— Olá, Connor. Como vai? — perguntou ela, inclinando a cabeça.

— Muito bem, Sarah, e você? — perguntei, nervoso.

Ela olhou para Ellery de cima a baixo, seus olhos na mesma hora se fixando nos nossos dedos entrelaçados. Estendeu a mão para Ellery.

— Olá, sou Sarah, uma amiga da família de Connor — disse, sorrindo.

— Olá, sou Ellery, namorada de Connor.

Sarah me olhou por um momento, e então novamente para Ellery.

— Bem, foi ótimo rever você, Connor, e um prazer enorme conhecê-la, Ellery — disse. Então, inclinou-se para mim e sussurrou no meu ouvido: — Ela é perfeita para você. — Deu um beijo no meu rosto, piscou e se se afastou. Soltei um suspiro de alívio e apertei a mão de Ellery. Voltamos a caminhar, mas Ellery parou bruscamente atrás de mim. Eu me virei, olhando para ela.

— Nunca vou querer saber o que você fez com ela, ou quem ela foi para você — disse.

— Ellery, ela é... — comecei a dizer.

— Connor, ela é uma amiga da família. — Sorriu, entrando comigo no Starbucks.

O Dia de Ação de Graças chegou, e o passamos com a minha família. Foi bom levar Ellery para conhecê-la, na casa onde eu crescera. Meus pais gostaram dela imediatamente, e minha irmã também. Eu não sabia como tocar no assunto da doença de Ellery. Pretendia esperar até depois do feriado, quando pudesse ficar a sós com meus pais e Cassidy, mas não precisei esperar, graças a tia Sadie. Minha mãe sempre dizia que tia Sadie nascera com o dom da vidência. Eu nunca acreditara nisso, e atribuía suas visões a um parafuso frouxo. Entrei na cozinha, e ouvi tia Sadie crivando Ellery de perguntas sobre seu câncer. Ellery tentava explicar a ela, a minha mãe e a minha irmã que a doença fora diagnosticada pela primeira vez quando ela tinha dezesseis anos. Estava muito nervosa. Eu me senti mal por ela, e a culpa era minha. Se tivesse contado logo à minha família, ela não estaria naquela situação.

Pigarreei e fui até Ellery, passando os braços pela sua cintura e dando um beijo no alto da sua cabeça.

— O câncer dela voltou há pouco tempo, mas ela está participando de um teste clínico na Califórnia, e está tudo correndo bem, até o momento. Ela está ótima, por isso não há mais nada a discutir. — Meu tom foi autoritário. Ellery me puxou da cozinha para o corredor.

— Como pôde não me contar sobre a tia Sadie? — perguntou, furiosa, dando um soco no meu peito.

— Ai, Elle, doeu.

— Não é só isso que vai doer, Connor.

— Promete, amor? — Dei um sorriso malicioso.

— Argh, você me deixa doida! — sussurrou ela, dando as costas para mim.

Passei os braços pela sua cintura e sussurrei:

— Desculpe. Nunca dei muita bola para o que a tia Sadie dizia. Sempre achei que ela não batia bem.

— Sua família deve estar achando que eu sou um desastre ambulante, e na certa estão se perguntando por que você está perdendo seu tempo comigo.

Apertei-a com força.

— Todos adoraram você; eu notei. E não importa o que pensem da nossa relação. Eu te amo por tudo que você é, e, para o seu governo, acho que você é um belo desastre.

Ela encostou a cabeça no meu peito, olhando para mim, e eu me inclinei para beijá-la. Ela mordeu meu lábio.

— Isso é pelo comentário sobre o "belo desastre" — disse.

— Ai! Você precisa guardar esses gestos para os nossos momentos íntimos, Ellery; não faz ideia do quanto está me excitando com esses socos e mordidas.

Ela riu, se virou e lambeu meu lábio para aliviar a dor da mordida.

O jantar foi excepcional, e a conversa em família, agradável. Ellery passou um bom tempo conversando com minha mãe e Cassidy. Camden se aproximou, segurou minha mão e me levou para o chão, onde brincamos com cubos de montar. De repente, ouvi minha mãe perguntar a Ellery como tínhamos nos conhecido. Fiquei em pânico, temendo que contasse a ela que me levara para casa aquela noite. Encarei-a e ela abriu um sorriso para me garantir que não contaria. Então, disse à minha mãe que tínhamos nos conhecido numa boate. Em seguida, veio sentar no chão comigo e Camden, perguntando a ele se podia ajudar a empilhar os cubos. Camden pegou um e o entregou a ela. Vê-la interagir com ele me fez pensar que ela daria uma mãe maravilhosa. Como e quando eu lhe contaria que não podia ter filhos?

Na hora de ir embora, nos despedimos de minha família e pegamos a estrada de volta para casa.

— Adorei sua família — disse Ellery, segurando minha mão.

— Eles também te adoraram. — Sorri, levando sua mão aos meus lábios.

— Você acha mesmo? — perguntou ela, nervosa.

— Amor, eu não acho, eu tenho certeza.

Ela sorriu, encostando a cabeça no meu ombro.

Ellery estava no banheiro, lavando o rosto, enquanto eu trocava de roupa.

— Adorei ver você com Camden. Foi uma coisa tão especial, tão doce...

— É, ele é um menino maravilhoso. — Sorri.

— Ver você com ele me fez pensar em certas coisas — disse ela, saindo do banheiro e abrindo a gaveta da cômoda para pegar a camisola.

— Que coisas? — perguntei, hesitante.

— Sei lá... Como você leva jeito para lidar com ele, e...

Sabia que isso iria acontecer, e tinha tentado me preparar com antecedência. Achei que chegara a hora de lhe contar, por isso fui logo interrompendo:

— Não posso ter filhos, Elle. Cuidei disso há muitos anos.

Ela estava de costas para mim, abrindo a gaveta. No instante em que disse aquelas palavras, ela parou o que estava fazendo, e percebi que respirou fundo.

— Não vai responder a isso? — perguntei.

— Tudo bem, por que não me contou antes? — Ela se virou para me olhar.

— Não sei, Elle. Nunca surgiu uma oportunidade.

— Foi porque achou que eu ia morrer mesmo, por isso não importava se eu nunca soubesse? — perguntou, com a voz cheia de dor.

Senti nojo de suas palavras.

— Como você pode dizer uma coisa dessas?

— Desculpe, não tive intenção e, de todo modo, não quero ter filhos. Com minha herança genética horrível, a criança não teria a menor chance — disse, virando-se para a janela.

Fechei os olhos por um segundo quando ela disse isso. Era uma punhalada para mim que ela pensasse desse jeito. Fui até ela e passei os braços pela sua cintura, puxando-a para mim.

— Não diga essas coisas.

— É a verdade. Minha mãe morreu de câncer, meu pai era alcoólatra, e agora estou com leucemia pela segunda vez. Pensa nisso, Connor... a criança estaria condenada desde o instante da concepção.

— Você está enganada, e não quero que fale assim de novo — disse, irritado.

Ela se afastou dos meus braços.

— Bem, não importa mesmo, porque nenhum de nós quer filhos, portanto, assunto encerrado. — Atravessou o quarto até a cômoda e pegou o vidro de loção.

— Incomoda você que eu não possa ter filhos? — perguntei.

— Não, e como já disse, é até melhor que não possa, mas gostaria de saber por que fez isso, Connor.

Respirei fundo.

— Quer mesmo ouvir a resposta, Elle?

— Quero, já que estamos sendo honestos em vez de guardarmos segredos.

Engoli em seco, porque estava prestes a repetir o que já lhe dissera em Michigan. De repente, antes que as palavras pudessem sair da minha boca, Ellery disse:

— Como não consegue responder, vou fazer isso. Você achou que, como nunca ia se apaixonar mesmo e, portanto, jamais teria filhos, não fazia sentido se torturar experimentando apenas metade do prazer cada vez que transava com uma mulher, quando podia experimentar o prazer inteiro, sem se preocupar com absolutamente nada além de não saber se estava contraindo uma doença venérea.

Minha expressão mudou, a raiva tomando conta de mim.

— Nem vou responder a uma barbaridade dessas! — gritei. — Você está decepcionada porque não pode ter filhos? Mas não foi você mesma que disse que não acreditava em romances de contos de fadas e em "viveram felizes para sempre"?! — gritei com ela do outro lado do quarto. Ela caminhou até sua calça, que estava caída no chão, e tornou a vesti-la.

— O que pensa que está fazendo? — gritei.

— Não vou passar a noite aqui. Você está se comportando feito um babaca, e não quero ficar perto de você.

— *Eu* estou me comportando feito um babaca? — Ri. Não podia acreditar que ela achasse que *eu* é que era o babaca, quando fora ela quem começara essa discussão. — É você quem está sendo uma escrota e dando um piti só porque não posso ter filhos!

— *Eu* é que sou a escrota por você não ter me contado isso logo no começo?! — gritou ela também.

A raiva me consumia.

— Quer mesmo falar sobre isso, Ellery, sobre as coisas que não contamos um ao outro?

— Eu me arrependi desde o primeiro dia, e você sabe disso! — gritou ela. — Como se atreve a jogar isso na minha cara?!

— Então, acho que empatamos! — gritei. Estava uma fera pelo que ela dissera. Precisava de espaço para me acalmar. — Talvez seja melhor você dormir no quarto de hóspedes, até nós dois esfriarmos a cabeça.

— Não vou dormir no quarto de hóspedes, vou para o meu apartamento, que você tão carinhosamente apelidou de "caixote" — disse ela, apontando o dedo para mim.

— Ah é, Ellery, vai fugir? — provoquei-a, agitando a mão. — Ora, por que não? É a sua especialidade, mesmo.

Ela saiu pisando duro do quarto, e fiquei onde estava. Não fui atrás dela, pois precisávamos de tempo para esfriar a cabeça. Como um dia tão perfeito podia ter acabado num pesadelo desses? Deixei que ela voltasse ao seu apartamento para dormir e se acalmar. Iria até lá na manhã seguinte para buscá-la e fazer as pazes.

Na manhã seguinte, tomei banho, me vesti e fui até o apartamento de Ellery. Não pregara o olho a noite inteira, porque ela não estava perto de mim, e tinha sentido sua falta. Bati à porta, mas ninguém atendeu. Continuei a bater, em vão. Ou ela não estava em casa, ou resolvera me ignorar. Voltei para a cobertura, achando que talvez ela aparecesse por lá para pedir desculpas. Quando saía do elevador, notei que suas chaves estavam na mesa do corredor. Ela deixara as chaves lá, o que significava que não voltara para seu apartamento. Comecei a ficar preocupado. Peguei o celular, mandei uma mensagem para ela e fui correndo até meu quarto. Agora estava furioso por ela saber que não tinha levado as chaves, e mesmo assim não ter voltado.

Onde diabos você se meteu?! Fui ao seu apartamento, mas você não estava lá.

Onde eu me meti não é da sua conta; lembre-se, fugir é a minha especialidade, respondeu ela depressa.

Você está se comportando como uma criança, e eu não gosto disso. Agora, volta pra casa imediatamente.

Acho que precisamos passar um tempo separados, para podermos pensar nas coisas que dissemos ontem à noite.

Li a mensagem, e fiquei magoado por saber que ela queria passar um tempo longe de mim. Estava agindo como uma pirralha egoísta. Precisava saber que tinha se comportado de modo inaceitável na noite anterior. Então, mandei a seguinte mensagem:

Concordo, e quando parar de se comportar como uma criança egoísta, me liga, para podermos conversar como dois adultos.

Ela não respondeu. Fechei os olhos, tentando impedir que as lágrimas escorressem. Bati com os punhos na cômoda e desci para a cozinha.

— Bom dia, Connor. Você e Ellery vão tomar café juntos? — perguntou Claire.

— Ellery não está aqui, portanto a resposta é não — rebati, ríspido.

— Opa, Connor, se acalma — disse Denny, caminhando até mim.

Passei a mão pelos cabelos.

— Desculpe, Claire. Por favor, me perdoe — pedi.

— Tudo bem, Connor. Não se preocupe. — Ela sorriu.

— Que diabos aconteceu entre vocês dois? — perguntou Denny, me entregando uma xícara de café.

— Ontem à noite eu disse a ela que não posso ter filhos, e ela não aceitou isso muito bem. Dissemos coisas muito contundentes um para o outro. Merda, Denny, eu a amo tanto. Por que é tudo tão difícil?

— Ninguém disse que o amor é fácil — respondeu ele, sorrindo.

Balancei a cabeça, saindo da cozinha. Odiava não saber onde Ellery estava. Ela dissera que achava melhor que nos separássemos por um tempo. Se era o que queria, eu respeitaria sua vontade. Quando estivesse pronta para voltar, ela me avisaria.

Capítulo 22

Os *dias que se seguiram* foram difíceis. Sentia uma saudade terrível dela, e não queria outra coisa senão vê-la. Ashlyn não parava de me ligar, insistindo para se encontrar comigo no escritório. Os dias se passavam lentamente, e as noites se arrastavam ainda mais. Eu mergulhava de cabeça no trabalho quase todas as noites, e saía para jantar com Paul e Denny. A segunda sessão de injeções de Ellery estava marcada para a semana seguinte, e, se ela não caísse em si até lá, eu teria que encontrá-la. Não deixaria que passasse por aquilo sozinha.

Estava na cozinha na manhã seguinte, tomando café com Denny e Claire, quando chegou uma mensagem de Ashlyn, avisando que ela estava subindo. Eu a chamara à cobertura para termos uma conversa. Aquele era o dia em que eu me livraria dela e a expulsaria de minha vida de uma vez por todas. Fui até o elevador no momento em que as portas se abriram, e ela saiu com um largo sorriso.

— Fiquei eufórica quando você me ligou — disse, passando um dedo pelo meu peito.

Afastei sua mão e a levei ao home office. Isso não ia ser fácil, mas precisava ser feito, principalmente se eu quisesse ter um futuro com Ellery. Pedi a ela que se sentasse, mas ela se recusou.

— O que está havendo, Connor? É impressão minha ou você está tenso? — perguntou.

Respirei fundo antes de falar.

— Há um assunto que precisamos discutir, e vai aborrecer você.

Ela me fuzilou com os olhos.

— Se é sobre aquela piranha loura de que tenho ouvido falar, então não quero mesmo discutir o assunto. Quero que as coisas entre nós voltem a ser como eram — disse, aproximando-se.

— Em primeiro lugar, Ashlyn, Ellery não é uma piranha, e você nunca mais deve se referir a ela nesses termos. Está entendendo? — perguntei, a voz irritada. — Em segundo, Ellery é minha namorada, e eu a amo muito. E por último, está tudo acabado entre nós; aliás, já estava, desde a noite em que conheci Ellery.

Parada à minha frente, ela arqueou uma sobrancelha.

— É mesmo? Bem, acho que posso fazer você mudar de ideia.

De repente, Ashlyn avançou e, quando dei por mim, seus lábios estavam colados nos meus. Eu a empurrei e, ao levantar os olhos, vi Ellery parada na porta. Senti um frio na espinha, vendo a dor da traição nos seus olhos.

— Ellery, não é o que parece — falei, em pânico. Ela levantou a mão, como se dissesse que não queria ouvir nada, deu as costas e começou a se afastar. Ashlyn sorriu, vendo-a ir embora.

— Está vendo, Connor, eu te disse que ela não te ama como eu — gabou-se.

Ellery parou bruscamente e deu meia-volta.

— Ah, que merda — murmurei, vendo-a avançar em passos lentos para Ashlyn, que continuou onde estava, de braços cruzados, exibindo um sorrisinho presunçoso.

— Não creio que tenhamos sido oficialmente apresentadas. Sou Ellery, namorada do Connor.

— Engraçado, Connor disse que não tinha mais namorada, quando estava me dando o maior amasso — disse ela, recusando-se a apertar a mão de Ellery.

Ellery me olhou, mas continuei mudo. Não podia acreditar que Ashlyn tivesse dito isso, mas precisava fazer com que Ellery acreditasse que estava mentindo. A única coisa que pude fazer foi negar com a cabeça, para que ela soubesse que não era verdade. Ela me fuzilou com os olhos, e se dirigiu a Ashlyn.

— Ele disse isso?

— Disse, depois de me beijar, e também que sou eu que ele sempre amou, e que você é só uma pobre coitada de quem ele sente pena.

Merda, não podia acreditar que ela tivesse dito isso. Precisava parar com aquilo já, antes que perdesse Ellery para sempre. De um jeito ou de outro, tinha que tirar Ashlyn da minha vida de uma vez por todas. Vi a expressão de Ellery, e a raiva que fervia em seus olhos. Era um olhar que eu jamais vira e, para ser honesto, me deixou morto de medo. Quando dei um passo atrás, vi Ellery levantar o punho e acertar o queixo de Ashlyn. Ela caiu sentada no chão, e Ellery se curvou até seus rostos ficarem a centímetros um do outro.

— Meu conselho é que rasteje de volta para o esgoto de onde saiu, e nunca mais olhe para ele ou para mim. Se eu te pegar olhando para qualquer um dos dois, vou enfiar meu punho nas suas fuças com tanta força, que nem um cirurgião plástico vai dar jeito nelas depois — disse, dando meia-volta e se afastando.

— Você é uma filha da mãe insana, sabia disso?! — gritou Ashlyn, segurando o queixo.

Eu estava rindo por dentro, porque Ashlyn tinha merecido, e não podia acreditar que Ellery tivesse coragem de chegar a esse ponto. Ela estava indo embora, e eu não podia deixar. Corri atrás dela e segurei seu braço antes que chegasse ao elevador.

— Não se atreva a dar mais um passo — proibi. Ela virou a cabeça de estalo, me dando um olhar de ódio.

— Me solta, Connor, antes que sofra o mesmo destino da sua piranha!

Soltei seu braço.

—Você está zangada no momento, por isso vou perdoar esse último comentário, mas o que não vou perdoar é se der mais um passo e sair por aquela porta.

Ela respondeu que não podia ficar, ainda mais depois do que aconte-cera. Mas eu não a deixaria ir. Tinha chegado a hora de lhe contar sobre Ashlyn. Peguei o celular e mandei Denny vir tirar Ashlyn da cobertura. Ellery apertou o botão e as portas do elevador se abriram. Segurei-a por trás e a levei pela escada, enquanto ela esperneava e gritava para que eu a pusesse no chão. Chegamos ao meu quarto, e eu a atirei na cama. Estava furioso com ela por tentar ir embora. Precisava que me ouvisse, e não a deixaria ir embora até fazer isso.

— Agora, senta aí na cama e me ouve, Ellery. Não vou mais tentar enrolar você, porque sei que o que você acabou de ver te magoou mais do que qualquer outra coisa. Senta aí e me ouve! — gritei.

— Vai em frente, então, explica quem ela é, e por que manteve sua relação com ela em segredo — disse ela, em tom zangado.

Comecei a dar voltas pelo quarto, passando as mãos pelos cabelos.

— Ashlyn é a irmã gêmea de Amanda.

— E quem é Amanda? — perguntou ela.

Respirei fundo.

— Amanda era aquela namorada que se suicidou quando terminei com ela.

— Continua, Connor, estou ouvindo.

— Ashlyn me procurou no escritório, mais ou menos um ano atrás. Disse que tinha sido expulsa de casa e que não tinha um centavo, nem para onde ir. Disse que eu devia a ela, porque fora por minha culpa que sua irmã se suicidara. — Vi Ellery fechar os olhos por um momento. Fora muito difícil para ela ouvir isso, e eu estava me sentindo péssimo por ter que lhe contar. — Eu a levei para jantar. Conversamos, bebemos muito e acabamos transando. Você não faz ideia do quanto me arrependo daquele dia — contei, balançando a cabeça, envergonhado.

— Por que não acabou com tudo depois daquela noite, Connor? — perguntou ela, levantando-se da cama e se aproximando de mim.

— Ela não parava de falar em Amanda e de me fazer sentir culpado pelo que tinha acontecido. Dei a ela um emprego na empresa, e combi-namos que nos encontraríamos três vezes por semana depois do expe-diente para transar, sem compromisso.

— Espera aí, me deixa adivinhar: ela se apaixonou por você, e quis mais.

— Exatamente. Ela quis que eu parasse de ver outras mulheres e passasse a ter um relacionamento exclusivo com ela. Eu disse a ela um milhão de vezes que não estava interessado, e que o nosso esquema ia continuar do jeito que estava. — Dei as costas, respirando fundo. — Então, ela ameaçou fazer o que a irmã tinha feito se eu não cedesse aos seus desejos e necessidades. Foi na boate, aquela noite em que você me trouxe para casa, que eu disse a ela que nunca haveria nada além de sexo entre nós.

— Pelo amor de Deus, Connor. Por que não parou de sair com ela?! — gritou Ellery.

— Na manhã seguinte, ela me ligou para pedir desculpas. Disse que aceitaria manter nosso esquema como estava, desde que eu dobrasse a sua mesada — contei, me virando para encará-la.

Ela balançou a cabeça, abaixando os olhos. Voltou para a cama e se sentou.

—Você está bem? — perguntei, dando alguns passos em sua direção. Só queria abraçá-la. Ela estava magoada, e eu queria amenizar sua dor.

— Nem mais um passo, e estou falando sério — avisou, erguendo a mão, e então se levantou da cama e se dirigiu à porta. — Não aguento mais ouvir nada disso, Connor, me desculpe.

— Ellery, por favor, nós precisamos conversar sobre isso — implorei.

— Para que nos darmos a esse trabalho? Para magoarmos um ao outro de novo com nossas palavras?

Pus a mão no seu rosto, mas ela recuou.

— Minha doença está nos afastando. Você não consegue controlar suas emoções, e nem eu. Na maioria das vezes, acabamos magoando um ao outro. — Olhou para mim, os olhos cheios de angústia. — Tenho uma pergunta a fazer, e quero que seja totalmente honesto comigo. Está tentando salvar minha vida para expiar a culpa que alimentou todos esses anos em relação à sua ex-namorada?

A dor que se espalhou pelo meu corpo quando ela disse isso foi insuportável. Fiquei imóvel e fechei os olhos, respirando fundo. Ela tinha mesmo dito isso? Como podia sequer dizer uma coisa dessas depois de tudo que eu tinha feito por ela e dito a ela? Depois de tudo que tínhamos vivido, ela ainda duvidava de meu amor por ela, e isso foi o que mais me doeu. Fechei os olhos, tendo que fazer um grande esforço para pronunciar as palavras seguintes.

— Acho que é melhor você voltar para a Califórnia, e eu ficar aqui — disse, dando as costas. Não podia mais olhar para ela; era doloroso demais. Ela saiu do quarto e, pelo visto, da minha vida. Liguei para o meu piloto e mandei que preparasse o jatinho para levá-la à Califórnia. Em seguida, mandei uma mensagem para ela.

Meu jatinho particular está esperando para te levar à Califórnia. Mande uma mensagem para Denny dizendo onde está, e ele irá buscá-la.

Desci até a cozinha e encontrei Denny sentado à mesa.

— Levei Ashlyn para casa. Ela estava querendo prestar queixa, Connor, mas eu a convenci a mudar de ideia. Ellery tem um gancho de direita poderoso — comentou, sorrindo.

— Tem, sim, e me acredite quando lhe digo que Ashlyn mereceu. — Sorri para ele. — Preciso que você leve Ellery ao meu jatinho. Ela vai para a Califórnia.

Denny se aproximou, pondo a mão no meu ombro.

— Você e Ellery são as duas pessoas mais teimosas do mundo, e não poderiam ser mais perfeitos um para o outro. Não deixe que seus medos sabotem seu relacionamento com ela.

— Agradeço pelo conselho, Denny, mas ela duvida do meu amor, e isso dói. Não sei se posso ficar com alguém que não acredita realmente que a amo.

O celular de Denny deu um bipe.

— É Ellery, e está pronta para ir — disse ele, apertando meu ombro. — Tem certeza de que é isso mesmo que você quer, Connor? — perguntou, começando a se afastar.

Esfreguei os olhos, balançando a cabeça.

— Pelo menos por ora, Denny — respondi.

Fui até o bar e servi um uísque duplo. Mais uma vez, estávamos separados, e a dor e a angústia que tomavam conta de meu coração e alma chegaram a um limite. Será que eu tinha desistido de nós? Sua pergunta sobre eu só estar com ela por me sentir culpado me irritara e magoara quase tanto quanto descobrir que ela estava com câncer. Sentei no banquinho e observei meu reflexo na parede espelhada. O que iria fazer?, pensei, encarando o homem que mudara de vida por Ellery Lane.

As portas do elevador se abriram e, por um segundo, pensei que fosse Ellery. Quando me virei, vi que Peyton me espiava por trás da parede.

— Oi, Connor, onde está Elle?

— Aqui é que não é — resmunguei.

— Que foi que aconteceu desta vez? — perguntou ela.

Levantei do banquinho e me virei para ela.

— Vou te dizer o que aconteceu. A sua melhor amiga não acredita que eu a ame, e pensa que só estou com ela por me sentir culpado. Dá para acreditar nisso? Depois de tudo que fiz por ela e disse a ela, a mulher tem a petulância de duvidar do meu amor! — gritei.

— Opa, calma lá, Connor, não grita comigo — disse Peyton, levantando as mãos.

— Desculpe, Peyton. Não tive intenção de gritar. A culpa não é sua, me desculpe por descontar em você.

Ela veio me dar um abraço, e então olhou para mim.

— Você é a melhor coisa que já aconteceu com Ellery, e ela sabe disso. Ela levou uma vida bastante difícil, com muito mais tristezas do que alegrias. Sempre que tem um vislumbre de felicidade, alguma coisa acontece, e ela tenta sabotar o que a está deixando feliz, antes que a deixe triste. Ela sabe que você a ama mais do que tudo no mundo, e viu você mudar de vida por ela. Morre de medo de que você vá embora, como aconteceu com tudo mais na vida dela.

O que Peyton dissera fazia sentido, e eu entendi.

— Ellery deu um soco na cara de Ashlyn e a derrubou no chão. Depois disse a ela que se voltasse a olhar para qualquer um de nós dois, faria um estrago nas suas fuças que nem um cirurgião plástico daria jeito. — Sorri para Peyton.

Ela começou a rir.

— Essa é a minha garota! Com Ellery, é assim: não se meta com as pessoas que ela ama, ou vai levar um soco nas fuças.

— Dá para ver. — Ri também. — Obrigado, Peyton. Vou dar um tempo para que eu e Ellery nos acalmemos. Preciso pensar seriamente em muitas coisas.

— Tá, mas não pense demais. Ela precisa de você, Connor, e você dela. Vou ligar mais tarde para saber como ela está passando. Boa sorte — disse, dando um tapinha no meu peito, e então saiu.

Capítulo 23

Os dias seguintes passaram lentamente, e eu trabalhei em casa. Cassidy me ligou para avisar que ela e Camden estavam na cidade para uma consulta médica, e que depois iriam fazer compras. Pedi que viessem à cobertura quando terminassem, e eu os levaria para jantar. Coloquei o celular na mesa e fui à cozinha beber água. Quando voltava para o escritório, ouvi o celular tocando. Quando cheguei à mesa, ele parou. Peguei-o e olhei para a tela. Meu coração congelou quando vi que perdera uma chamada de Ellery. Ela deixara um recado na caixa postal. Apertei o botão e fechei os olhos ao ouvir a voz de que sentia tantas saudades.

— Oi, Connor, é a Elle. Só liguei para saber como tem passado e como as coisas vão indo. Imagino que esteja ocupado, por isso falo com você outra hora, tchau.

Ela tinha tomado a iniciativa de me procurar. Digitei seu número e esperei que ela atendesse, impaciente.

— Alô? — disse ela.

— Oi, Elle, acabei de receber sua mensagem — expliquei em voz baixa.

— Oi, Connor. Estava aqui pensando em como você tem passado.

— Bem, e você?

— Bem. Acabei de pintar um quadro agorinha mesmo.

— Tenho certeza de que ficou lindo — disse, sorrindo para o celular.

— Posso tirar uma foto e te mandar, se quiser.

— Seria ótimo, obrigado. Gostaria de vê-lo.

— E aí, o que tem feito ultimamente?

— Não muita coisa, para ser franco. Tenho trabalhado muito. E você, o que tem feito? — perguntei, tentando soar normal.

— Nada de novo. Tenho pintado muito.

— Como está se sentindo? — perguntei.

— Acho que estou bem — respondeu ela.

— Desculpe, Elle, mas tenho que desligar. Cassidy e Camden estão na cidade, e vou levá-los para jantar. Eles devem chegar a qualquer momento.

Dei uma olhada no relógio. A conversa estava me fazendo sofrer, e eu detestava falar com ela por telefone, sabendo que as coisas não estavam bem entre nós.

— Ah, tá. Por favor, diga a eles que mandei um grande abraço.

— Pode deixar, Elle. Obrigado por ligar.

— Imagine. A gente se fala qualquer hora dessas. Tchau, Connor.

Desliguei no instante em que Denny entrou no escritório e sentou diante de mim.

— Ouvi essa conversa — disse ele, com um sorrisinho.

— Estava escutando atrás da porta o tempo todo? — perguntei.

— Para ser franco, estava. E aí, me diga por que deu aquele fora nela.

— Não quero falar sobre isso, Denny — respondi, mal-humorado.

— Você nunca quer falar a respeito, Connor, mas precisa encarar a realidade. Ou você a ama o bastante para lutar por ela, ou não ama, e, nesse caso, deve dizer isso a ela e se afastar. Voltar para a sua vidinha de antes e ser o idiota infeliz que era.

— Que saco, Denny! Por que não me deixa em paz?! — gritei, dando com os punhos na mesa.

— Porque você é como um parente para mim, e os parentes sempre interferem nos assuntos pessoais — respondeu ele, ficando de pé e apontando o dedo para mim. — Você, meu amigo, não vai destruir a melhor coisa que já aconteceu na sua vida. Estou lhe dizendo exatamente o que disse para Ellery outro dia. Por que acha que ela ligou para você? Eu também dei uma dura nela, como estou dando em você. Pare de olhar para o próprio umbigo e sentir pena de si mesmo, pegue seu jatinho e vá encontrá-la na Califórnia. Não vou cruzar os braços e ver vocês dois destruírem um ao outro e ao seu relacionamento só porque são teimosos demais para tomarem a iniciativa!

Olhei para ele, chocado. Não podia acreditar que Denny, logo ele, estivesse falando comigo daquele jeito. Levantei, fui até ele e lhe dei um abraço.

— Obrigado — sussurrei.

Ele deu um tapinha no meu ombro.

— Não há de quê.

O jantar com Cassidy e Camden foi ótimo. Ela perguntou onde Ellery estava, e eu lhe disse o que havia acontecido. Ela me deu alguns conselhos de irmã e prometeu que não contaria nada para mamãe. Olhei para Camden, pensando na noite que praticamente começara tudo isso. Ellery queria ter filhos algum dia, mas eu não podia dá-los a ela. Confidenciei a Cassidy a respeito, e ela sugeriu que eu revertesse a vasectomia, contando que seu patrão fizera isso e agora tinha duas lindas filhinhas. Depois do jantar, levei Cassidy e Camden a uma sorveteria. Os dois ficaram encantados com a surpresa. Pegamos nossos sorvetes e sentamos a uma mesinha. O lugar fez com que eu sentisse ainda mais saudades de Ellery.

— Vou pedir Ellery em casamento — contei a Cassidy.

— Connor, isso é maravilhoso! Estou tão feliz por vocês — disse ela, entusiasmada.

— Não fique animada demais, porque ela ainda não aceitou, e nem sei se vai aceitar.

— Não seja bobo, Connor. É claro que vai aceitar. Nenhuma mulher resiste ao charme de Connor Black — disse ela, sorrindo.

— Muito engraçado. Vou comprar um anel amanhã, e depois vou para a Califórnia.

Camden começou a ficar agitado, e já estava entardecendo.

—Vou voltar para casa — disse Cassidy, me dando um abraço apertado. — Obrigada pelo jantar, e boa sorte. Te amo, irmão.

—Também te amo, irmã. — Sorri, e saímos da sorveteria para as ruas de Nova York. Levei-os de carro para a cobertura, e de lá ela seguiu para casa em seu próprio carro.

No dia seguinte fui ao escritório, onde passei algumas horas cuidando de reuniões, e então fui à Tiffany's para comprar o anel de Ellery. Entrei na loja, e a vendedora me acompanhou a uma sala privativa, onde fileiras de anéis de brilhantes estavam expostos sob o balcão. Peguei e examinei atentamente cada um deles, mas não vi nenhum que fosse digno de Ellery. A vendedora disse que voltaria logo e saiu da sala. Alguns momentos depois, reapareceu, segurando um pano preto. Estendeu a mão e abriu o pano, que abrigava um lindo anel com um brilhante quadrado, sem máculas, de quatro quilates, com o símbolo do infinito coberto de brilhantes em cada lado do aro. Era o anel perfeito para Ellery. Sorri para a vendedora, dizendo que ficaria com ele. Também disse que queria gravar uma mensagem no aro. Ela perguntou qual seria o texto, segurando uma caneta.

Meu amor, meu futuro & minha eternidade.

A vendedora olhou para mim com lágrimas nos olhos. Sorri e lhe entreguei o cartão de crédito. Ela disse que o anel estaria pronto na manhã seguinte. Saí da loja, e Denny esperava por mim no meio-fio. Sentei no banco traseiro e ele se virou, olhando para mim, com um sorriso. Sabia o que eu tinha feito, e estava feliz. Sorri para ele e acessei a foto de Ellery no celular. Mal podia esperar para revê-la. Sua segunda série de injeções seria dentro de dois dias, o que vinha a calhar: eu pegaria o anel na manhã seguinte e iria à Califórnia para conversarmos e fazermos as pazes antes do tratamento.

Decidi dar um pulo na academia e malhar um pouco. Estava levantando pesos, quando olhei para cima e vi Ashlyn parada ao meu lado. Sentei, olhando para ela.

— Aquela sua namorada doida está aqui com você? — perguntou, olhando ao redor.

— Não, não está — respondi. Não pude deixar de observar o hematoma em seu queixo.

— Só queria pedir desculpas por tudo que disse e fiz. Tenho problemas emocionais, Connor, e sinto que entrei num esquema autodestrutivo. Mas estou vendo um terapeuta, e vou pôr a minha vida nos eixos.

Cheguei a sentir pena dela naquele momento.

—Você entende que não pode mais trabalhar para a Black Enterprises, não entende?

— Entendo, e entreguei minha carta de demissão hoje. Pedi a Phil para não te contar, porque queria eu mesma fazer isso.

— Também vou suspender sua mesada, mas pago a terapia. É o mínimo que posso fazer, já que você procurou ajuda.

— Obrigada, Connor. — Ela já ia se afastando, mas então se virou. — Peça desculpas à Ellery por mim, e diga a ela que é uma mulher de sorte por ter alguém como você para amá-la.

Sorri, balançando a cabeça, e então ela foi embora. Eu me sentia como se tivessem tirado um grande peso das minhas costas. Terminei de malhar e fui para casa preparar minha viagem à Califórnia.

Quando saí do elevador, deparei com Peyton sentada na cozinha, conversando com Claire. Entrei, sentei no banquinho ao seu lado e a cumprimentei com um beijo no rosto.

— Está tudo bem? — perguntei a ela.

—Tudo ótimo. Só dei um pulo aqui para ver como meu amigo está passando. — Ela sorriu.

— Estou bem; na verdade, estou nas nuvens.

—Você só pode estar nas nuvens se tiver visto ou falado com Ellery, portanto desembucha, Black. Quero os detalhes.

— Comprei um anel de noivado para ela hoje, e vou pedi-la em casamento.

Peyton me deu um abraço.

— Estou tão feliz por vocês!

— Não fique animada, porque ela ainda não aceitou, e há uma possibilidade de que venha a não aceitar.

— Ellery vai aceitar, Connor, confie em mim. Ela te ama demais para dizer não. Além disso, ela sabe que vou dar um chute no traseiro dela se te rejeitar.

— Por favor, não conte nada a ela — pedi.

— Não se preocupe, minha boca é um túmulo. Adoro a minha melhor amiga e não estragaria a surpresa dela — disse Peyton, sorrindo.

— Liga para o Henry, vamos jantar juntos — sugeri.

— Ótima ideia. Vou ligar agora mesmo.

Nosso jantar foi ótimo, e batemos um papo muito agradável. Eu gostava muito de Peyton e Henry, e já podia imaginar a nós quatro saindo e sendo grandes amigos pelo resto das nossas vidas.

Quando cheguei em casa, fiz minha mala e cheguei se tudo estava pronto para a viagem. Deitei na cama, planejando o pedido perfeito. Ellery merecia o melhor, e eu fazia questão de que fosse algo que ela jamais esquecesse.

Capítulo 24

A *Tiffany's me ligou* na manhã seguinte para avisar que o anel de Ellery estava pronto. Joguei minha mala na limusine, e Denny me levou até lá para buscá-lo. Quando pus a caixa no bolso e voltei para a limusine, o celular tocou.

— O que é, Valerie? — perguntei.

— Sr. Black, o senhor precisa vir ao escritório. Houve um problema com a empresa em Chicago, e Phil precisa do senhor aqui para uma reunião.

Soltei um suspiro cansado no celular.

— Diga a ele que vou estar aí assim que puder. — Desliguei e disse a Denny para passar na Black Enterprises primeiro. Liguei para meu piloto e avisei que o voo sofreria um atraso de duas horas.

Entrei no prédio da Black Enterprises e fui direto para meu escritório.

— Avise ao Phil que já cheguei, e vamos começar a tomar todas as providências — disse a Valerie.

VOCÊ PARA SEMPRE

Olhei para Phil quando ele entrou no meu escritório.

— Que diabos está acontecendo?

— Houve um incêndio na empresa de Chicago que se alastrou por todos os andares. Acabei de receber um telefonema, Connor, e ele foi totalmente destruído.

— Mas que merda, está falando sério, Phil? Já sabem qual foi a causa?

— Os bombeiros estão dizendo que foi criminoso — contou ele.

Balancei a cabeça, passando a mão pelos cabelos, e liguei para meu piloto.

— Mudança de planos, vamos para Chicago primeiro, e depois para a Califórnia — avisei. — Vamos ver quantos milhões de dólares acabei de perder.

Fomos para Chicago e nos encontramos com a polícia e os bombeiros locais. Eles disseram não ter dúvidas de que o incêndio fora criminoso, e que se empenhariam ao máximo para tentar encontrar o responsável. Fizeram inúmeras perguntas a mim e a Phil sobre funcionários, amigos e vários conhecidos. Eu não conseguia pensar em uma única pessoa que pudesse ter feito isso comigo intencionalmente. Dei uma olhada no relógio; precisava tomar o jatinho para ir à Califórnia. Disse a Phil que passasse a noite em Chicago, e eu mandaria o jatinho buscá-lo bem cedo na manhã seguinte. De um modo ou de outro, ele precisaria ficar na cidade, para preencher diversos formulários.

O voo para a Califórnia pareceu mais longo do que de costume. Levantei da poltrona para ir ao banheiro e, quando voltei, vi que tinha perdido uma chamada de Ellery. Chegaria à Califórnia em menos de uma hora, por isso decidi ligar para ela quando aterrissasse. Ao chegar, tomei um táxi e fui para o seu apartamento. Tentei ligar para ela, mas não atendeu. Cheguei ao seu apartamento e bati à porta. Estava nervoso por vê-la novamente. Não sabia o que esperar dela. Como não atendeu, desci até o apartamento de Mason e Landon. Quem abriu a porta foi Landon, e não parecia muito bem.

— Oi, Connor, que bom ver você, amigo — disse ele, fungando.

— Oi, Landon. Está doente, ou algo assim?

— Pois é, peguei uma virose. O que o traz aqui?

— Estou procurando por Ellery, mas ela não atendeu quando bati.

— Ela e o Mason foram passar a noite no Club 99. Você pode encontrá-los lá.

— Obrigado, amigo, e melhoras — disse, indo embora.

Chamei um táxi, e ele me deixou diante da boate. A fila para entrar era quilométrica, por isso tirei uma nota de cem da carteira e a entreguei ao segurança. Ele sorriu para mim e levantou o cordão. Entrei e a música estava a todo o volume, o chão trepidando. Não havia como encontrá-la no meio daquela multidão. Decidi ir até o bar para beber alguma coisa antes de começar a procurar por ela. Quando estava chegando, vi Ellery e Mason diante do balcão, tomando shots de tequila. Parei e fiquei observando os dois, que estavam de costas para mim. A minissaia preta que ela usava mal cobria o seu traseiro, e ela estava com botas pretas de cano alto que vinham até os joelhos. Era como se eu não conhecesse a mulher que estava ali. Parecia uma piranha, para ser exato.

Decidi continuar a distância, para observá-la. Ela tomou seis doses de tequila, pegou a mão de Mason e o levou para a pista de dança. Eu não sabia o quanto ela já tinha bebido antes de chegar. Segui-a até a pista de dança, sempre me mantendo a distância. Vi um cara se aproximar dela, e os dois começaram a conversar. Meu sangue ferveu, e eu sentia a raiva crescer cada vez mais. Os dois começaram a dançar, Ellery esfregando o corpo no dele para cima e para baixo. Eu estava a ponto de fazer uma besteira. Fui até eles e bati no ombro do sujeito. Dei uma nota de cinquenta a ele para cair fora, indicando que ela era minha. Mason me viu por entre os frequentadores, e seus olhos se arregalaram. Balancei a cabeça, pedindo que não avisasse a Ellery que era eu quem estava às suas costas. Ela continuou movendo o corpo para cima e para baixo rente ao meu, pondo as mãos nos meus braços. Apertei seus quadris com mais força. Essa mulher estava encrencada comigo. Quando ela se virou, fez uma expressão chocada ao me ver.

— Vamos para casa agora mesmo! — ordenei.

— Que diabos está fazendo aqui, Connor? — perguntou ela, arrancando o braço da minha mão.

— Por que não me diz você, Ellery?! — gritei.

— Estou me divertindo! — respondeu ela, com voz arrastada.

211 §§ VOCÊ PARA SEMPRE

— Você está parecendo uma piranha barata nessa pista de dança, e ainda bem que estou aqui, ou só Deus sabe o que aquele babaca podia ter feito com você.

Ela virou o rosto e se dirigiu ao bar. Atravessei a multidão, tentando alcançá-la. Ela já tinha tomado mais uma dose quando cheguei ao seu lado e se preparava para tomar a segunda, mas tirei o copo da sua mão.

— Você está bêbada, e nós vamos embora. Vem! — Joguei uma nota no balcão e agarrei sua mão, arrastando-a do bar, enquanto Mason nos seguia. Ela tentou se soltar, gritando para que eu a largasse. Estava podre de bêbada, e era horrível vê-la se comportando desse jeito. De repente ela empacou, se recusando a continuar, por isso peguei-a no colo no meio da boate e a joguei sobre o ombro. Ela começou a espernear e gritar, exigindo que eu a pusesse no chão.

— Para com isso, Ellery, ou juro que...

— Jura que o que, Connor?! — berrou ela quando a pus no táxi e sentei ao seu lado. Ela olhou para mim, mas continuei olhando em frente. — Você não tem esse direito! — vociferou ela.

Cravei um olhar furioso nela.

— Não tenho esse direito? E o que você pensa que estava fazendo lá dentro? Tentando descolar um estupro? Olha só para você, o jeito como está vestida, você estava pedindo.

Ela perdeu a cabeça e começou a dar socos no meu peito.

— Vai se foder, Connor! — gritou, batendo em mim. — Eu me visto como quiser e você não tem nada a ver com isso.

Mason segurou seus braços e eu os pulsos, tentando acalmá-la. O táxi parou diante do seu prédio. Mason e eu saímos, mas ela continuou sentada, de braços cruzados.

— Sai desse carro agora! — gritei.

Ela cravou um olhar feroz em mim, mostrando o dedo médio.

— Quanta maturidade, Ellery — comentei, segurando seu braço e arrastando-a para a rua. Por fim, atirei-a sobre o ombro e a levei direto para o quarto, onde a joguei na cama. Comecei a andar de um lado para o outro, passando as mãos pelos cabelos, tentando me acalmar. — Mal posso acreditar no que você fez. Vim aqui para te fazer uma surpresa, e te encontro se esfregando num cara numa boate, completamente bêbada. O que é que você tem na cabeça?!

— Eu estava me divertindo, em vez de ficar presa nesse apartamento, chorando por sua causa todo santo dia! — gritou ela.

Parei de andar, olhando para ela. Podia ver a aflição em seus olhos.

— Você pensa que tem sido fácil para mim? — perguntei calmamente.

De repente, ela tapou a boca e saiu correndo para o banheiro. Debruçou-se sobre o vaso, e ouvi sons de vômito. Fui até lá e fiquei atrás dela, segurando seus cabelos com uma das mãos, enquanto esfregava suas costas suavemente com a outra. Quando ela começou a chorar, fui até a pia e umedeci uma toalha com água morna. Quando ela terminou, limpei sua boca e a ajudei a se levantar do chão.

— Vem, vou vestir sua camisola e te pôr na cama. Você tem que tomar suas injeções amanhã — disse, pegando sua camisola na gaveta, mas ela a arrancou de minhas mãos. — Me deixa ajudar você — pedi, com toda a calma.

— Não preciso da sua ajuda, posso fazer isso sozinha — gritou ela, trocando de roupa, enquanto eu a observava. Deitou-se na cama e apontou para a porta, me mandando sair do quarto. Revirei os olhos, suspirando. Peguei um travesseiro e me deitei no sofá. Liguei a tevê, mas um DVD começou a passar. A mulher na tela era igual a Ellery. Voltei ao começo, e assisti a toda a gravação da mãe de Ellery falando com ela. Não admirava que tivesse ido para a boate e se embriagado daquele jeito. Depois do vídeo e da minha atitude, tinha ficado arrasada. Eu me sentia horrível, e devia ter estado ao seu lado quando ela o assistira. Não queria mais nada além de me deitar na cama ao seu lado e abraçá-la. Queria lhe dizer o quanto a amava e que estava ali para lhe dar força, mas era a última coisa que ela queria, portanto respeitei sua vontade e dormi no sofá.

Acordei cedo na manhã seguinte e preparei uma jarra de café bem forte. Ellery iria precisar, pois acordaria com uma ressaca infernal. Eu me recostei à bancada, esperando que o café ficasse pronto, quando ela saiu do quarto.

— Bom dia. Você está um bagaço. — Sorri, tentando fazer graça para suavizar o clima.

— Nem todo mundo pode acordar com uma aparência tão perfeita quanto você. — Ela fechou a cara.

Sorri, entregando a ela uma xícara de café.

—Vou ganhar um abraço? — perguntei, estendendo os braços.

— Piranhas não dão abraços — disse ela, furiosa. Pegou sua xícara e se afastou.

Obviamente, ainda estava furiosa por eu ter comentado que parecia uma piranha. E eu torcendo para que ela não se lembrasse... Tomei meu café, sentei à mesa e esperei que ela se vestisse. Vinte minutos depois, ela finalmente ficou pronta e foi até o armário do banheiro para pegar um vidro de xarope analgésico. Não conseguiu abrir a garrafa, por isso fui até ela e tentei tirá-la de suas mãos para ajudar. Ela não a soltou, e me disse para ir embora.

Chegamos ao hospital em silêncio. Ela caminhava alguns passos à minha frente pelo estacionamento. Tentei segurar sua mão, mas ela a arrancou.

— Não entendo por que você está tão zangada — comentei, por fim.

—Você me chamou de piranha, Connor.

— Eu disse que você *parecia* uma piranha, Elle.

Ela balançou a cabeça.

— É a mesma coisa, seu idiota.

Quando chegamos ao consultório, a enfermeira foi logo nos levando à outra sala. Ellery vestiu o robe fino e sentou na cama, esperando a Dra. Murphy. Não queria nem olhar para mim.

— Não vai nem olhar para mim? — perguntei.

— Estou com tanta raiva de você, Connor Black, que chego a ter vontade de gritar.

Fui até ela e tentei segurar sua mão, mas ela a arrancou.

— Se pensa que vou pedir desculpas, pode ir tirando o cavalinho da chuva, porque não vou — falei. — Você deu um show de imaturidade inaceitável ontem à noite.

— Pelo menos não levei o cara para casa e transei com ele, como você faz com ilustres desconhecidas! — rebateu ela, olhando fixamente para mim.

— Por que me dei ao trabalho de vir aqui? — perguntei.

— Não sei, Connor. Por quê?

Nesse momento, a Dra. Murphy entrou e olhou para nós, sentindo o clima tenso na sala.

— Olá, Ellery, Sr. Black. — Sorriu.

Ellery se deitou de lado e eu me sentei na beira da cama, de frente para ela, que foi logo apontando uma cadeira.

—Vai sentar ali — resmungou.

Suspirei, balançando a cabeça, e fui sentar do outro lado da sala. Ela não quis nem olhar para mim quando a primeira injeção foi aplicada. Choramingou como da vez anterior, até a agulha da segunda injeção perfurar sua pele, quando então soltou um grito. Estendeu a mão para mim, e no instante seguinte eu estava ao seu lado. Ela ficou apertando minha camisa com todas as forças, e eu a abracei, dando um beijo na sua testa.

—Você é a pessoa mais teimosa que já conheci — sussurrei.

Ela chorou quando a Dra. Murphy aplicou a última injeção. Deitei na cama ao seu lado, sem em nenhum momento deixar de abraçá-la. Foi tão bom senti-la em meus braços novamente. Fiquei dando beijos no alto da sua cabeça, enquanto ela tentava dormir durante as duas horas seguintes.

Quando Ellery acordou e recebeu permissão da Dra. Murphy, eu a levei para casa e a deitei no sofá.

—Vai ficar confortável aí? — perguntei, mas ela me ignorou. Fiquei de joelhos diante dela, meus olhos fixos nos seus.

— Posso te dar um beijo? Senti uma saudade louca desses lábios.

Ela riu, tapando a boca. Passei o dedo sobre a sua boca, e então pelo seu rosto. Em seguida me inclinei e rocei os lábios com delicadeza nos seus. Ela não demorou a ceder, seus lábios se unindo aos meus. Afastou-os, para que minha língua pudesse explorar sua boca inteira. O beijo foi leve e suave. Por fim, parei de beijá-la e olhei para ela. Não disse nada no começo, apenas fiquei olhando para seu rosto, apreciando sua beleza e pensando no quanto a amava.

— Nunca amei ninguém como te amo, Ellery, e não importa o que tenhamos passado ou ainda venhamos a passar, o que sinto nunca vai mudar — afirmei.

Lágrimas brotaram nos seus olhos, e ela segurou meu rosto entre as mãos.

— Também te amo, e, mais uma vez, me desculpe — pediu, começando a chorar.

— Acho que vamos passar a vida inteira pedindo desculpas um ao outro — observei, rindo.

Ela se sentou, deixando que eu me acomodasse ao seu lado. Puxei-a para mim, e ela encostou a cabeça no meu colo. Fiquei fazendo cafuné nos seus cabelos até ela pegar no sono. Tirei o celular do bolso e mandei uma mensagem para Denny.

Preciso que você venha à Califórnia depois de amanhã. É o dia em que vou pedir Ellery em casamento. Providencie o aluguel da praia e da tenda, e também o jantar. Tudo tem que sair perfeito.

Não se preocupe, Connor. Vou pedir a Valerie e Claire para me ajudar. Tudo vai sair perfeito. Te vejo daqui a dois dias. Agora, procure ficar calmo.

Levantei a cabeça de Ellery com cuidado e saí do sofá. Cobri-a com um edredom e fui ao quarto ligar para Phil. Ele me disse que a polícia tinha prendido alguém que se encaixava na descrição de um suspeito visto nas imediações do prédio na noite do incêndio. Disse para eu não me preocupar, pois cuidaria de tudo durante a minha ausência. Quando desliguei, Ellery entrou no quarto.

— Espero não ter te acordado — falei, e ela me abraçou.

— Não, acordei sozinha. — Sorriu. — Com quem estava falando?

— Com o Phil, sobre uma coisa que aconteceu antes de eu vir para cá.

— O que foi que aconteceu? — perguntou ela, preocupada.

Afastei os cabelos do seu rosto.

— Nada com que deva se preocupar. Só um probleminha na empresa — respondi, beijando seus lábios. Suas mãos desceram pelas minhas costas, e ela apertou meu traseiro com força. Interrompi nosso beijo, sorrindo para ela. — O que pensa que está fazendo? — perguntei.

— Só apalpando essa sua bundinha durinha, Sr. Black. — Ela sorriu. Passou as mãos para a frente do meu corpo e alisou meu pau duro por cima do jeans. — Ora, não podemos desperdiçar essa ereção — disse, desabotoando minha calça e puxando-a lentamente para baixo. Olhei para ela, sorrindo, porque me pegou de surpresa ao começar a fazer sexo oral em mim. Sua boca era incrível. Fechei os olhos e joguei a cabeça para trás, enquanto ela lambia cada centímetro da ereção com sua língua quente e macia. Então a revirou em volta da ponta, como se estivesse lambendo um sorvete, antes de engolir todo o meu pau, esfregando a ponta no céu da boca. Eu já estava à beira de explodir. Depois de me pôr na boca, começou a mover a cabeça, em gestos lentos e regulares. Avancei e recuei os quadris, segurando seus cabelos com força, quando ela começou a me chupar mais depressa. Ela acariciou meus testículos. Gemi, minha respiração ficando mais rápida, já prestes a gozar.

— Ellery, vou gozar — avisei, para o caso de ela não querer que eu explodisse na sua boca. Mas ela não parou, e gritei seu nome quando me liberei. Foi o melhor orgasmo que já tivera na vida, porque viera da mulher que eu amava. Quando terminei, ela me tirou da boca e olhou para mim. Fiquei de joelhos, segurando seu rosto, e nos beijamos apaixonadamente. Passamos o resto da noite na cama fazendo amor, discutindo planos para o Natal e bebendo vinho. Tudo estava perfeito, exatamente como deveria ser.

Capítulo 25

Abri os olhos e vi que Ellery não estava na cama. Achei isso estranho, porque eu era sempre o primeiro a acordar. Esse era o dia em que eu a pediria em casamento, e não podia estar mais nervoso. Denny me mandara uma mensagem na noite anterior, garantindo que tudo estava pronto. Tirei a caixa branca com um laço de fita cor-de-rosa de baixo da cama e a escondi às minhas costas, entrando na cozinha e me dirigindo a Ellery.

Ela olhou para mim, sorrindo.

— O que está escondendo aí, Sr. Black?

Sorri para ela, beijando seus lábios.

— Um presente para você — respondi, entregando-lhe a caixa. Ela abriu e tirou o vestido de verão branco de alcinhas que eu comprara para ela em Nova York. — Vou levá-la para jantar hoje à noite, e quero que o use.

— Adorei. — Ela sorriu e me deu um beijo. — Mas o que há de tão especial assim no jantar de hoje?

— É nossa última noite na Califórnia até o mês que vem, e quero que seja especial, até porque amanhã é véspera de Natal.

— Você é um doce — disse ela, me abraçando.

Eu a peguei no colo e a rodopiei.

— Sei de mais uma coisa que posso dar a você que também é doce. — Sorri, levando-a para o quarto e fazendo amor com ela.

Mandei uma mensagem a Denny para saber se ele já estava esperando na limusine diante do prédio. Dei uma conferida para ver se tinha trazido tudo, inclusive o anel.

— Anda logo, amor. Vamos nos atrasar, e nossa mesa foi reservada! — gritei para ela, que estava do outro lado do apartamento.

— Desculpe, mas, como deve se lembrar, eu estava saindo do chuveiro quando você resolveu me empurrar para ele outra vez. — Ela sorriu, saindo do quarto. Soltei uma exclamação quando a vi usando o vestido de verão branco. Estava tão linda como um anjo caído do céu.

— Você está absolutamente linda, amor — disse, dando o braço para ela.

— Obrigada, meu amor. — Ela sorriu. Ah, aquele sorriso.

Saímos do prédio, e ela ficou surpresa ao ver uma limusine estacionada no meio-fio. Abri a porta para ela, e a ouvi prender o fôlego quando sentou no banco traseiro.

— Denny, o que está fazendo aqui?

Ele se virou para ela com um sorriso.

— É bom te ver, Ellery.

— Por que Denny está dirigindo para nós aqui na Califórnia? — perguntou ela, enquanto eu me sentava ao seu lado.

— Preciso vendar você — avisei, sorrindo.

— Não acha que isso seria um pouco indecente na presença de Denny? — perguntou ela.

— Confia em mim. Vamos usar isso no nosso quarto, mas, por ora, o lugar aonde vou te levar é surpresa, e não quero que saiba até chegar lá — expliquei, tirando uma venda preta do bolso e a pondo nos seus olhos. — Você está bem? — perguntei.

— Tirando a extrema excitação, estou. — Ela sorriu.

Chegamos à praia, e ajudei Ellery a sair da limusine. Caminhamos alguns metros, e então parei, me abaixei e tirei suas sandálias.

— Está cheio de surpresas sensuais hoje, Sr. Black — disse ela, sorrindo.

— Confia em mim, Ellery, você vai adorar isso. — Peguei-a no colo e a levei pela areia. Coloquei-a de pé e perguntei se sabia onde estávamos. Ela adivinhou, por isso tirei a venda de seus olhos. Ela observou ao redor e viu a pérgula branca no meio da praia.

— Somos só nós dois aqui? — perguntou.

Sorri, dando um beijo no seu rosto.

— Só nós dois, amor. Aluguei a praia inteira só para nós.

Peguei sua mão e a levei pela areia até a pérgula. No seu interior havia uma mesa redonda forrada por uma toalha branca, rosas brancas e duas cadeiras cobertas por um tecido branco. Ela observou a beleza do cenário por alguns momentos.

— Connor, como e quando você fez tudo isso?

— Gostou? — perguntei, beijando sua mão.

— Adorei. Você é incrível. — Ela sorriu.

— O jantar deve chegar daqui a pouco, então pensei em darmos uma volta à beira-mar.

Segurei sua mão e caminhamos pela orla da praia, a água lambendo nossos pés. Parei e apontei o céu.

— Olha lá, o sol está começando a se pôr.

Meu senso de paz e conforto foi enorme naquele momento, e acho que Ellery se sentia do mesmo modo. Era o momento perfeito para pedi-la em casamento. Segurei suas mãos diante de mim, respirando fundo.

— Ellery, desde o momento em que te vi pela primeira vez, soube que precisava de você na minha vida, e fiz de tudo para que isso acontecesse. Você sempre me chamou de *stalker*, e tinha razão; eu fui o seu *stalker*, mas por um bom motivo. Você é diferente de todas as mulheres que já conheci. Você é forte, generosa, humana, compreensiva e carinhosa. E também incrivelmente teimosa, petulante e muito independente, e são essas as qualidades que amo em você. Não nego que você exigiu que eu desse tudo de mim desde que te conheci. Você me desafiou e trouxe à tona um homem que achei que jamais poderia ser. Você me mostrou coisas que eu nunca teria visto se você não estivesse na minha vida. Você preencheu o vazio no meu coração que eu jamais soube que existia até você estar ao meu lado.

Lágrimas começaram a escorrer pelo seu rosto.

— Eu era simplesmente um homem sem um propósito, e tenho orgulho de quem me tornei por sua causa. Passamos por muita coisa juntos, e vamos passar por outras tantas, mas juntos vamos vencer todos os desafios que a vida puser no nosso caminho. Quero agradecer a você por ser minha melhor amiga e minha amante. — Em seguida, me abaixei sobre um dos joelhos e tirei a caixinha de veludo do bolso. As lágrimas não paravam de escorrer pelo rosto de Ellery. — Quero ser mais do que apenas seu amante. Quero ser seu príncipe encantado, seu melhor amigo, seu marido, e quero que você seja minha mulher. Quer se casar comigo, Ellery Lane? — Abri a caixinha e retirei o anel, entregando-o a ela.

Ellery olhou para mim, chorando, e fez que sim com a cabeça.

— Quero, Connor. Vou me casar com você.

Um grande sorriso se abriu no meu rosto quando pus o anel no seu dedo delicado e me levantei, abraçando-a e rodopiando com ela. Então nos beijamos apaixonadamente, e pedi a ela para observar o pôr do sol.

— Eu quis fazer o pedido aqui porque imaginei que você gostaria que sua mãe estivesse conosco neste momento.

Ela pôs a mão no meu rosto, e sequei suas lágrimas. Sorri, e ficamos apreciando o pôr do sol.

Quando o jantar estava sendo servido, segurei a mão de Ellery e a levei para a pérgula. Sentamos e desfrutamos a comida deliciosa. Conversamos e rimos, e de vez em quando ela chorava, mas suas lágrimas eram de felicidade. Segurei sua mão sobre a mesa, enquanto ela observava o anel.

— Um lindo anel para uma linda mulher — observei, levantando, segurando suas mãos e levando-a à ampla tenda branca que estava cheia de travesseiros fofos e mantas.

Um largo sorriso se abriu no seu rosto quando entramos na tenda.

— Sexo na praia? — perguntou ela.

— Exatamente, sexo na praia — assenti, com um sorriso.

VOCÊ PARA SEMPRE

Puxei as alcinhas dos seus ombros, fazendo com que o vestido caísse aos seus pés. Ela ficou apenas com a calcinha de renda branca, enquanto minha língua deslizava pelo seu pescoço e o contorno do queixo, até nossas bocas se encontrarem.

— Quero fazer amor com você a noite inteira, primeiro aqui e depois em casa, em cada cômodo. Quando você caminhar amanhã, vai se lembrar de nossa noite apaixonada, uma noite de que não quero que jamais se esqueça — sussurrei. Fiz com que ela se deitasse nos travesseiros macios e fiquei olhando para ela, enquanto tirava a camisa, a calça e a cueca. Ela me observava com um olhar faminto. Eu me deitei de lado, me apoiando sobre um cotovelo, e acariciei seus lindos seios, prestando especial atenção a cada um dos mamilos túrgidos. Ela passou a mão pelos meus cabelos e puxou minha cabeça, para que eu a beijasse. Nossos lábios ficaram mais quentes quando nossas línguas se encontraram. Com toda a delicadeza, minha mão deslizou pelo seu corpo até a calcinha de renda, sentindo a umidade provocada pelo desejo.

—Você está toda molhada, Ellery — gemi. Meus lábios se afastaram dos dela e beijei cada um dos seios, descendo até o umbigo e beijando de leve o que se escondia entre as suas coxas. Inseri um dedo nela, sentindo a umidade antes de fazer o mesmo com o outro. Ela soltou uma exclamação e arqueou as costas para que eu fosse mais fundo. Minha língua traçava círculos ao redor do clitóris, forçando-a a libertar seu prazer para mim. Logo pus a boca onde meus dedos haviam estado, chupando de leve e lambendo cada zona sensível. Colei minha boca à sua e lhe dei uma amostra do que eu amava tanto. A mão dela envolveu meu membro, alisando todo o comprimento com gestos longos e suaves. Soltei um gemido, lambendo de leve atrás da sua orelha.

— Connor, preciso de você dentro de mim agora. Por favor, preciso sentir você — pediu ela.

Gemi ao ouvi-la dizer essas palavras e a virei de costas, penetrando-a lentamente por trás.

— É assim que você me quer? — perguntei.

— É — sussurrou ela.

Fiquei de joelhos e me movi sem esforço dentro dela. Passei as mãos ao redor do seu corpo delicioso e segurei seus seios, apertando-os e beliscando cada mamilo antes de minha mão descer e acariciar seu clitóris. Ela gemeu, querendo mais.

— Não goza ainda, amor, quero que goze comigo.

— Mais forte, Connor, me fode mais forte, agora! — exigiu ela.

Respirei fundo e me movi mais depressa. Estava à beira de explodir quando ela gritou meu nome, e senti seu orgasmo. *Ah*, exclamei, indo mais fundo dentro dela e libertando todo o meu prazer dentro de seu corpo. Então beijei suas costas de cima a baixo, antes de soltar o corpo em cima do seu. Com o coração disparado, eu tentava recuperar o fôlego.

— Eu te amo — sussurrou ela.

— Também te amo, querida.

Passamos mais algumas horas na tenda, bebendo vinho e conversando. Depois, como eu prometera, fizemos amor em cada cômodo de seu apartamento. Era a noite mais feliz que já havíamos tido. Deitados na cama, eu passava o polegar pelo anel, que ficava lindo no seu dedo.

— Agora você é minha. Espero que entenda isso — disse a ela.

— Eu fui sua desde o momento em que você me perguntou qual era o meu nome — respondeu ela, sorrindo.

Levei os lábios à sua mão e beijei o anel de leve. Estávamos exaustos, e logo caímos num sono profundo.

Curtimos um lindo Natal em companhia da família e dos amigos. Ellery e eu passamos o réveillon dando uma festa no Waldorf Hotel para duzentos convidados. Alugamos um quarto e passamos a virada do ano fazendo amor apaixonadamente.

— Qual é o problema, amor? — perguntei. Sentia que alguma coisa a estava angustiando.

— O que faz você pensar que há algum problema? — perguntou ela, olhando para mim.

— Eu noto quando alguma coisa está te angustiando — respondi, esboçando um sorriso e passando o dedo pelos seus lábios. — Fala comigo, Ellery, me diz o que está pensando.

— E se aquelas injeções não me curarem? — perguntou ela.

—Vão curar.

Ela se sentou, virando-se para a beira da cama, e pôs os pés no chão.

—Você não pode ter tanta certeza disso, Connor.

Sentei, pousando as mãos nos seus ombros.

— Posso ter certeza porque tenho fé. É ano novo, um novo começo para nós, para o nosso futuro, e nada vai tirar isso de nós. Você vai ficar boa, e nós vamos nos casar e passar o resto da vida juntos. E, por falar em nosso futuro, quero conversar sobre uma coisa com você.

Ela se virou para mim. Sorri para ela, afastando seus cabelos para trás das orelhas, e fiz um carinho no seu rosto.

— Marquei uma consulta com meu médico para reverter a vasectomia.

— O quê? Não, Connor, você não pode fazer isso.

Olhei para ela, surpreso com a sua reação.

— Preste atenção. Quero fazer isso porque quero ter uma família com você. Se pudermos ter um filho, vai ser maravilhoso. Não estou dizendo que vá dar certo, mas há uma chance de cinquenta por cento, e acho que devíamos arriscar.

— Mas meus genes são podres, e você sabe disso — murmurou ela, suspirando.

Ri, dando um beijo na sua testa.

— Seus genes são lindos.

— Acho que só estou com medo — sussurrou ela.

— Não se preocupe, amor. Tudo vai dar certo, espere e verá — disse eu, pouco antes de pegarmos no sono.

Capítulo 26

$\mathcal{D}$uas semanas depois, senti o vazio na cama ao meu lado, e me virei. Abri os olhos e vi que o relógio marcava quatro horas. Olhei para o quarto escuro; a única luminosidade vinha do relógio. Levantei da cama, vesti a calça de pijama, fui para o andar de baixo e encontrei Ellery sentada diante do cavalete, pintando. Fui até ela, que virou a cabeça e olhou para mim.

— Desculpe, amor, espero não ter te acordado — disse, em tom carinhoso.

— Não, não me acordou, mas por que não está dormindo? — perguntei, passando os braços pelos seus ombros.

— Não consegui pegar no sono. Tenho coisas demais na cabeça, e pintar sempre me ajuda a clarear as ideias.

—Você precisa conversar comigo, Ellery. Por favor, me diga em que está pensando — pedi, beijando o alto da sua cabeça.

— Não é nada com que deva se preocupar. Só estava pensando na última série de injeções e no que vamos fazer depois dela.

— Simplesmente seguir em frente — respondi, levantando-a da cadeira. — Não importa o que aconteça, vamos seguir em frente, vivendo um dia de cada vez, porque tempo é o que não nos falta, amor. — Sorri, pegando-a no colo e levando-a de volta para a cama. Ela sorriu, passando os braços pelo meu pescoço. Coloquei-a na cama e a abracei com força, para que soubesse que não precisava se preocupar com nada.

Duas horas depois, o despertador tocou, e tive que ir para o escritório. Olhei pela janela, e caía uma neve fina. Dei uma olhada em Ellery, deitada na cama, dormindo profundamente. Tomei um banho quente, me vesti e fui para a cozinha, louco para tomar um café. Denny entrou atrás de mim.

— Bom dia, Connor. Já teve alguma notícia sobre o incêndio de Chicago?

Suspirei, dando um gole na minha xícara.

— Não, ainda não. Tiveram que soltar o cara por falta de provas. Mas não se preocupe, meus homens estão trabalhando nisso. Eles vão descobrir quem provocou o incêndio.

— Que incêndio? — ouvi, e me virei. Ellery estava parada no meio da cozinha.

— O que está fazendo de pé? — perguntei.

— Não se preocupe com isso. Responda à minha pergunta, Connor — disse ela, servindo uma xícara de café para si mesma.

Denny olhou para mim, sorrindo.

— Alguém incendiou a empresa de Chicago, e o prédio foi totalmente destruído — respondi.

Ela sentou ao meu lado, depois de dar um beijo no meu rosto e outro no de Denny.

— Bom dia para os meus dois homens favoritos. — Sorriu. Ah, aquele sorriso. Era cedo demais para pôr em prática qualquer uma das ideias picantes que me passaram pela cabeça. — Quem faria uma coisa dessas com você? — perguntou ela, preocupada.

— Não faço ideia, Elle. É isso que estamos tentando descobrir, e não quero que se preocupe. — Estava louco para mudar de assunto, já sabendo que acabaria levando a uma discussão, pois eu não contara a ela sobre o fato quando acontecera. — Vou te levar para patinar hoje à noite — anunciei. Denny olhou para mim, arqueando uma sobrancelha, porque sabiam quais eram os meus planos.

— Não sei patinar no gelo — disse Ellery.

— Então, vou ter que te ensinar. — Sorri. Levantei da mesa e a beijei nos lábios. — Comporte-se bem hoje, e não se envolva em problemas. Até mais tarde. — Saí da cozinha o mais depressa possível, antes que ela pudesse fazer mais perguntas.

Estava neviscando quando Ellery e eu pisamos no rinque de patinação do Rockefeller Center.

— Estou com medo, Connor. É melhor não me soltar — disse ela, nervosa.

— Não se preocupe, amor. Já disse que não vou soltar. — Sorri, beijando a ponta do seu nariz. Fiquei de frente para ela e estendi as mãos. Seus tornozelos estavam trêmulos, enquanto avançávamos lentamente pelo gelo. Era uma linda noite, e um cenário perfeito. As árvores em volta do rinque estavam acesas, lançando um brilho suave sobre o gelo. Não pude deixar de notar os casais que haviam trazido seus filhos e os ensinavam a patinar. Senti uma profunda emoção, que me fez pensar na reversão da vasectomia a que me submetera duas semanas antes. Queria ter um filho com Ellery algum dia; não constituir uma família com ela era impensável. Combinamos que, se a reversão não desse certo e ela não conseguisse engravidar, iríamos adotar uma criança.

— Para onde sua mente viajou, Sr. Black? — perguntou ela, sorrindo.

Levei-a até a balaustrada e passei os braços pela sua cintura, para que não caísse.

— Estava só pensando como vai ser bom quando trouxermos nossos filhos aqui algum dia — sussurrei.

Ela deu um beijo no meu rosto.

— Então é melhor me ensinar a patinar de uma vez, porque não quero dar vexame na frente das crianças.

Ri e a soltei. Patinei por alguns metros e estendi os braços para ela, como um pai ensinando a filha a caminhar.

—Você está louco se pensa que vou patinar até aí sozinha — disse ela.

—Vamos lá, Elle, você consegue. É só dar passos curtos.

Enquanto eu esperava e ela se apoiava à balaustrada, Peyton apareceu sem mais nem menos e a segurou. Ellery gritou, perdendo o equilíbrio, e as duas caíram sentadas no gelo duro. Henry se aproximou de mim, e trocamos um aperto de mão.

— Obrigado por nos convidar para vir aqui — disse ele.

— Obrigado por aceitar. Não contei a Ellery que vocês viriam, porque queria que fosse uma surpresa.

Olhei para ela e Peyton, que ainda estavam sentadas no gelo, aos risos. Era gratificante vê-la tão feliz.

— Já decidiu o que vai fazer se o tratamento de Ellery não der certo? — perguntou Henry. — Entrei em contato com um especialista na Alemanha, e ele disse que a atenderia se ela não melhorasse, mas obteve as melhores informações sobre o teste clínico. Sei que tudo vai dar certo, e ela vai ficar boa. A Dra. Murphy é uma das maiores pesquisadoras do país — afirmou, pondo a mão no meu ombro.

— Obrigado, Henry. Assim espero, porque não sei o que faria se alguma coisa acontecesse com ela.

— Não pense assim, meu amigo. Os desígnios do universo são insondáveis; basta ver o que já fizeram por vocês dois.

Peyton ajudou Ellery a se levantar e a trouxe até mim.

— Obrigada por convidar Peyton e Henry para patinar com a gente — disse Ellery, beijando meus lábios frios. Abracei-a e fiz com que se virasse, suas costas tocando no meu peito. Disse a ela para se mover lentamente comigo, um pé de cada vez. Patinamos juntos pelo gelo, eu abraçando-a com força, para que ela não caísse.

—Te amo — sussurrei no seu ouvido.

—Também te amo, Connor — sussurrou ela no meu.

Peyton e Henry patinaram até nós, e ela deu um sorrisinho travesso.

— Ellery sabe patinar, e muitíssimo bem. — Caiu na risada, se afastando.

Paramos e eu a virei para mim. Ela me olhou.

—Você sabe patinar? — perguntei.

Ela olhou para mim, inclinando a cabeça.

— Talvez saiba, um pouquinho — respondeu.

Suspirei, olhando fixamente para ela.

— Quer dizer então que esse tempo todo estava fingindo que não sabia? Por quê?

— Porque gostei da ideia de você me abraçar e proteger — respondeu ela, com ar inocente.

— Ellery Lane! — exclamei, soltando-a, e ela sorriu para mim.

Começou a patinar para trás, estendendo as mãos, e eu fiquei onde estava.

—Vamos, garotão, vem me pegar — disse, sorrindo, e disparou pelo rinque afora. Fui atrás dela, e Peyton e Henry ficaram a distância, rindo. Ela era rápida. Não podia acreditar que tinha me enganado, mas isso a tornava ainda mais irresistível. Consegui alcançá-la e a segurei por trás. Imprensei-a contra a balaustrada e a beijei apaixonadamente. Estávamos sem fôlego quando nossas línguas se misturaram, e nossos lábios frios começaram a se aquecer.

—Você é uma menina muito má, Ellery, e acho que precisa ser castigada. — Sorri.

— Vai me castigar aqui, na frente de todas essas pessoas? — perguntou ela, abrindo um sorriso.

— Não, vou deixar seu castigo para mais tarde, quando estivermos na cama.

Ela olhou para mim, fazendo beicinho.

— Desculpe, amor, mas você vai ter que adiar o meu castigo, porque ainda não pode transar.

Passei o dedo pelos seus lábios.

— Ah, querida, o que planejei para você não exige penetração. — Ela arregalou os olhos, fixando-os nos meus. Henry e Peyton se aproximaram.

— Chega de namoro, pombinhos, vamos jantar, estou morta de fome — disse Peyton.

Saímos do rinque e fomos para a Pizzapopolous. Não era exatamente a minha primeira opção em termos de jantar de qualidade, mas Ellery e Peyton queriam comer pizza. A noite que passamos em companhia de nossos amigos foi ótima, e ficou ainda melhor quando voltamos para casa e Ellery recebeu o meu castigo.

Passei os dias seguintes voltando para casa do escritório e encontrando Ellery sentada diante do cavalete. Às vezes ela nem me ouvia entrar, e eu ficava parado às suas costas, observando-a. Quem olhasse para ela veria que estava num mundo diferente quando pintava. Passávamos nossas noites jantando, conversando sobre nosso dia, rindo e bebendo. Sentávamos no sofá diante da lareira, aconchegados, e víamos filmes. Era isso que minha vida tinha se tornado, e eu não a trocaria por nenhuma outra. A última série de injeções de Ellery seria dentro de dois dias, e iríamos para a Califórnia no dia seguinte. Levei-a para o quarto e fiz amor com ela pela primeira vez desde a reversão da vasectomia. A sensação foi incrível, enquanto eu avançava e recuava dentro dela, sabendo que cada vez que fazíamos amor, havia a possibilidade de ela conceber um filho. O médico dissera que demoraria um ano ou mais, se chegasse a acontecer. Fiquei apoiado sobre os cotovelos, meu rosto acima do seu, nossos corações disparados, os dois sem fôlego. Com os olhos fixos nos dela, observei para além deles, chegando à sua alma.

— Você me completa, Ellery. Você me deu uma vida de felicidade que eu nem sabia que existia, e vou passar o resto dela te agradecendo.

Uma lágrima escorreu do seu olho e parou no meio do rosto. Pressionei os lábios nela, mantendo-os ali por alguns segundos. Ela fechou os olhos e soltei o corpo em cima do seu, enterrando o rosto na curva do seu pescoço. Ela me abraçou com mais força e sussurrou:

— Eu te amo demais, e nunca vou te deixar. Isso é uma promessa.

Quando nos aproximávamos do consultório da Dra. Murphy, Ellery pôs a mão na maçaneta e se deteve, olhando para ela, como se estivesse paralisada. Pousei a mão sobre a dela.

—Vem, amor. Temos que entrar — sussurrei.

— Eu sei. Me dá só um minuto, por favor — pediu ela.

Tirei a mão da sua e lhe dei o minuto de que precisava. Ela respirou fundo, virou a maçaneta e abriu a porta. Entramos e fomos cumprimentados pela recepcionista. Ela nos levou para a sala de sempre, e entregou o robe a Ellery. Sentei ao seu lado na beira da cama, segurando sua mão, e ela encostou a cabeça no meu ombro. Esperamos pela Dra. Murphy pelo que pareceram horas.

— Bem, chegamos ao fim, Ellery. Está pronta? — perguntou a Dra. Murphy, finalmente entrando na sala. Ellery deu um sorriso forçado e fez que sim. Segurei suas mãos e as plantei com firmeza no meu peito. Ela respirou fundo, suas mãos agarrando minha camisa a cada injeção de fogo.

— Daqui a um mês, você vai voltar para fazer exames de sangue — instruiu a Dra. Murphy, aplicando a última injeção.

Assenti e abracei Ellery, sussurrando no seu ouvido:

— Agora, é só esperar.

Queria levá-la de volta ao apartamento para descansar, mas ela insistiu para que eu a levasse à praia. Tentei argumentar com ela, mas não quis me ouvir. Tinha certeza de que ela devia ter suas razões para querer ir à praia naquele momento específico, por isso fiz o que pedira. Ela caminhou até a beira d'água e parou, com os pés na areia, olhando para o mar à sua frente. Fiquei ao seu lado, observando-o com ela.

— Me diga como está se sentindo, Ellery — pedi.

— Estou me sentindo assustada, ansiosa e, principalmente, insegura. Detesto isso, Connor. Sabia que, mais cedo ou mais tarde, esse dia chegaria. Não sei o que é pior, se as injeções ou a espera — disse, continuando a olhar para frente.

Passei o braço pelos seus ombros.

—Você tem a mim para tirar todos os seus medos. Sei que a espera é a parte mais difícil, mas os resultados vão vir normais. Você foi feita para mim, e nunca vou deixar que nada ou ninguém a afaste de mim. Vai ser você para sempre.

Ela se virou para mim, encostando a cabeça no meu peito. Chorou, enquanto nos abaixávamos lentamente em direção à areia, e eu a abracei, até ela se sentir exausta. Detestava vê-la assim, e faria qualquer coisa para amenizar sua dor, mas tudo que estava ao meu alcance naquele momento era lhe proporcionar algum senso de segurança.

Passamos o mês seguinte tentando levar a vida mais normal possível em Nova York. Ellery tinha seus momentos de dúvida, e chorava nos meus braços à simples menção de nosso futuro juntos. Peyton tentava distraí-la da espera conversando sobre os planos para o casamento. Eu queria marcar uma data, mas ela disse que nem pensaria no assunto até que os resultados chegassem. Tentei argumentar que não fazia diferença, pois eu me casaria com ela a despeito do que mostrassem. Mas, como sempre, Ellery teimou e, quando punha uma coisa na cabeça, ninguém conseguia fazê-la mudar de ideia. Passava boa parte do tempo pintando e fugindo para um mundo onde, segundo ela, era uma mulher saudável.

Decidi começar a trabalhar no seu presente de casamento. Queria lhe dar o futuro dos seus sonhos, e seu quadro retratando a casa no estilo de Cape Cod era como ela imaginava esse futuro. O terreno era perfeito. Contratei grupos de operários para se revezarem, a fim de que houvesse gente trabalhando na casa e no terreno vinte e quatro horas por dia, sete dias por semana. Atendendo à minha sugestão, Ellery decidiu ficar com o quadro em vez de vendê-lo. Disse a ela que o deixaria num guarda-móveis, por uma questão de segurança, até que encontrássemos um lugar para ele. Mostrei-o ao construtor e mandei que o copiasse com a máxima exatidão. A casa e a propriedade tinham que ficar perfeitos para ela, pois representavam nosso começo e nossa vida inteira.

Capítulo 27

A Dra. Murphy mandou um relatório ao Dr. Taub, para que Ellery não tivesse que esperar para fazer os exames de sangue. Ela teve longas conversas com o Dr. Taub durante todo o tratamento de Ellery, para que ele ficasse bem informado sobre tudo que acontecia. Ele nos disse que ela devia receber os resultados em aproximadamente três dias. Fomos para a Califórnia na véspera do dia em que os resultados deveriam chegar. Ellery queria passar algum tempo com Mason e Landon. Parecia estar muito bem, até que acordei às três horas da manhã e ela tinha desaparecido.

Eu me virei na cama e abri os olhos; seu lado da cama estava vazio. Levantei e procurei por ela no apartamento inteiro. Onde diabos ela se meteu?, pensei, passando a mão pelos cabelos. Peguei o celular e digitei seu nome, mas caiu direto na caixa postal. Suspirei, vestindo um jeans e uma camisa. Peguei meus sapatos e entrei no Porsche. Fiquei sentado com as mãos no volante, tentando imaginar para onde ela fora. Eram três horas da manhã, e Ellery estava nas ruas de Los Angeles, totalmente sozinha. Agora eu estava furioso, porque, mais uma vez, ela não se preocupara com a sua segurança. De repente, tive uma ideia e fui para a praia, saí do carro e caminhei até a beira d'água. Avistei a sombra de alguém sentado na areia.

— Ellery — chamei.

Ela se virou e olhou para mim, logo voltando a contemplar o mar. Estava sentada, abraçando as pernas contra o peito.

— Fiquei preocupado quando acordei e vi que você não estava. Na verdade, Ellery, fiquei apavorado — disse, sentando ao seu lado.

— Desculpe, não quis preocupar ou assustar você. Não estava conseguindo dormir, e precisava vir aqui.

— Por que não me acordou? Eu teria te acompanhado. Você veio até aqui a pé? — perguntei, em tom autoritário.

— Não, tomei um táxi, e não quis te acordar. Apenas senti que precisava vir aqui, sozinha.

— Quer que eu vá embora, então? — perguntei, em tom irritado.

Ela segurou minha mão.

— Não, quero que fique comigo. Não quero que vá embora. Quero que assista ao nascer do sol comigo porque vai ser o começo de um novo dia, e estou morta de medo do que ele vai trazer.

Fechei os olhos por um momento, passando os braços pela sua cintura, e a puxei para mim, aninhando sua cabeça contra o peito.

— Você não tem nada a temer, Ellery, porque vou cuidar de você, a despeito do que os resultados mostrem. Sou seu protetor, e prometo te dar uma vida e um futuro saudáveis, qualquer que seja o preço ou o sacrifício.

Ela levantou a cabeça e me beijou nos lábios. Não era só ela que estava com medo.

Ficamos abraçados, vendo o sol nascer sobre as águas do mar. Foi incrível ter essa experiência com ela, e eu jamais me esqueceria daquele momento. Ela olhou para mim e sorriu.

— Vamos para casa fazer amor antes de vermos a Dra. Murphy — pediu.

Peguei-a no colo e a carreguei pela areia.

— O prazer vai ser todo meu por fazer amor com você. — Sorri.

Dei a mão a Ellery e entramos no estacionamento do hospital. Ela estava tentando parecer confiante, mas eu sabia como realmente se sentia. A recepcionista nos acompanhou até a sala da Dra. Murphy, e disse para nos sentarmos. Ellery não parava de balançar a perna. Pus a mão no seu joelho para tentar acalmá-la. A Dra. Murphy entrou e olhou para nós.

— Como está se sentindo hoje, Ellery? — perguntou. *Que diabo de pergunta é essa?*, tive vontade de dizer. *Como acha que ela está se sentindo?*

Ellery respondeu que estava muito nervosa. A Dra. Murphy sentou diante de sua mesa e abriu a pasta com a ficha de Ellery. Olhou para ela, e então para mim.

— Tenho o prazer de informar que o tratamento foi um sucesso e você está em plena remissão, Ellery — anunciou, sorrindo.

Meu coração disparou. Não podia acreditar no que tinha acabado de ouvir. Ellery estava bem, saudável e em remissão. Ela cobriu a boca e começou a chorar.

— Tem certeza, Dra. Murphy?

— Absoluta, Ellery. Você tem uma vida longa e feliz à sua frente. — Abriu um sorriso.

Ellery olhou para mim e nos levantamos, dando um abraço.

— Obrigado por tudo, Dra. Murphy — agradeci.

— Sim, muito obrigada — disse Ellery, indo dar um abraço na médica.

— Tratem de ser felizes e de curtir sua vida juntos — disse ela, saindo do consultório.

Saímos do hospital e voltamos ao apartamento. A primeira coisa que Ellery fez foi dar a boa notícia a Landon e Mason. Eles quiseram sair para comemorar. Peguei o celular e liguei para Denny. Meus olhos se encheram de lágrimas quando falei com ele.

— Ela está bem, Denny. O câncer se foi, e ela está em plena remissão.

— Connor, estou tão feliz com essa notícia maravilhosa. Vou falar com a Claire. Diga a Ellery que mandei um abraço e um beijo, e que mal posso esperar para revê-la.

— Obrigado, Denny, eu digo.

Fui até ela e a abracei.

— Denny me pediu para te dar um abraço e um beijo — falei, beijando o alto da sua cabeça. Ela sorriu quando a abracei e me recusei a soltá-la. Não poderia soltá-la nem que tentasse. Estava me sentindo extremamente feliz e agradecido por ela estar bem, e agora poderíamos levar nossa vida em frente.

— Connor, você está me apertando um pouquinho demais — reclamou ela.

— Desculpe, amor, mas não posso me conter. Nunca vou soltar você, portanto é melhor ir se habituando. — Afrouxei um pouco o abraço, observando seus lindos olhos brilhantes. Desabotoei sua calça e a deslizei pelos quadris. Ela sorriu para mim, terminando de despi-la. Tirei sua blusa e a joguei no chão. Peguei-a no colo, enquanto ela cruzava as pernas ao redor da minha cintura, e a coloquei na bancada da cozinha.

— Acho que esse é o único lugar da casa em que ainda não transamos — comentei, sorrindo.

— É, acho que não, Sr. Black — respondeu ela, abrindo um sorriso.

Desabotoou minha camisa social branca e a deslizou pelos ombros. Beijei seus lábios antes de avançar para o pescoço. Ela ainda estava com as pernas em volta da minha cintura quando abri seu sutiã e o tirei. Meus lábios deslizaram ao redor do seu pescoço, seguindo em direção aos seios. Ela soltou um gemido quando coloquei um mamilo rígido na boca. Ela desabotoou minha calça, segurando minha ereção. Isso me enlouqueceu de desejo por ela. Meus dedos desceram até sua calcinha, e eu dei um puxão na lateral, arrancando.

— Prometo comprar uma nova para você — gemi, chupando seus seios, enquanto meus dedos afundavam dentro dela. Fiquei movendo-os em vaivém e estimulando o clitóris com o polegar, acariciando-o em movimentos circulares, enquanto seus gemidos se tornavam mais altos e a respiração mais rápida. Ela estava toda molhada, e eu precisava de mais. Tirei os dedos e despi a calça e a cueca. Peguei suas pernas e as pousei na bancada, os pés plantados no granito. Segurei-a e a puxei para frente, seu traseiro ficando na beira da bancada. Quando a penetrei, ela passou os braços pelo meu pescoço, e levei os lábios aos seus. Comecei a me mover num ritmo rápido, até deixá-la à beira do orgasmo. Ela estava pronta, as unhas cravadas nas minhas costas e no meu traseiro, enquanto eu dava o golpe final, e gozávamos ao mesmo tempo. Soltei um gemido alto, avançando uma última vez dentro dela e finalmente me liberando. Pus as mãos no seu rosto e observei aqueles olhos lindos e cheios de vida.

— Eu te amo demais, e estou muito feliz por tudo ter dado certo. Estava morto de medo por você, Ellery — confessei, meus olhos se enchendo de lágrimas.

Ela inclinou a cabeça e secou as lágrimas que escorriam pelo meu rosto.

— Eu sei, amor, e peço perdão por ter te feito passar por tudo isso. Mas temos toda uma vida diante de nós, e precisamos marcar a data do casamento. Mal posso esperar para me casar com você e me tornar a Sra. Ellery Black. — Ela sorriu. Levantei-a da bancada, segurando-a com firmeza pelo traseiro, beijei-a e a levei ao quarto para o segundo round.

Mason e Landon nos acompanharam ao aeroporto, e nos despedimos deles. Ellery e eles choraram quando dissemos adeus. Olhei com uma expressão séria para nosso casal de amigos.

— Quando forem a Nova York, o que sei que farão com frequência, por causa de Ellery, quero que me liguem para avisar, porque vou mandar o jatinho da empresa buscá-los. Não quero que enfrentem voos comerciais.

Ellery sorriu para mim, e Landon e Mason concordaram. Haviam sido amigos maravilhosos para Ellery quando ela chegara à Califórnia, e eu sabia que ela os considerava como irmãos. E eu também; eram seres humanos da melhor qualidade, e eu devia muito aos dois. Entramos no avião, e Ellery ocupou a poltrona de sempre ao lado da janela. Sentei ao seu lado, e ela pegou minha mão, beijando-a.

— Quinze de junho — disse, sorrindo.

Olhei para ela, confuso.

— Quinze de junho? O que tem em 15 de junho? — perguntei.

— É o dia do nosso casamento — respondeu ela, me beijando.

Sorri, segurando seu rosto.

— Quinze de junho é um dia perfeito para me casar com você. — Dei um beijo nela. Fiquei feliz por ter finalmente escolhido a data. Era melhor entrar logo em contato com o construtor e o empreiteiro, para que a casa ficasse pronta antes disso.

Aterrissamos em Nova York às sete da manhã. Havia uma surpresa à espera de Ellery na cobertura quando chegamos. Ela não sabia, mas eu providenciara uma festinha para ela, a fim de comemorar a boa notícia. Pedi a Claire, Peyton, Cassidy e minha mãe que a organizassem. Como conhecia as quatro bastante bem, imaginei que a festinha viraria uma festança. Denny foi nos buscar no aeroporto, e Ellery correu direto para ele. Sentamos no banco de trás da limusine e fomos para a cobertura. Quando as portas do elevador se abriram, estava tudo às escuras. De repente, as luzes se acenderam e todos gritaram "Surpresa!". Os olhos de Ellery se arregalaram, e ela se virou para mim. Dei um beijo no seu rosto e deixei que fosse recepcionar seus convidados. Dei uma volta pela cobertura e, como tinha imaginado, a festa estava meio exagerada, mas simpática; toda vez que olhava para Ellery, ela estava sorrindo. Ah, aquele sorriso. Peguei uma flûte de champanhe, e minha mãe se aproximou.

— Connor, querido, estou tão feliz por você e Ellery. Só posso imaginar como você deve estar se sentindo neste momento — disse, me abraçando.

— Estou extremamente feliz, mãe. Nem sei como explicar isso para você.

— Será que vocês dois não têm nenhuma outra notícia que queiram me dar? — perguntou ela, sorrindo.

Ellery se aproximou e passou o braço pela minha cintura.

— Não acha que agora seria a oportunidade perfeita para contarmos a todos que já marcamos a data do casamento? — sussurrei para ela.

— Sim, é o momento perfeito, vamos fazer isso — concordou ela, animada.

Segurei a mão de Ellery e a levei para o centro da sala. Pedi a atenção dos presentes, que nos rodearam. Passei o braço pela sua cintura, sorrindo para ela, que me disse para ir em frente e anunciar a data. Ergui minha flûte de champanhe.

— Quero agradecer a todos vocês por virem aqui hoje comemorar a notícia maravilhosa de Ellery. Agora, temos outra notícia a dar. Gostaria que todos comparecessem ao nosso casamento para comemorar conosco no dia 15 de junho!

Todos ficaram eufóricos, e taças se ergueram, parabéns foram dados e votos de felicidades ressoaram por todo o salão.

Duas horas depois, todos se despediram e, de repente, a cobertura ficou em silêncio. Ellery caminhou até o sofá, despencando nele. Sentei ao seu lado e pus seus pés no meu colo. Comecei a massageá-los, e ela sorriu para mim.

— Obrigada pela festa — disse.

— Imagine. Você merecia uma festa com a família e os amigos, por tudo que aguentou nestes últimos meses. Esse é apenas o começo de uma longa série de coisas que vou fazer por você, Ellery.

— Você já fez o bastante, e não sei como te agradecer.

— Pois eu sei de uma maneira de você me agradecer, se estiver a fim. — Abri um sorriso.

Ellery se levantou do sofá e me puxou pela camisa até o quarto. Passou uma hora e meia me agradecendo, até adormecermos nos braços um do outro.

Capítulo 28

𝒩 *a manhã seguinte*, sentado à minha mesa, liguei para o construtor, a fim de cobrar satisfações sobre a casa.

— Eu já disse que quero a porra da casa pronta em três dias! — gritei no celular. — Você já teve três meses para terminar o projeto, e eu te paguei uma fortuna para fazer isso. Acho bom tirar a bunda da cadeira e fazer com que aconteça, porque se ela não estiver pronta quando eu for aí dentro de três dias para inspecionar, vou te processar e fechar a sua empresa para sempre! — Atirei o celular na mesa, no momento em que Phil entrava.

— Precisamos conversar, Connor — disse ele, sentando-se.

— Agora não, Phil, não é uma boa hora.

— Bem, a notícia é do seu interesse. É sobre o incêndio em Chicago — disse ele em tom sério.

Levantei da mesa, olhando para ele.

— O que foi? O que tem a me dizer?

— Descobriram quem foi o responsável pelo incêndio, e é alguém que você conhece — contou ele.

— Alguém que eu conheço? E quem diabos faria isso comigo? — Comecei a ficar nervoso.

— Foi Ashlyn. O sujeito que provocou o incêndio foi contratado por ela.

Fui até o outro lado da mesa e comecei a andar de um lado para o outro.

— Tem certeza absoluta de que foi Ashlyn?

— Tenho, Connor. A polícia a prendeu. O cara finalmente confessou tudo quando a polícia voltou a prendê-lo com base em outras acusações.

— Tudo bem, então, está acabado. Vou me casar dentro de uma semana, e não preciso disso. Você é quem deve cuidar de tudo. Não quero mais ouvir uma palavra sobre esse assunto até voltar da minha lua de mel.

— Não vai confrontar Ashlyn? — perguntou Phil.

— Não, o que está feito, está feito. De todo modo, tenho certeza de que sei qual foi a razão. Agora, se me der licença, tenho uma linda noiva esperando por mim em casa — disse, pegando minha pasta e saindo do escritório.

A caminho de casa, pensei se devia ou não contar a Ellery sobre Ashlyn. Não queria aborrecê-la, mas não guardávamos segredos um do outro, e, se ela descobrisse que eu não contara, faria um escândalo. Saí do elevador e, quando estava no corredor, fui pego de surpresa por um cheiro tentador vindo da cozinha. Coloquei a pasta no chão e fui até lá, onde encontrei Ellery preparando o jantar.

— Está cozinhando, Srta. Lane? — perguntei, pondo as mãos nos seus quadris e dando um beijo nela.

— Estou, e o senhor vai comer tudinho, Sr. Black, goste ou não — respondeu ela, sorrindo.

— Eu como qualquer coisa sua com prazer — respondi, piscando. Ela deu um tapa no meu braço e se virou para o forno. Peguei dois copos, enchi-os de vinho e os pus na mesa. Ellery tirou o empadão de frango do forno e o colocou no centro da mesa.

— Minha mãe costumava fazer esse empadão para mim e meu pai. Era o prato favorito dele. Guardei a receita comigo por todos esses anos. Comecei a fazê-lo para ele quando tinha só nove anos — contou ela, sentando-se diante de mim.

—Você preparava o jantar para o seu pai aos nove anos de idade? — perguntei.

— Ou isso, ou ele não comia. Eu sabia que esse era o único prato que ele não recusaria.

Olhei para ela, balançando a cabeça. Não podia acreditar que aquele filho da mãe bêbado deixara a própria filha cozinhar e usar o forno aos nove anos de idade. Precisava contar a ela sobre Ashlyn, e achei que aquele seria um momento tão bom quanto qualquer outro, mas decidi esperar até depois do jantar, porque ela começou a falar sobre o casamento. Depois de jantarmos e tirarmos a mesa, pedi a ela para sentar comigo na sala.

— Estou com a sensação de que você quer me contar alguma coisa — disse ela.

Respirei fundo e ela encostou a cabeça no meu colo, olhando para mim.

—Ashlyn foi a responsável pelo incêndio em Chicago.

Ela se sentou depressa.

— O quê? Aquela filha da puta! — exclamou.

Abracei-a, fazendo com que voltasse a encostar a cabeça no meu colo.

— Preste atenção, Ellery. Não quero que se preocupe com isso. Só contei a você porque não guardamos segredos um do outro. Phil está cuidando disso para mim, e não tenho a menor intenção de confrontá-la a respeito — disse a ela, alisando seus cabelos. — Aliás, também não quero que você fale com ela, porque te conheço, e você tem um gênio forte.

—Tudo bem, se não quer que eu faça isso, vou respeitar sua vontade, mas acho que está errado.

Dei um beijo nela.

— Obrigado, amor. Te amo.

— Também te amo, mas acho que está errado — insistiu ela, sorrindo, e deu um piparote no meu nariz.

Entrei na casa recém-construída. O quadro de Ellery estava pendurado à perfeição acima da lareira, e era o ponto de destaque da sala.

— Que tal, irmão? — perguntou Cassidy.

— Está ótimo, e acho que Ellery vai gostar — respondi.

— Está brincando? Ela vai adorar, Connor, até o último detalhe. É o melhor presente de casamento que alguém poderia dar, e espero encontrar um cara como você algum dia.

Dei um abraço nela.

—Tem alguém por aí à sua espera, apenas ainda não te encontrou.

— Quando foi que você se tornou tão poético? — perguntou ela, com um sorriso.

— Acho que é isso que o amor faz com um homem — respondi. Saímos da casa e eu voltei à cidade para jantar com Denny. Dentro de dois dias, iria oferecer a casa a Ellery, na nossa noite de núpcias. Estava com medo de que ela não gostasse, mas ela poderia fazer quaisquer mudanças que quisesse.

Denny e eu saímos do restaurante e fomos beber com amigos num bar local. Estava com saudades de Ellery, pois tínhamos decidido não nos ver durante dois dias, até o casamento. Eu estava me divertindo, batendo papo e rindo com meus amigos, quando o celular tocou. Era Ellery.

— Oi, amor, está tudo bem? — perguntei.

—Tudo ótimo. Está se divertindo?

Mal pude ouvi-la, porque, onde quer que estivesse, a barulheira ao fundo era ensurdecedora.

— Amor, não estou te ouvindo direito. Você vai ter que falar bem mais alto.

— Melhorou? — sussurrou ela no meu ouvido.

Eu me virei e, abrindo um sorriso, abracei-a com força.

— O que está fazendo aqui? — perguntei.

— Senti saudades, Connor.

— Eu também, amor, mais do que você pode imaginar. — Olhei ao redor, e as amigas com quem Ellery tinha saído estavam ao redor da mesa. Meus amigos puxaram as cadeiras para elas, e eu trouxe Ellery para meu colo. Levei o nariz ao seu pescoço, aspirando seu perfume de lilases, e fechei os olhos.

—Você cheira tão bem. Está me deixando louco — gemi.

— Comporte-se, Connor. Nós concordamos em não fazer amor até a noite de núpcias.

— Eu sei. — Suspirei. — É que senti sua falta, e tem um banheiro logo ali. — Apontei-o com a cabeça.

— Nada feito — disse ela, me empurrando. — Pensa só como a nossa noite de núpcias vai ser especial. Como se fosse a nossa primeira vez. — Sorriu. Ah, aquele sorriso.

Quando estava na hora de ir embora, os dois grupos saíram juntos do bar, e acompanhei Ellery até o táxi. Passei os braços pela sua cintura.

—Tem certeza de que não quer vir para casa comigo? Sinto sua falta na nossa cama. Você pode ir embora pela manhã, e depois não nos vemos mais até o dia do casamento.

Ela segurou meu rosto entre as mãos.

— Por mais que eu queira, amor, não posso. Além disso, tenho um monte de compromissos amanhã e, se acordar ao seu lado, vão rolar certas coisas, e eu nunca vou sair da cama, e aí vou me atrasar, e me estressar, e...

Pus um dedo sobre seus lábios.

— Tudo bem, Ellery, já entendi. — Dei um beijo nos seus lábios. Ajudei-a a entrar no táxi, fechei a porta e acenei quando o carro se afastou pela rua. Denny deu um tapinha nas minhas costas.

— Da próxima vez que você a vir, ela vai estar atravessando o corredor de braços dados comigo, a caminho de se tornar a Sra. Connor Black — disse ele, sorrindo. —Vamos, vou te levar para casa.

Quando cheguei, servi uma dose de uísque e me deitei na cama. Peguei o celular e fiquei olhando para o retrato de nós dois, que exibia com o maior orgulho na tela. Já estava com saudades, por isso decidi fazer uma videochamada para ela. Sorri quando ela atendeu no segundo toque e seu rosto apareceu na tela.

— Alô, meu amor. — Ela sorriu.

— Oi, amor, só queria te dar boa-noite.

— Está curtindo um uisquinho? — perguntou ela.

Ergui o copo para ela poder vê-lo.

— Com certeza. E você, está tomando um vinhozinho?

Ela levantou o copo de vinho tinto e sorriu.

— Com certeza!

—Você precisa ir dormir, amor, para descansar a sua beleza — falei para ela, em tom carinhoso.

— Eu já ia dormir, mas um cara gostoso e sexy me fez uma videochamada. Não deu pra resistir.

— Eu só queria te ver uma última vez antes do dia do nosso casamento. Agora, encosta os lábios na tela, para eu poder te dar um beijo de boa-noite. — Fizemos biquinho e encostamos os lábios nas telas de nossos celulares. — Boa noite, amor, e bons sonhos — sussurrei.

— Boa noite, meu amor — disse ela, com doçura. Desliguei, coloquei o celular na mesa de cabeceira e dormi até o despertador me acordar na hora do trabalho.

Capítulo 29

O *dia pelo qual* esperava finalmente chegou. Olhei no espelho, endireitando a gravata-borboleta. Não podia acreditar que em apenas algumas horas não seria mais um solteiro, e sim o feliz marido da mulher mais linda do mundo. Se alguém tivesse me perguntado um ano antes se eu achava que esse dia chegaria, teria respondido: *Nunca!* É incrível o quanto a sua vida pode mudar em pouco menos de um ano quando a mulher mais perfeita do mundo entra nela.

— Connor, está na hora — avisou Denny, entrando no quarto. — Você não quer deixar sua noiva esperando, quer?

Respirei fundo, sentando no banco traseiro da limusine. Nosso casamento ia ser nos jardins do Conservatório, no Central Park. Era algo com que Ellery sempre sonhara, e tinha razão; era um lindo lugar para nos casarmos, como no seu quadro.

Era um dia perfeito, e o sol brilhava. Quando chegamos aos jardins do Conservatório, os convidados já estavam reunidos e se acomodando, enquanto passávamos pelos Vanderbilt Gates. As fileiras de cadeiras brancas, decoradas com laçarotes de tule, estavam perfeitamente dispostas. Lindas flores enfeitavam o corredor onde uma passarela fora instalada, levando até o arco feito de magnólias brancas que ficava diante de um amplo chafariz. Meus padrinhos seriam Henry e Denny, que também conduziria Ellery até o altar. Ainda me lembro do dia em que ela lhe pedira isso, e uma lágrima brotara no seu olho quando ela dissera que se sentiria honrada se ele a passasse para mim. Dei uma volta, cumprimentando parentes e amigos.

— Connor — chamou minha mãe, aproximando-se. — Você está tão bonito. Pensei que nunca veria esse dia. — Sorriu.

— Eu também, mãe — respondi.

Meus pais se sentaram na primeira fila, enquanto Henry e eu atravessávamos o corredor para nos posicionarmos diante do arco. Denny cruzou os portões para se encontrar com Ellery, quando a limusine que a trazia chegou. O Dr. Peters balançou a cabeça, sorrindo, e então se acomodou com a esposa. Fiquei ao lado de Henry, me sentindo uma pilha de nervos.

—Você não está nervoso, está? — perguntou ele.

— Estou uma pilha — respondi.

Ele pôs a mão no meu ombro.

— Não fique nervoso. Ellery é a mulher dos seus sonhos, e você vai finalmente torná-la sua esposa. Você é um homem de sorte, Connor.

Sorri para ele, ansioso.

— Espere só até estar no meu lugar, esperando que Peyton atravesse o corredor.

— Tem razão — concordou ele, inclinando a cabeça.

A orquestra começou a tocar, enquanto Peyton, madrinha de Ellery, avançava lentamente pelo corredor. Olhei para Henry, e um grande sorriso apareceu no seu rosto. Ela estava linda. Logo atrás dela, vinha Cassidy. Estava igualmente bonita, caminhando em passos graciosos até nós, com um sorriso. Respirei fundo, e a marcha nupcial começou. Meu coração disparou quando vi Ellery de braços dados com meu melhor amigo. Estava deslumbrante no seu vestido de noiva. Seu cabelo estava preso num coque, com cachos emoldurando o rosto, e acentuado pelo clássico véu longo. Suas mãos delicadas seguravam um buquê de rosas e pequenas magnólias brancas. Ela avançou pelo corredor em passos lentos, sem tirar os olhos dos meus, e seu sorriso me hipnotizou. Estava radiante, e era a mulher mais linda do mundo.

Quando ela chegou ao arco, eu me aproximei, e Denny pousou sua mão com delicadeza sobre a minha. Sorri para ela, vendo lágrimas brotarem em seus olhos. Balancei a cabeça de leve. Ela começou a rir, nós dois de mãos dadas, e então nos viramos para o juiz de paz, a fim de que desse início à cerimônia. Ele pediu que ficássemos de frente um para o outro, ao proferirmos nossos votos conjugais. Respirei fundo e observei seus lindos olhos azuis, segurando suas mãos.

— Ellery, não escrevi nada, porque não era necessário. Cada palavra que digo a você vem direto do meu coração e da minha alma. Quero começar dizendo que você é a mulher mais linda que já vi, e que está absolutamente deslumbrante. Eu me sinto o homem mais abençoado do mundo por ter você na minha vida, e não apenas como seu melhor amigo, mas também como seu marido. Você roubou meu coração no momento em que se virou e olhou para mim. Assim que vi seu sorriso, soube que estava apaixonado, e tudo em que pensava acreditar desapareceu. Você me mostrou o amor e me ensinou que se podia amar alguém. Nós crescemos como amigos, e depois como amantes. Agora, vamos crescer como marido e mulher. Prometo te amar para sempre, e jamais te magoar. Prometo a você um mundo de felicidade e alegria, e prometo apagar toda a sua dor e tristeza. Você é minha eternidade, Ellery Rose, e eu te amo mais do que palavras podem expressar. Você está gravada no meu coração, e ele é seu até que a morte nos separe. Jamais vou amar alguém tanto quanto te amo.

Henry tirou o anel do bolso e me entregou. Tudo que ouvi foram os convidados fungando quando coloquei o anel delicado no dedo de Ellery.

— Aceite este anel como símbolo do meu amor eterno por você e do começo de nossa vida a dois. Eu te amo, Ellery.

Lágrimas escorreram pelo seu rosto. Sequei-as com o polegar, enquanto ela proferia seus votos.

— Connor, você é o homem mais incrível que já conheci. Você me apoiou, lutou por mim e me deu forças quando enfrentei os momentos mais difíceis da minha vida. Você nunca desistiu de mim, mesmo quando podia ter ido embora. Você acreditou em mim e na nossa relação, e nunca vou me esquecer disso. Você é um homem generoso e abnegado, e eu a mulher mais abençoada do mundo por ter te encontrado. Dizem que todos nascem com um propósito nesta vida; pois bem, o meu era te encontrar e te amar. — Ela soltou minhas mãos e exibiu os pulsos. — As cicatrizes se foram por sua causa, porque foram substituídas pelo amor. Você trouxe a vida de volta à minha alma e me completou. Vou recordar este momento para sempre, e passar a eternidade te agradecendo e te amando.

Peyton lhe entregou o anel. Ela segurou meu dedo e o colocou lentamente.

— Aceite este anel como símbolo de meu amor e devoção, neste momento em que começamos nossa vida a dois como um só.

O juiz de paz sorriu para nós e nos declarou marido e mulher. Segurei o rosto de Ellery e trocamos nosso primeiro beijo como marido e mulher. Os convidados se levantaram e aplaudiram. Ouvi vivas quando nos viramos e olhamos para as pessoas que haviam comparecido à nossa cerimônia. Segurei a mão dela e atravessamos o corredor como o Sr. e a Sra. Black, parando diante dos Vanderbilt Gates.

— Oi, Sra. Black. — Sorri, beijando seus lábios.

— Oi, Sr. Black. — Ela sorriu também.

Nosso momento de privacidade não durou, pois nossos convidados logo nos seguiram. Os garçons começaram a circular com flûtes de champanhe para todos. Depois que os fotógrafos tiraram retratos nossos nos vários jardins, chegou a hora de irmos para a recepção. Segurei a mão de Ellery e atravessamos os Vanderbilt Gates, onde nossa carruagem puxada por cavalos aguardava. Ajudei Ellery a subir e sentei ao seu lado. Íamos dar uma volta pelo Central Park para ficarmos a sós por algum tempo, antes de seguirmos para a recepção.

— Tem alguma ideia de como você é linda? — perguntei, alisando seu rosto com o polegar.

— Tenho, porque você me diz todos os dias — respondeu ela, sorrindo.

— E vou continuar dizendo todos os dias porque te amo, Sra. Black. Você é a coisa mais importante na minha vida, e isso nunca vai mudar. — Eu me inclinei para ela e a beijei.

A recepção foi no Salão de Baile do Waldorf Astoria Hotel. Foi um evento elegante, que reuniu setecentas pessoas na celebração do nosso casamento. Desfrutamos um bufê da melhor qualidade e as bebidas mais caras. Eu não poupava despesas quando se tratava de Ellery. Cumprimentamos nossos convidados, passeando pelo salão e conversando com as pessoas que nos parabenizavam com abraços e beijos. A orquestra anunciou que estava na hora de nossa primeira dança. Eu só fizera um pedido quando planejáramos nosso casamento, e fora o direito de escolher nossa música. Ellery concordara, dizendo, em tom de ameaça, que achava bom que eu escolhesse a música perfeita. Pedi que confiasse em mim, porque já tinha a música perfeita em mente.

Segurei sua mão e a levei para a pista de dança quando a música começou. No momento em que ela ouviu o primeiro verso, lágrimas brotaram em seus olhos.

—Você vai borrar o rímel se começar a chorar. — Sorri.

—Você está sempre me surpreendendo, Connor Black, e é por isso que te amo tanto. Essa música é perfeita, e eu não poderia ter escolhido outra melhor — disse ela, uma lágrima escorrendo. Sequei-a, dando um beijo no seu rosto.

Queria levar Ellery embora, direto para o seu presente de casamento. Depois de nos despedirmos da família e dos amigos, entramos na limusine e eu tirei uma venda do bolso. Ellery olhou para mim, inclinando a cabeça.

— Está planejando alguma travessura na limusine antes de voltarmos ao hotel? — perguntou, sorrindo.

Ela achava que passaríamos a noite no Waldorf. Não fazia a menor ideia do que eu planejara para nós. Nem estava sabendo da limusine, até o momento em que eu lhe dissera que tínhamos que ir embora.

—Vou te levar a um lugar especial, e é surpresa, por isso você precisa pôr esta venda — expliquei, colocando-a nos seus olhos.

— Não vamos passar a noite no hotel?

— Não, Ellery, tenho outro lugar em mente — respondi, minha mão começando a subir pelo seu vestido.

— O senhor é um homem muito misterioso, Sr. Black — gemeu ela.

Finalmente chegamos à casa, e não aguentei esperar mais para que ela a visse. Estava vibrando de excitação.

— Está pronta, querida? — perguntei, segurando sua mão.

— Estou pronta desde toda a eternidade. — Ela sorriu.

Ajudei-a a descer da limusine. Tirei sua venda e fiquei observando quando ela soltou uma exclamação ao ver o que se erguia à sua frente.

— Connor, o que é isso? — perguntou. Segurei sua mão e a levei até a varanda.

— Essa casa é o seu presente de casamento. Gostou? — perguntei a ela, que estava paralisada de choque.

— Se eu gostei? Adorei, mas não estou entendendo.

Sorri, dando um beijo nos seus lábios.

— Essa é a nossa segunda casa. Vamos passar os fins de semana e os meses de verão aqui.

Peguei-a no colo e a carreguei pela porta. Coloquei-a no chão e a levei para os fundos da casa. Lágrimas começaram a escorrer pelo seu rosto quando ela pisou no deque e observou a beleza do cenário à sua frente.

— Foi o que eu pintei — disse baixinho. Fiquei atrás dela, deixando que apreciasse a vista à vontade. Ela se virou para mim, e sequei suas lágrimas.

— Não precisa dizer nada, Ellery. Sei o quanto você adorou; dá para ver pela sua expressão. Ela foi construída para você, porque eu te amo. Quero realizar cada sonho que você já teve, te proporcionar cada momento feliz que você nunca viveu, te devolver cada gota de amor que você perdeu e, principalmente, te dar uma família. Essa casa, a nossa casa, é o meu futuro com você, e vamos passar o resto das nossas vidas construindo lindas lembranças aqui.

Ela engoliu em seco, segurando meu rosto entre as mãos, seus olhos fixos no fundo dos meus.

— Nunca pude entender qual era o meu propósito no mundo. Não conheci nada além de dor e perda a minha vida inteira. Mas agora sei por que Deus me salvou da primeira vez. Foi para que eu pudesse te encontrar. Então Ele me salvou uma segunda vez, para que eu pudesse te amar para sempre. Essa casa é perfeita; você é perfeito, e ninguém jamais vai tirar isso de nós. Nosso amor é infinito, e vou passar o resto da minha vida mostrando isso a você.

Pressionou os lábios nos meus, e trocamos um beijo profundo e apaixonado. Peguei-a no colo e a carreguei para dentro da casa.

—Vamos tirar esse vestido, Sra. Black — disse, sorrindo.

Nossa noite de núpcias foi perfeita. Passamos muitas horas inaugurando nossa nova cama. Ellery estava certa; a espera tinha valido a pena.

— Bom dia, Sra. Black. — Sorri, e ela se deitou nos meus braços.

— Bom dia, Sr. Black. — Ela se aconchegou mais a mim.

— Precisamos nos levantar e nos vestir para nossa viagem a Paris — disse, dando uma olhada no relógio.

Ellery me beijou, e levantamos da cama. Nosso banho demorou um pouco mais do que o esperado, mas era nossa primeira manhã juntos como marido e mulher, por isso achamos que era preciso comemorar. Tomamos o café da manhã que pedi e fomos de limusine até o aeroporto. Contratei outro motorista para nos levar, porque despachara Denny e sua esposa para o Havaí, a fim de comemorarem seu aniversário de casamento, enquanto eu e Ellery íamos a Paris. Passamos lá duas semanas de lua de mel. Vimos todos os pontos turísticos, transamos em vários lugares e fizemos compras até despencarmos de exaustão. Quando demos por nós, as duas semanas tinham passado voando, e estava na hora de voltarmos para casa.

Capítulo 30

ELLERY

Connor e eu passamos os últimos dois meses vivendo nossas vidas como um casal feliz. Não podia acreditar como o tempo tinha passado depressa desde o dia em que eu dissera "sim". Ele ia para o escritório todos os dias, enquanto eu passava meu tempo ajudando várias instituições beneficentes e pintando. Meu trabalho começava a se tornar conhecido, e as pessoas a quererem mais quadros meus. Eu estava vivendo a vida perfeita com o homem perfeito, e não havia mais nada que desejasse.

Connor saiu do chuveiro e entrou no quarto, onde eu estava sentada na cama, me sentindo indisposta.

— Pensei que você ia tomar banho comigo — disse ele.

— Não estou me sentindo bem, Connor.

Vi uma expressão de medo surgir no seu rosto.

VOCÊ PARA SEMPRE

— O que foi? — perguntou, sentando na cama e alisando meu rosto.

Levantei depressa e corri ao banheiro para vomitar. Connor me seguiu, e ficou segurando meus cabelos até eu acabar.

— Parece que alguém está gripada — disse. —Volta para a cama, vou mandar Claire trazer um chá para você.

Deitei na cama, e Connor me cobriu. Ele terminou de se vestir e se despediu com um beijo. Eu começava a me sentir melhor quando Claire veio dar uma olhada em mim. Disse a ela que estava bem, levantei e tomei um banho. Tinha muito a fazer aquele dia, e ficar doente não era uma opção. Recebi uma mensagem de Connor.

Como está se sentindo, amor?

Estou bem. Acho que foi alguma coisa que comi.

Talvez tenha sido. Descansa um pouco, para o caso de não ter sido. Tenho que ir a uma reunião. Te amo, querida.

Também te amo, e pare de se preocupar.

Passei a semana inteira me sentindo indisposta e exausta. Estava começando a ficar muito assustada, mas não deixei que Connor soubesse. Ele já tinha muito com que se preocupar, lidando com o julgamento referente ao incêndio de Chicago e a empresa que tinha comprado recentemente em Los Angeles. Eu estava deitada no sofá, quando Peyton apareceu. Ela entrou e se debruçou sobre mim.

— O que foi? Por que está deitada aí desse jeito, em pleno dia? — quis saber.

Suspirei, sentando.

— Não me senti bem a semana inteira.

— Como assim, Elle? Já foi a um médico? — perguntou ela, preocupada.

—Não, no começo achei que fosse uma gripe, mas ando me sentindo muito cansada. Estou com medo, Peyton. E se o câncer tiver voltado?

— Não diga isso, nem pense essas coisas. O que Connor acha?

— Ele não sabe. Contei a ele quando me senti mal alguns dias atrás, mas disse que tinha ficado boa e que era uma virose. Não quero que ele se preocupe. É a última coisa de que ele precisa na cabeça no momento.

— Quero que você ligue para o seu médico agora mesmo — ordenou ela.

—Vou fazer isso na semana que vem, se não melhorar até lá — prometi.

— Será que você não aprende com os erros do passado, Ellery Black? — Peyton me repreendeu.

Pegou o celular e começou a digitar.

— Para quem está ligando? — perguntei.

— Para Connor, e vou dizer a ele para levar você ao médico, sua cabeça-dura.

— Para, Peyton! — Tirei o celular da mão dela, encerrando a ligação. — Eu ligo para o Dr. Taub.

O celular começou a tocar na minha mão, e o nome de Connor apareceu.

— Ótimo, agora ele está retornando a sua ligação. — Devolvi o celular a Peyton.

— Oi, Connor! Desculpe, sentei em cima do celular e ele deve ter digitado seu número. E aí, quer me contar o que achou de ficar debaixo da minha bunda? — perguntou ela, rindo.

Balancei a cabeça, revirando os olhos. Peguei o celular, liguei para o Dr. Taub e falei diretamente com ele. O Dr. Taub disse que eu devia ir ao hospital fazer alguns exames de sangue e esperar. Disse a Peyton que teríamos que tomar um táxi, pois eu não queria que Denny soubesse aonde íamos. Não podia correr o risco de que ele contasse a Connor. Chamamos um táxi e fomos para o hospital. Connor ligou quando estávamos no táxi.

— Alô, meu amor — atendi.

— Oi, amor. Está tendo um bom dia?

— Estou tendo um dia fantástico, e você?

— Meu dia está indo bem, mas vai ficar ainda melhor quando eu te levar para almoçar.

Fiquei nervosa e olhei para Peyton, dizendo "merda" por mímica labial.

— Amor, por mais que eu queira almoçar com você, não posso.

— Por que não?

— Estou com Peyton, e vamos fazer umas compras. Ela deu um pulo lá em casa, está se sentindo meio deprimida, por isso disse a ela que umas comprinhas levantariam o seu astral.

— Por que ela está deprimida? Está tudo bem entre ela e Henry? — perguntou ele.

— Ah, sim, é que ela está naqueles dias, sabe como é.

— Já entendi, Ellery. Divirta-se, e até hoje à noite. Te amo.

— Também te amo, Connor. Tchau.

Peyton olhou para mim, começando a rir.

—Você mente bem — disse.

Chegamos ao hospital, e fui até o laboratório para a coleta de sangue. A enfermeira disse que o Dr. Taub lhe dera ordens expressas de me levar ao seu consultório e esperar pelos resultados. Depois que o sangue foi colhido, paramos no Starbucks do hospital e compramos duas xícaras de café antes de seguirmos para o consultório dele. Eu estava uma pilha de nervos. Não gostava nada de ter mentido para Connor, mas não tivera escolha. Não havia necessidade de preocupá-lo até eu ter algumas respostas. Esperamos pacientemente na sala de espera do Dr. Taub, até que uma enfermeira nos chamou para o consultório. Peyton segurou minha mão, e sentamos nas duas poltronas diante da mesa dele.

—Vai dar tudo certo, Elle — disse ela.

O Dr. Taub entrou no consultório e sentou na sua poltrona. Olhou para mim, e então consultou minha ficha. Voltou a olhar para mim.

— Recebi os resultados de seus exames de sangue, e está tudo normal.

Suspirei de alívio.

— Graças a Deus. Então, por que tenho me sentido tão cansada ultimamente? — perguntei.

O Dr. Taub olhou para mim, sorrindo.

—Você está grávida, Ellery.

— Puta que pariu! — soltou Peyton.

Meu queixo despencou, e fiquei em estado de choque.

—Tem certeza, Dr. Taub?

— Absoluta. De acordo com esses números, você está de dois meses, aproximadamente. Precisa marcar uma consulta o mais depressa possível com seu ginecologista-obstetra e começar a se preparar para ter uma gestação saudável.

Peyton me deu um abraço quando saímos do hospital.

— Estou tão feliz por você e Connor. Sei que era o que os dois mais queriam.

— Connor vai ficar em êxtase. Mal posso esperar para ver a expressão dele quando eu lhe contar!

Voltei para a cobertura e me deitei para tirar um cochilo. Pus as mãos na barriga e sorri. Mal podia acreditar que havia um bebê crescendo dentro de mim. Esse era o momento perfeito. O aniversário de Connor era dentro de alguns dias, e contar a ele que iria ser pai seria o melhor presente que ele poderia receber. Finalmente peguei no sono quando senti lábios quentes deslizando pelo meu rosto. Abri os olhos, e Connor estava me observando.

—Você está bem, amor? Está começando a me preocupar com essas sonecas que tem tirado ultimamente.

— Juro a você que estou perfeitamente bem, e não há necessidade de se preocupar comigo. — Sorri. Puxei-o para cima de mim e fizemos amor antes do jantar. Era a melhor maneira de distraí-lo das minhas sonecas.

Era aniversário de Connor, e eu mal podia esperar para lhe dar seu presente e contar a novidade. Tinha sido tão difícil esconder minha gravidez dele. Acordei-o do jeito como qualquer homem gosta de ser acordado. Ele abriu os olhos e sorriu, olhando para mim.

— Feliz aniversário, meu amor. — Sorri, pondo-o na minha boca.

—Você é uma menina muito sapeca, mas obrigado — gemeu ele. Fiz questão de lhe dar um trato especial, para que esse dia começasse muito bem. Disse a ele que ficasse onde estava, fui à cômoda e tirei uma caixa da gaveta. Entreguei-a a ele e pedi que a abrisse. Um sorriso iluminou seu rosto, e ele tirou o relógio que queria de dentro da caixa.

— Adorei, Ellery, obrigado — disse, me beijando.

— É melhor adorar mesmo, já que foi você quem escolheu — respondi.

—Ah, é? — Ele riu, me prendendo ao colchão e começando a me fazer cócegas.

VOCÊ PARA SEMPRE

Caí na risada e me contorci, tentando fazer com que parasse. Ele finalmente parou, mas só depois que ameacei fazer pipi na cama. Olhei para ele, que sorria para mim.

— Tenho mais um presente para você.

— Amor, o relógio bastava — disse ele, alisando meus cabelos.

— Eu quebrei a cabeça pensando no que dar para o homem que tem tudo. De repente, uma coisa que você ainda não tem caiu bem no meu colo, como um presente — contei, sorrindo.

— Ah, é mesmo? E o que é?

Levei as costas da mão ao seu rosto e o alisei, observando seus olhos.

— Estou grávida, Connor. Você vai ser pai.

Ele olhou para mim, lágrimas brotando nos seus olhos.

— Tem certeza absoluta?

— Tenho, Connor. Fiz exames de sangue, e o Dr. Taub confirmou. Feliz aniversário, papai.

Ele se levantou depressa e me abraçou.

— Não acredito. O médico disse que levaria um ano para você engravidar. De quantos meses você está?

— O Dr. Taub disse que de dois meses, mais ou menos. Pelos meus cálculos, nós engravidamos na noite de núpcias.

Connor me abraçou com força.

— Isso explica por que você não anda se sentindo bem e tem tirado tantas sonecas. Obrigado, amor; é o melhor presente de aniversário que já ganhei — sussurrou, me beijando. — Nem acredito que vou ser pai.

Fizemos amor durante duas horas, e então seguimos para nossa casa na praia, para a festa de aniversário de Connor.

Capítulo 31

CONNOR

Foi o melhor aniversário que já tive. Comemoramos na casa de praia com uns setenta amigos mais chegados e parentes. Anunciei a gravidez de Ellery, e a sala inteira irrompeu em sorrisos e exclamações de alegria. Eu mesmo ainda não podia acreditar, e toda vez que olhava para Ellery, ela estava radiante. Tinha organizado a festa para que fosse principalmente ao ar livre, entre o pátio e a praia. Fazia uma linda noite de verão. Quando o último convidado foi embora, Ellery olhou para mim.

— Estou exausta — disse, despencando nos meus braços.

— Obrigado pela festa maravilhosa — agradeci, dando um beijo no alto da sua cabeça.

— Já te disse ultimamente que te amo? — Ela sorriu, olhando para mim.

— Você me diz todos os dias, uma vez atrás da outra. — Retribuí seu sorriso, pegando-a no colo. Ela cruzou as pernas ao redor da minha cintura e abriu um sorriso.

— Te amo, e nunca vou te deixar. Nós somos para sempre, Sr. Black, e nada vai mudar isso.

Beijei-a e entrei em casa com ela, levando-a para a cama de nosso quarto.

Ao longo dos dois meses seguintes, vi a barriga de Ellery crescer. Mesmo grávida ela continuava linda. Estava feliz, e havia uma aura ao seu redor que as pessoas notavam quando ela chegava aos lugares. Eu estava deitado na cama, checando meus e-mails, quando ela saiu do quarto e se deitou ao meu lado, olhando para mim e fazendo beicinho. Inclinei a cabeça, arqueando uma sobrancelha.

— O que está se passando nessa linha cabecinha? — perguntei, já sabendo a resposta.

— Estou louca para tomar sorvete de chocolate com nozes e marshmallow, e o nosso acabou — disse ela, emburrada.

— Ellery, são onze da noite. Está com tanta vontade assim? — perguntei.

— Estou grávida do seu filho, e o seu filho quer sorvete de chocolate com nozes e marshmallow. O que quer que eu faça, que mate o bebê de fome?

— Está dizendo que se eu não for comprar sorvete de chocolate com nozes e marshmallow para você o nosso bebê vai morrer de fome?

Ela balançou a cabeça, esticando o lábio inferior. Dei uma mordiscada nele e ela sorriu.

— Já volto — disse, levantando da cama e me vestindo. Corri até a esquina e comprei um pote de sorvete de chocolate com nozes e marshmallow. Quando voltei à cobertura, dei um pulo na cozinha para pegar uma colher e então voltei ao quarto, apenas para encontrar Ellery no oitavo sono. Olhei para ela, balançando a cabeça. Levei o sorvete para a cozinha e o guardei no freezer para o dia seguinte. Deitei suavemente na cama e me aconcheguei às suas costas. Passei o braço por ela, acariciando sua barriga.

O alarme do despertador disparou, e tateei o outro lado da cama, que estava vazio. Abri os olhos e observei o quarto. Fiquei deitado por um minuto, apreciando o aroma de algo delicioso sendo assado. O cheiro era de pão de banana. Levantei, vesti uma calça de pijama e desci até a cozinha. Parei diante da porta, vendo Ellery se curvar, tirando um prato do forno.

— Estou sentindo cheiro de pão de banana? — perguntei, com um sorriso.

— Está, fiz só para você, amor. Peguei a receita com a Claire.

Fui até ela, segurando seu rosto entre as mãos.

— Obrigado, querida, e bom dia.

— Não me agradeça antes de provar. Não posso prometer que tenha ficado bom.

Encostei a testa na dela.

—Vai ser o melhor pão de banana que já provei na vida. Por favor, não conte a Claire que eu disse isso.

Pus as mãos na barriga de Ellery, me ajoelhei e beijei nosso bebê.

— Bom dia para você também, pequenininho — disse. Ellery passou os dedos pelos meus cabelos, e encostei o ouvido na sua barriga. De repente, senti algo me chutar.

— Sentiu isso, Connor? — perguntou ela, empolgada.

— Claro que senti! — Sorri, me levantando. Sentir nosso bebê se movendo dentro de Ellery foi a sensação mais incrível do mundo. Eu a abracei.

— Te amo, Ellery Black.

— E eu a você cada vez mais, e nosso bebê também — sussurrou ela, escondendo o rosto no meu pescoço.

Servi uma xícara de café enquanto ela fatiava o pão e o colocava na mesa.

—Vamos ao médico juntos, ou você se encontra comigo lá? — perguntou.

—Vou mandar Denny vir te buscar primeiro, depois dar uma passada no escritório para me pegar, e de lá nós vamos juntos. Tem certeza de que quer descobrir o sexo do nosso bebê? — perguntei.

— Achei que já tínhamos conversado sobre isso, Connor, e você disse que queria descobrir, não disse?

— E quero, amor. Só queria ter certeza de que você realmente prefere descobrir — disse, provando o pão de banana. Estava delicioso, igual ao de Claire. — Está excelente, Ellery, adorei.

—Você não está dizendo isso da boca pra fora, está? — perguntou ela, inclinando a cabeça.

— Não, juro, adorei.

Terminei de comer o pão e tomar café, e dei uma olhada no relógio.

— Merda, vou me atrasar para a reunião. — Disse isso no exato instante em que Denny entrava na cozinha. — Chegou bem na hora, Denny. Precisamos correr, ou vou me atrasar.

Fui até Ellery e me despedi com um beijo, fazendo questão de me curvar e beijar sua barriga, que a cada dia ficava maior.

—Vejo vocês dois daqui a algumas horas.

—Tchau, amor, até mais tarde — disse ela, sorrindo.

No consultório, esperávamos que o Dr. Keller entrasse. Ellery estava sentada em cima da mesa, e eu na cadeira ao lado. Segurava sua mão, olhando as ilustrações na parede, que mostravam os estágios do desenvolvimento de um bebê crescendo no útero da mãe. Era um milagre para mim, algo em que eu nunca pensara antes, nem mesmo quando Cassidy estivera grávida de Camden. O Dr. Keller entrou na sala e disse a Ellery para se deitar na mesa. Ela suspendeu a blusa, expondo o barrigão de grávida, e ele espremeu um pouco de gel de um tubo na sua barriga. Ligou o monitor e começou a mover o bastão pela sua barriga. Soltei uma exclamação quando vi nosso bebê pela primeira vez. Ellery olhou para mim, uma lágrima escorrendo de seu olho. Apertei sua mão de leve, secando a lágrima com a mão livre. O médico apontou para o coração palpitante do bebê, os dedos das mãos e dos pés, enquanto tirava medidas.

— Gostariam de saber o sexo do seu bebê? — perguntou o Dr. Keller.

— Sim, gostaríamos, doutor. — Ellery sorriu.

— Parabéns, Sr. e Sra. Black, vocês vão ter uma menina.

Ellery olhou para mim e sorriu.

—Vamos ter uma menina, Connor! — repetiu, entusiasmada.

— Estou muito feliz — respondi, beijando-a.

O Dr. Keller entregou a Ellery uma toalha de papel para limpar o gel, nos deu os parabéns e saiu da sala. Ajudei-a a se levantar da mesa e a abracei.

— Mal posso acreditar que vamos ter uma filha — sussurrei.

Saímos do consultório do médico e seguimos pela rua em direção a uma confeitaria local para almoçarmos alguma coisa, pois já era de tarde. Sentamos à mesa, estudando os menus.

— Não consigo decidir o que quero — disse Ellery.

—Você adora os sanduíches de frango daqui.

— Eu sei, mas quero alguma coisa para acompanhar o sanduíche. Estou morta de fome.

A garçonete se aproximou para anotar nossos pedidos. Ellery me disse para pedir primeiro, pois ainda estava decidindo. Pedi um sanduíche de peito de peru em pão integral. A garçonete olhou para Ellery.

—Vou querer um sanduíche de frango, uma sopa de cebola gratinada e a salada do chefe com molho pesto. Ah, e traz também uma porção de batatas fritas — acrescentou, sorrindo.

Olhei para ela, horrorizado.

—Você vai mesmo comer tudo isso? — perguntei, quando a garçonete se afastou.

— Claro que vou. Por quê? Algum problema com o meu pedido? — perguntou ela, com ar desafiador.

— Não, problema algum. É que...

— É que o que, Connor? — indagou ela, ríspida.

— É que não quero que você passe mal por comer demais — sussurrei do outro lado da mesa.

Ela andava hipersensível nos últimos tempos, e eu precisava tomar muito cuidado com o que dizia. Cassidy já tinha me avisado sobre os hormônios que acompanham a gravidez. Ela se recusava a olhar para mim. Eu a irritara com uma simples pergunta. Estendi o braço sobre a mesa, segurando sua mão.

— Amor, olha para mim — pedi. Ela estava olhando para o lado, recusando-se a virar a cabeça. — Ellery, desculpe. Não quis insinuar nada com minha pergunta.

— Uma ova que não quis, Connor! Você estava insinuando que estou gorda por causa do que pedi — disse, furiosa, me encarando.

— Não, não estava. Só não quero que você coma demais e passe mal — expliquei, tentando pôr panos quentes na situação. A garçonete trouxe nossa comida e colocou o banquete na frente de Ellery. Eu não podia olhar para ela, ou começaria a rir. Agradeci à garçonete e fiz menção de pegar uma batata frita do prato de Ellery, mas ela estapeou minha mão. Comeu tudo que fora posto na sua frente, e tirou uma soneca de três horas quando voltamos para casa.

Subi a escada e parei diante da porta do cômodo que estávamos reformando para ser o quarto de nossa filha. O aposento estava vazio, pois todos os móveis já haviam sido retirados. Ellery estava no meio do quarto, observando as paredes.

— O que está fazendo aqui, amor? — perguntei.
— Decidindo que mural pintar na parede.
Entrei no quarto e passei os braços pela sua cintura.
— Qualquer coisa que você pinte vai ficar linda.
— Pensei muito no assunto, e quero que nossa filha tenha anjos zelando por ela, como zelaram por mim. Vou pintar um mural no teto com nuvens e anjos. Desse jeito, ela vai ficar protegida enquanto dorme.
— É uma linda ideia, Ellery. Tem certeza de que vai conseguir pintar o teto? Quer que eu contrate alguém para te ajudar?
— Não, bobo, é você quem vai me ajudar — disse ela.
— Eu? Mas não entendo nada de pintura — respondi.

— Eu te ensino. Pense como vai ser divertido, só nós dois, pintando juntos o quarto da nossa filha.

Estava tão entusiasmada por me ter como ajudante, que não tive coragem de recusar. Sorri e disse que mal podia esperar. Ela pôs as mãos nos meus braços, fazendo um carinho neles.

— Estou com tesão — anunciou sem a menor cerimônia.

— O quê? — Caí na risada. Achei que ela estava brincando, até que ela se virou e começou a desabotoar minha calça.

— Vamos transar, e depois temos que ir à loja de tintas — disse.

— Tudo bem, se é o que quer fazer, aqui, neste quarto, onde a nossa filha vai dormir...

— Ah, para com isso, Connor. Vive um pouco, e faz amor comigo — disse ela, me puxando para o chão.

Depois que fizemos amor, nos vestimos e fomos escolher as tintas. Eu não entendia muito sobre o assunto, porque sempre contratara pintores profissionais para pintarem as paredes. Sendo Ellery uma artista, ela sabia tudo sobre tintas. Foi interessante vê-la olhando todas aquelas cores diferentes, tentando decidir quais ficariam mais bonitas. Estava levando tudo muito a sério. Perguntou minha opinião sobre as cores e, quando a dei, me mandou calar a boca porque eu não sabia o que estava dizendo. Revirei os olhos e me afastei. Finalmente ela decidiu que cores queria. Dei um beijo nela e disse que eram lindas. Pedi à loja que as entregasse na cobertura no dia seguinte.

Ellery estava lendo um livro na cama quando entrei no quarto, depois de passar algum tempo no home office. Fiquei parado diante da porta, olhando para ela. Só dava para ver sua barriga enorme e o livro apoiado em cima dela. Ellery levantou os olhos e sorriu.

— O que está fazendo aí parado? — perguntou.

— Estou só admirando a mulher mais linda do mundo — respondi, me despindo e deitando ao seu lado. Eu me curvei e dei um beijo na sua barriga. — Oi, pequenininha, aqui é o papai. Queria te dizer que você é uma menina de sorte por ter a mamãe mais linda do mundo.

— Para, Connor, você está me fazendo chorar — pediu Ellery, passando os dedos pelos meus cabelos.

— Só estou dizendo a verdade a ela.

— Mal posso esperar para ver a carinha dela — disse Ellery.

— Eu já sei como vai ser — falei, sentando e olhando para ela. Passei um dedo sob o seu olho. — Ela vai ter os seus olhos azul-claros e o seu narizinho bonito — disse, passando o dedo pelos seus quadris. — Vai ter os seus lábios e o seu sorriso. Vou ter que mantê-la trancada em casa, porque todos os garotos vão se derreter quando ela sorrir para eles.

Ellery estremeceu, pondo as mãos na barriga.

— Ellery, o que foi? — perguntei, entrando em pânico.

— Ela deu um chute. Aqui — disse, segurando minha mão e pondo-a na lateral da barriga. Sorriu para mim e mordeu o lábio, enquanto eu sentia os chutes da nossa filha. Ellery se deitou de lado, e eu também, de frente para ela. Mantive a mão na sua barriga, e ela ficou acariciando meus dedos. Eu me inclinei para mais perto e lhe dei um beijo de boa-noite.

Era sábado de manhã, e acordei com os passarinhos cantando diante da minha janela. Levantei da cama e fui à cozinha tomar café. Claire preparava o café da manhã, Ellery estava sentada à mesa, tomando um suco, e Denny lia o jornal.

— Bom dia para todos. — Sorri.

— Bom dia, amor. Não se esqueça de que depois do café vamos começar a pintar o quarto da nossa filhinha — disse ela.

Ouvi Denny rir baixinho. Fui até Ellery e lhe dei um beijo.

— Qual é a graça, Denny? — perguntei, sentando ao seu lado.

— Não consigo imaginar você pintando. Será que ao menos sabe segurar um pincel? — perguntou ele.

— Muito engraçado, Denny — resmunguei.

— Connor vai se sair bem. Vou ensinar a ele. — Ellery sorriu.

— Ellery, eu sei segurar um pincel — murmurei, emburrado.

— Tenho certeza de que sabe, amor.

Terminamos de tomar café e fui para o quarto vestir umas roupas velhas. Entrei no quarto de nossa filha, e encontrei Ellery em cima de uma escada. Quase tive um ataque do coração.

— Ellery Rose Black, desce dessa escada agora mesmo! — ordenei.

— Como espera que eu pinte um mural no teto, se ficar no chão?

— Mas e se você cair e se machucar, ou a nossa filha?

— Não vou cair, Connor. Já pintei muitos tetos antes.

— Santo Deus, Ellery, você me deixa nervoso.

— Para com isso, e começa a pintar aquela parede ali — ordenou ela.

Peguei o rolo, passei-o na bandeja cheia de tinta e comecei a pintar uma parede. Não muito depois, Ellery se aproximou e tirou o rolo da minha mão.

— Connor, me deixa te mostrar o jeito certo de pintar uma parede — disse. Não havia nada mais sexy do que ver a mãe da minha filha pintando uma parede. Ela estendeu a mão para mim, e a segurei. — Nós podemos fazer isso, amor, você e eu — afirmou, sorrindo. Concordei, tomando o rolo da sua mão.

Pintamos o dia inteiro, e quando paramos, ficamos no meio do quarto, olhando ao redor. As paredes verde-água tinham sido pintadas à perfeição, e a parte do teto que Ellery pintara estava espetacular. Ela deu um beijo no meu rosto.

— O senhor é um pintor maravilhoso, Sr. Black.

Alguns dias depois, Ellery terminou de pintar o quarto a tempo de os móveis serem entregues. Cheguei do escritório e fui para o andar de cima, a fim de ver o quarto pronto. Entrei, e Ellery estava sentada na cadeira de balanço, com as mãos na barriga. Fui até ela e a beijei, ajudando-a a se levantar. Ela já tinha arrumado tudo. As pessoas mandavam presentes todos os dias, para não falar do que tínhamos recebido no chá de bebê. Olhei para os móveis ao redor, e todos os objetos nas prateleiras.

— Vai ser a menininha mais mimada do mundo — comentei.

— É claro que vai ser mimada, porque você mesmo vai mimá-la. — Ellery riu.

Olhei para o teto. O mural pintado por Ellery ficara perfeito, e ninguém poderia ter feito um trabalho melhor. Fui até o berço e olhei para ele.

— Mal posso acreditar que dentro de mais duas semanas nossa filha vai estar dormindo aqui. — Sorri.

— Passou tão depressa — disse ela, seu braço envolvendo minha cintura.

— Ainda está a fim de ir jantar com Peyton e Henry hoje à noite?

— Claro que estou. Por que pergunta?

— Só quero ter certeza de que você está se sentindo bem, e que não está cansada demais — respondi, beijando o alto da sua cabeça.

— Sinceramente, estou me sentindo ótima. Melhor do que me sinto há muito tempo. — Sorriu. — Gostaria de tomar um banho comigo antes de sairmos? — perguntou.

— Eu adoraria. — Segurei sua mão e a levei para o nosso banheiro.

Denny nos levou ao restaurante, onde nos encontramos com Peyton e Henry. Eles já estavam sentados num reservado quando chegamos. A garçonete nos acompanhou até lá, mas Ellery parou e ficou olhando para o reservado.

— O que foi, Ellery? — perguntei.

— Não vou caber aí nem em mil anos. — Ela fechou a cara.

Ellery estava, de fato, enorme, e parecia que ia dar à luz a qualquer momento.

— Desculpe, Elle, eu devia ter pedido uma mesa. Não quero que minha afilhadinha fique espremida — disse Peyton, rindo.

Chamei a garçonete e expliquei que precisávamos de uma mesa. Ela nos acomodou imediatamente. Sentamos, e perguntei a Ellery se estava confortável. Ela olhou para mim, e caímos na gargalhada por ela não ter cabido no reservado.

— É melhor eu perder todos estes quilos extras — disse.

— Vamos começar a frequentar a academia juntos, e vou contratar um personal trainer para você — prometi.

Peyton segurou a mão de Henry e disse que eles tinham um anúncio a fazer. Estendeu a mão esquerda, exibindo o lindo anel de noivado. Ellery quis levantar depressa e abraçá-la, mas não pôde.

— Peyton, é lindo! Parabéns! — exclamou.

Levantei da cadeira, dei um beijo em Peyton e apertei a mão de Henry.

— Parabéns para os dois, e que tenham uma vida maravilhosa juntos. — Fiz um brinde, e todos erguemos nossos copos de vinho, com exceção de Ellery, que ergueu o de água. Ela se virou para mim e me olhou como se estivesse tentando descobrir algo.

— Você sabia, não sabia? — perguntou.

— Sabia o quê?

— Que Henry ia pedir Peyton em casamento, e não me contou. — Ela me fuzilou com os olhos.

Sorri, e foi o bastante para que ela entendesse que eu sabia.

— É claro que sabia. Quem você pensa que foi com ele comprar o anel? — Comecei a rir.

— Puxa, Connor, como você pôde esconder isso de mim?

— Talvez porque era uma surpresa e, como te conheço, sabia que teria ligado para Peyton e contado a ela sobre o anel.

— Não teria, não — teimou Ellery.

— Teria, sim, e depois teria dito a ela para fingir que estava surpresa — insisti, dando um beijo no seu rosto.

Peyton olhou para Ellery.

— Ele tem razão. Provavelmente nós teríamos feito isso.

— Eu, com certeza, teria — confessou ela finalmente, revirando os olhos.

A garçonete trouxe nossos pratos. Olhei para Ellery, que não estava comendo com o apetite de sempre, apenas remexendo o frango com o garfo.

— Você está bem, amor? — perguntei.

— Estou ótima, querido, só meio sem fome. — Ela sorriu, virando-se para mim.

Henry e eu ficamos conversando sobre esportes, enquanto Peyton e Ellery trocavam ideias sobre o casamento. O jantar foi agradável, e estávamos em companhia de grandes amigos. Eu não podia ter desejado uma noite melhor. Pedi mais uma rodada de bebidas e sobremesa para todos.

A garçonete tinha passado a noite inteira paquerando a mim e a Henry. Quando trouxe as sobremesas, aproveitou para roçar os seios em mim.

— Com licença — disse Peyton. —Vi o que você acabou de fazer, e não pense que não notei o que passou a noite inteira fazendo. Esse cara aí, em quem você acabou de roçar os seios, é casado e está prestes a ser pai, e este aqui é meu noivo. Se a mulher dele não estivesse para dar à luz, ela já teria dado um chute no seu traseiro. Portanto, deixe os nossos homens em paz e vá procurar alguém que não seja comprometido.

A garçonete fuzilou Peyton com os olhos, e então os cravou em Ellery.

— Assino embaixo de tudo que ela disse — falou Ellery sem rodeios.

A garçonete deu as costas e se afastou, furiosa. Henry segurou a mão de Peyton e começou a rir. Ellery pôs a mão na minha perna e a apertou. Olhei para ela, que me encarava fixamente.

— Connor, minha bolsa acabou de estourar. Está na hora — disse.

Continua...

Nós para sempre

A história de Connor e Ellery continua em *Nós para sempre*, a última parte da Trilogia FOREVER.

Você embarcou na jornada de amor, coragem e força de Connor e Ellery, quando a doença dela ameaçou o futuro dos dois em *Black para sempre*. Continuou a jornada através do ponto de vista de Connor Black em *Você para sempre*, vendo-os curtirem seu final feliz através do casamento e da gravidez do primeiro filho.

Junte-se a Connor e Ellery mais uma vez, quando eles enfrentarem os desafios da paternidade. Embarque na jornada dos dois em *Nós para sempre*, enquanto eles aprendem a lidar com as exigências de um bebê recém-nascido, uma carreira puxada e o surgimento de um novo desafio que Ellery deve enfrentar sozinha, pelo bem de sua família.

Aos Meus Leitores

Quero lhes agradecer por lerem *Você para sempre*. Espero que tenham gostado de ler a história do ponto de vista de Connor Black. Este livro não teria sido possível sem o apoio de cada um de vocês, que me mandaram lindas e tocantes mensagens depois de lerem *Black para sempre*. Aprecio cada mensagem, tweet e comentário que vocês mandam! Obrigada do fundo do coração por seu amor e apoio.

Por favor, não hesitem em entrar em contato comigo, pois adoro me comunicar com todos vocês.

facebook.com/Sandi.Lynn.Author
twitter.com/SandilynnWriter
authorsandilynn.com

Vocês também podem se comunicar comigo no Goodreads, no Pinterest e no Instagram:

goodreads.com/author/show/6089757.Sandi_Lynn
pinterest.com/sandilynnWriter
instagram.com/sandilynnauthor

Playlist de *Você para sempre*

Carry On — Fun
Everything'll Be Alright — Joshua Radin
Come Home — One Republic, Sara Barcilles
Feel Again — One Republic
Changed — Rascal Flatts
Wanted — Hunter Hayes
Chasing Cars — Snow Patrol
Ever the Same — Rob Thomas
November Rain — Guns 'N' Roses
Become — The Goo Goo Dolls
You Had Me From Hello — Kenny Chesney
From This Moment On — Shania Twain
When You're Gone — Avril Lavigne
Fix You — Coldplay
Collide — Howie Day
Your Call — Secondhand Serenade
We Run the Night — Havana Brown, Pitbull
Brighter Than Sunshine — Aqualung
Follow Through — Gavin DeGraw
Calling You — Blue October

Você também pode encontrá-la como playlist de *Black para sempre* no Spotify.